星海社 FICTIONS

新訳クトゥルー神話コレクション2

『ネクロノミコン』の物語

H・P・ラヴクラフト

訳／森瀬繚

Illustration／中央東口

星海社

はじめに

『ネクロノミコン』。それは、H・P・ラヴクラフト（以下HPL）が生み出した書物であり、クトゥルー神話という架空の神話大系の産物の中にあって、「クトゥルー」そのものを除くと最も人口に膾炙《かいしゃ》した──「人間が決して知るべきではない禁断の秘儀書」の代名詞とも言うべき書物です。

HPLと同時代の作家たち、そしてHPLの死後に神話に参画した後続作家たちの作品に描かれる、『ネクロノミコン』のざっくりとした設定を以下にまとめてみます。

《太古の地球を支配した異形の神々についての真実の歴史書とも、神々を召喚する魔術書とも言われる『ネクロノミコン』は、狂えるアラブ人アブドゥル・アルハズレッドが紀元七三〇年頃に著した書物である。原題は『アル・アジフ』。アルハズレッドはルブアルハリ砂漠をさまよう内に円柱都市イレムや無名都市を訪れ、その地で人類以前の古い種族にまつわる秘密を発見したと主張。イスラムの神を棄《す》ててヨグ＝ソトース、クトゥルーといった太古の神を崇拝した。彼が狂気に侵されつつも、『エイボンの書』や『トートの書』『ゴール・ニグラル』などの書物に学んだ知識と、実際に見聞した恐ろしい事実を文字にしたのが『アル・アジフ』である。しかし、『アル・アジフ』の原本は徹底的に抹殺され、現存しないと考えられている。数人の魔術師が所有していたという噂《うわさ》はあるが、確証に乏しい》

《九五〇年頃にギリシャ語に翻訳された後は、「死者の律法の表象あるいは画像」を意味する『ネクロノミコン』の書名でもっぱら知られるようになった。その後、一三世紀にラテン語訳が二度にわたり刊行されたが、その都度、社会不安や恐ろしい事件の引き金となり、キリスト教会から禁書として取り締まられた。そのため、一九二〇年代時点では非常な稀購書になっていて、大英博物館、パリの国立図書館などに所蔵されているほか、どういうわけかアメリカのニューイングランド地方に集中的に存在する。ハーバード大学のワイドナー図書館とミスカトニック大学の図書館に所蔵されていることは学者やオカルティストの間で広く知られているが、他にもセイラムやキングスポート、プロヴィデンスなどの地方都市に、不自然に思えるほどの数の『ネクロノミコン』が確認されている》

この説明文だけでも、少なく見積もって一〇作以上に及ぶ神話作品が包含されています。『ネクロノミコン』の書誌《ものがたり》は、クトゥルー神話に寄り添うように連綿と語り継がれてきました。逆に言えば、『ネクロノミコン』の歴史《ものがたり》を追うことは、クトゥルー神話の歴史を追うことにもなるのです。

第1集『クトゥルーの呼び声』では、クトゥルー神と海にまつわる恐怖をテーマとして作品を精選しました。これに続く本書では、アブドゥル・アルハズレッドとその著書『ネクロノミコン』の設定の変遷を辿ることのできる作品を選び出し、連作的な味わいが得られるよう、執筆順に収録しています。

なお、ウィリアム・ラムレイのための改作「アロンゾ・タイパーの日記」については、ラムレイ自身による初期稿を併録し、どこまでがＨＰＬの付け加えた要素なのかを確認できるように計らいました。

（注：『クトゥルーの呼び声』収録の「墳丘」「永劫より出でて」は、ＨＰＬが全て書いた代作です）

では、迷えるアブドゥル・アルハズレッドの魂に安らぎがあらんことを——。

二〇一八年四月三〇日　ヴァルプルギスの魔宴《サバト》の夜に

❖目次　CONTENTS

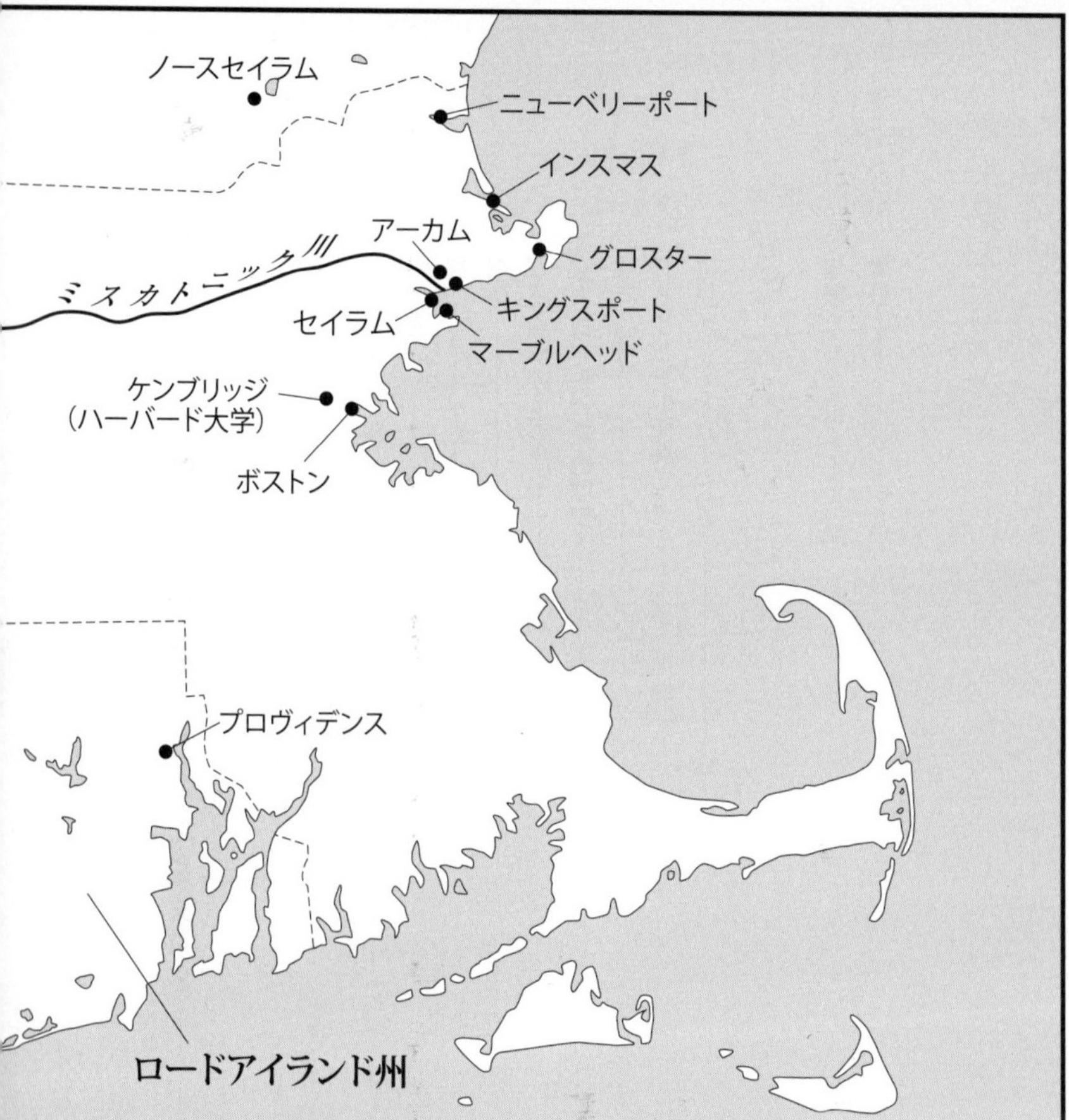

『『ネクロノミコン』の物語』関連地図

アーカム、インスマス、キングスポートなどの架空の土地の位置については、H・P・ラヴクラフトが明確に設定していたわけではなく、作中の描写や既存の研究などをもとに、訳者が推測的に示したものです。

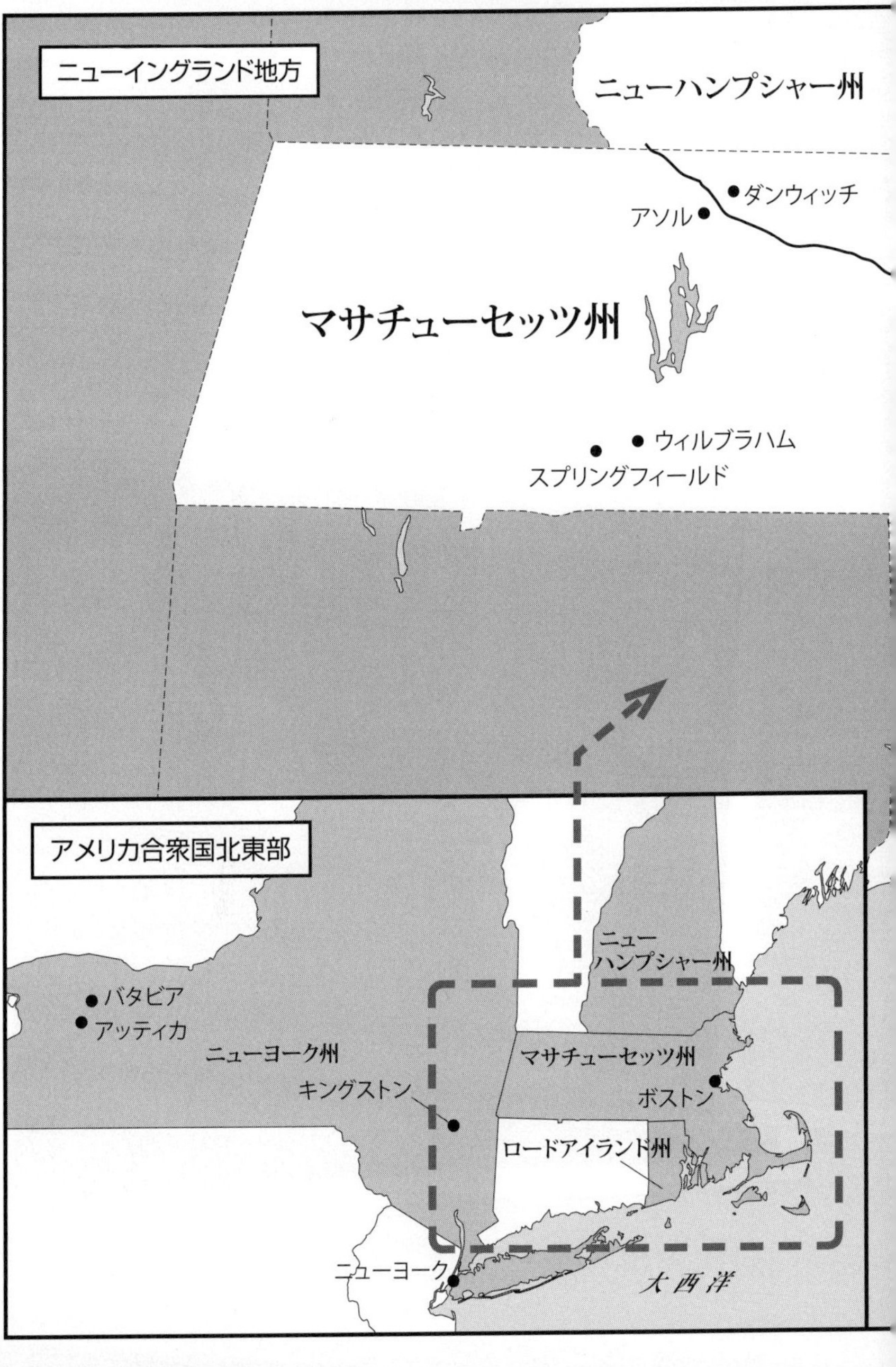
ニューイングランド地方
ニューハンプシャー州
ダンウィッチ
アソル
マサチューセッツ州
ウィルブラハム
スプリングフィールド
アメリカ合衆国北東部
ニュー
ハンプシャー州
バタビア
アッティカ
ニューヨーク州
マサチューセッツ州
キングストン
ボストン
ロードアイランド州
ニューヨーク
大西洋

新訳クトゥルー神話コレクション2

『ネクロノミコン』の物語

The History of the Necronomicon and Others

H・P・ラヴクラフト　森瀬 繚 訳

Illustration 中央東口

凡例

▼原文の雰囲気を可能な限り再現するため、英語の慣用句も含めそのまま日本語訳を行っております。ただし、情報を補わないと意味を汲み取りにくいと判断した場合に限り、割注を入れています。

例）P15　カバーレット〔装飾用のベッドカバーのこと〕

▼文中にしばしば現れる番号つきの記号は、各収録作末尾の訳注パートの記載事項に対応しております。本書に収録されていない他作品の内容に触れている場合がありますので、あらかじめご留意願います。

▼神名、クリーチャー名などの表記については、英語圏での一般的な発音を優先的に採用しております。

▼訳文中に示される著作物などの媒体は、以下のカッコ記号で示されます。

『』…単行本、映画などの名称。
〈〉…新聞、雑誌などの名称。
「」…小説作品、詩などの個別作品の名称。
《》…書物などからの引用文。

▼本書から引用をされる場合、著作権法に基づき出典の明記をお願い致します（事前の許諾申請などは必要ありません）。

＊

編集部より

本書の収録作品には、今日的な観点からは差別的とされる表現が含まれています。これは、執筆当時の時代背景に基づくものであり、著者が故人であること、および20世紀初頭に書かれた作品のもつ資料性に鑑みて、原文を改変することなく訳出しています。

（星海社ＦＩＣＴＩＯＮＳ編集部）

無名都市

The Nameless City

1921

無名《むめい》都市の近くにやって来た時、そこが呪われた場所だとわかった。

月影のもと、涸《か》れ果てた恐ろしい谷間を旅していた私は、出来損ないの墓所から屍体《したい》の一部が突き出しでもしたかのように、そこが怪しくも砂上に突き出しているのを、遥《はる》か遠くに目にしたのだった。

かの大洪水の古ぶるしい残存物である、最古のピラミッドの曾《そう》祖母の、幾星霜《いくせいそう》を閲《けみ》した石材の数々が、恐怖を雄弁に物語っていた。そして、目に見えぬ霊気が私を押しのけ、およそ人が目にするべきではなく、これまで目にしたこともない古代の禍々《まがまが》しい秘密から退くよう、私に命じたのである。

無名都市は、アラビアの砂漠の遥か遠隔の地に、崩れはて、沈黙のままに横たわっていた。その低い壁は、測り知れない年月をかけて積み重なった砂に、大部分が覆い隠されていた。

メンフィスの礎石《そせき》が置かれ、バビロンの煉瓦《れんが》が焼かれる以前から、そのような状態だったに違いない。

その都市の名前を与え、ありし日を偲《しの》ばせるほどに古い伝説は、ひとつとして存在しなかった。

しかし、野営の篝火《かがりび》の周りで囁《ささや》かれ、シャイフ[*1]の天幕の中で老婆らが声を潜《ひそ》めて口にしてきた話によって、なぜそうするのかもわからないままに、あらゆる部族がそこを避けてきたのである。

かの不可解な二行連句《カプレット》を謳《うた》った前夜、狂える詩人アブドゥル・アルハズレッド[*2]が夢に見たものこそが、この地に他ならなかった。

「久遠《くおん》に横たわりしものは死せずして
奇異なる永劫《えいごう》のもとには死すら死滅せん」

諸々の奇談に物語られながらも、生き身の人間が目にしたことのない無名都市をアラブ人たちが忌避《きひ》してきたからには、何かしら妥当な理由が存在するのだと理解して然《しか》るべきだった。しかし、私はそうした懸念《けねん》を無視して、人跡未踏《じんせきみとう》の荒野《こうや》へとラクダと共に踏み込んでしまったのである。

そこを目にしたのは、私だけだった。

故《ゆえ》にこそ、かくも悍《おぞ》ましい恐怖の皺《しわ》が私の顔にだけ刻みこまれ、夜風が窓をがたがた揺らすたびに、私だけがこんなにも恐ろしげに体を震わせるようになってしまったのだ。


永久の眠りのぞっとするような沈黙に包まれた都市にたどり着いた時、砂漠の熱気の只中《ただなか》にあって寒々とした月の光のように、それは私を冷たく見据《みす》えていた。そして、都市を見返した私は、発見時の勝ち誇った気分も忘れて、夜明けを待つべくラクダのところにとどまっていた。

東の空が灰色になって星々の光が薄れ、やがて灰色が金色で縁取られた薔薇《ばら》色に変化するまで、私は何時間も待ち続けた。

空は晴れ渡り、どこまでも広い砂漠は静まり返っていたが、私は古びた石材の間で砂嵐が巻き起こり、唸《うな》りをあげるのを見聞きした。

すると突然、今しも消え去ろうとしている小さな砂嵐を通して、遥か遠くの砂漠の縁に、光り輝く太陽が顔を覗《のぞ》かせているのが見えた。私は熱に浮かされたようになって、あたかもメムノーン[*3]の巨像がナイル川のほとりから太陽を迎えた時のように、燃え上がる日輪を迎える金属質の音響が、どこか遠くの深みから聞こえてきたような気がした。

耳鳴りがする中、あれこれと想像を巡らせながら、私はラクダを引いてゆっくりと砂漠を横切り、静まり返った石造りの場所に向かった。エジプトやメロエ[*4]が忘れ去って久しいほどに古く、生き身の人間ではただ一人、私のみが目にしたあの場所にである。

形をとどめていない家々や宮殿の土台の中に出たり入ったりしながらさまよい歩いてはみたものの、遠い昔にこの都市を造り、そこに住まったのが人間であったにせよ、その者たちについて教えてくれるような彫刻や碑文《ひぶん》を見つけることはできなかった。その場所の古色《こしょく》蒼然《そうぜん》とした様子はいささか不健全に感じられるほどで、私はその都市が間違いなく人類によって建設されたことを証明してくれる、何かしらの徴《しるし》や意匠が何とか見つかってくれないものかと強く願っていた。

気に入らないといえば、この廃墟《はいきょ》に見られる特定の比率や寸法もそうだった。

数多くの道具を持ってきていたので、今となっては跡形もなくなった建物の壁の内側を、深く掘り起こしてもみた。だが、進捗《しんちょく》は遅々《ちち》としたもので、何か重要なものが見つかるようなこともなかった。

夜と月が戻ってきた時、冷風が新たな恐怖を運んできたように感じたので、私はその都市に敢《あ》えて残ろうとはしなかった。それで、どこかで睡眠をとろうと古代の壁の外に足を踏み出した時、溜息《ためいき》をつくような小さな砂嵐が私の背後に巻き起こり、灰色の石材の上で吹き荒れた。月が煌々《こうこう》と輝き、砂漠の大部分が静まり返っているにもかかわらず、である。

私がとめどなく続く恐ろしい夢から覚醒《めざ》めたのは、ちょうど夜が明けた時のことで、金属が鳴り響く音にも似た耳鳴りがしていた。無名都市を覆っていた小さな砂嵐の最後の一吹きの向こうに、太陽の赤い輝きがおぼろげに見えてくるのを目の当たりにした私は、目に映る風景の都市以外の部分が静まり返っていることに改めて注意を引かれた。

あたかもカバーレット［装飾用のベッドカバーのこと］の下の人食い鬼の如く、砂の下で膨《ふく》らみを見せている不気味な廃墟の中に私は再び足を踏み入れ、忘れ去られた種族の遺物を求めて、いたずらに掘り返した。正午に休憩をとり、午後には壁や往古《おうこ》の通り、ほとんど消滅しかけている建物の輪郭《りんかく》を辿《たど》ろうと、大部分の時間を費やしたのである。

実際、その都市のかつての壮大さは相当なものと思えたので、私はその偉大さの起源について訝《いぶか》しみ、カルデア[*5]ですら忘れ去られた遥か太古の栄華を心の中で思い描き、人類が若かった頃のムナール[*6]の地にあった滅亡都市サルナス[*6]や、人類が存在する前に灰色の石を切り出して造られたイブ[*6]に思いを馳《は》せた。

そうするうちに突然、私は床岩が砂上に露出し、低い崖を形成している場所にやってきていた。

嬉しいことに、大洪水以前の住民たちの痕跡を裏付けると思《おぼ》しいものが、そこに見つかった。

崖の表面に荒っぽく刻まれていたのは、いくつかの小さく、ずんぐりした岩室ないしは神殿《しんでん》のファサードに他ならなかったのである。外面に施《ほどこ》されていたかもしれない彫刻は、砂嵐によって遠い昔にぬぐい去られてしまったのかもしれないが、その内部には測り知れない往古の数多《あまた》なる秘密が、今もなお保持されているのかもしれなかった。

近くにある暗い開口部はいずれも非常に低く、砂で塞《ふさ》がれていた。だが、私はその中のひとつをスコップで綺麗にして、どのような謎がそこに隠されていようとも顕《あらわ》にしてやろうと、松明《たいまつ》を携《たずさ》えてその中に這《は》い進んでいった。

中に入り込んでみると、その洞窟《どうくつ》は確かに神殿だと判明した。そして、この砂漠が不毛の地と化す以前、この場所に住み着いて、礼拝を行っていた種族の明白な痕跡が見て取れたのである。原始的な祭壇《さいだん》、柱、そして壁龕《へきがん》の尽《ことごと》くが、奇異の念を覚えるほどに背の低いものだった。彫刻や壁画は見当たらなかったものの、人為的な手段によって間違いなく何かしらのシンボルの形に整えられた、奇妙な形をした石が数多く存在していた。

岩を彫り抜いて造られた房室《ぼうしつ》の天井は奇妙なほど低く、跪《ひざまず》いた状態ですらまっすぐに立てなかった。しかし、その広さは相当なもので、松明の光で見渡せるのはごく一部でしかなかった。

房室の奥にあるいくつかの隅で、私は奇妙な身震いを覚えた。なぜなら、ある種の祭壇や石がひどく恐ろしく、胸をむかつかせ、不可解な性質を持つ忘れ去られた儀式をほのめかしていたので、このような神殿を造り上げて頻繁《ひんぱん》に足を運んだのはいかなる種類の人間だったのかについて、思いを巡らせずにはいられなかったからである。

中にあったものを全て見終えると、私は他の神殿からも何か見つかるかもしれないとの情熱に駆《か》られ、改めてそこから這い出した。今や夜になろうとしていたが、現物を目にしたことで、恐怖心よりも好奇心の方が強くなっていた。だから私は、最初に無名都市を目にした時、私の意気をくじいた月の投げかける長い影を、今回は忌避しなかったのである。

夕暮れ時、私はもうひとつの開口部を綺麗にし、新しい松明を携えてその中に這い進んだ。しかし、よりはっきりしない石やシンボルが見つかりはしたものの、別の神殿にあったものほどにはっきりした何かは見つからなかった。房室の天井はちょうど同じくらいの低さだったが、先の場所ほど広くはなく、形が崩れてよくわからない状態の祠《ほこら》のようなものがひしめく、非常に狭い通路で終わっていた。

これらの祠をあれこれ調べ回っていた時、風鳴りと外にいるラクダのあげた声が静寂を破ったので、私は何が獣を怯《おび》えさせたのか確かめようと外に出ていった。

原初の廃墟の上で月が鮮やかな輝きを放ち、前方の崖のどこかから吹いてくるらしい強く、しかし弱まりつつある風が巻き上げている濃密な砂嵐を照らしだしていた。

この冷たい砂嵐がラクダを動揺させたことがわかったので、うまく風をよけられる場所に連れて行こうとしたのだが、折《おり》しもその時にちらりと崖の上に目を向けたところ、そこは全く無風の状態だった。

このことは私を愕然《がくぜん》とさせ、再び恐怖を抱かせた。だが、日の出と日の入りの前に見聞きしたことのあった局所的な突風のことをすぐに思い出し、私は普通の現象だと判断した。

洞窟に繫《つな》がっている岩の割れ目から吹いてきているのだろうと結論づけ、その源を辿ろうと乱れ舞う砂を眺めているうちに、私の視界がぎりぎり届くか届かないかの遠い南側にある、神殿の黒々とした開口部から吹いてくるのだと間もなくわかった。

息をつまらせる砂嵐に逆らって、私は重い足取りでこの神殿を目指した。近づくにつれて、その開口部が他のものよりも大きくそそりたち、門戸を塞ぐ固まった砂もはるかに少ないことがわかった。

凍《こお》りつかせるような風が、松明の灯りを消しかねない勢いで激しく吹き荒んでいなかったなら、私は中に入り込んでいたことだろう。それは暗い戸口から狂ったように吹き出し、奇怪な遺跡の周囲で砂を巻き上げては撒《ま》き散らすという具合に、超自然的な嘆息《たんそく》をついていた。

まもなく風が弱まり、砂の動きも徐々に落ち着き、ついには何もかもが再び静まり返った。しかし、何物かがこの都市の幽霊じみた石の間を歩き回っているように思われてならず、月にちらりと目を向けてみれば、揺れる水面に映し出されたかの如《ごと》く震えているように見えるのだった。

私は理屈を超えた恐怖を覚えていたが、驚異への渇望《かつぼう》を鈍らせるほどのものではなかった。それで私は、風が完全に収まるや否や、それが吹き出していた暗い房室の中に入り込んだのである。


この神殿は、外にいた時から想像していた通り、先に訪れたいずれの神殿よりも大きかった。遠く離れた奥の方から風を受けていることからして、おそらく天然の洞窟だったのだろう。

ここではまっすぐに立つことができたが、見た感じ、石や祭壇は他の神殿と同じく低いようだった。周囲の壁や天井には、古代の種族の描いた絵の痕跡である、ほとんど色あせるか毀《こぼ》れ果てるかした、奇妙に渦《うず》を巻いた塗料《とりょう》の条《すじ》が初めて見つかった。何とも興奮させられることに、二つの祭壇上には、巧《たく》みに彫り込まれた曲線が描く迷路が見出された。

松明を高く掲げると、天井の形も自然物としては規則正しすぎるようなので、先史時代の石切り職人たちの手が加わったのではないだろうか。彼らの技巧は、よほど優れていたに違いなかった。

やがて、気まぐれな松明の焔《ほのお》が輝きを増して、私が探し求めていた、突風が吹き込んできた遠方の深淵《しんえん》への開口部を照らし出してくれた。それが、硬い岩を彫り込んで造られた小さく、紛《まぎ》れもなく人工の扉だと見てとった時には、私は気を失いそうになった。

松明を中に差し入れてみると、アーチを描く低い天井のもと、非常に小ぶりで急勾配《こうばい》の下り階段が無数に続いている、黒々としたトンネルが見えた。

それが意味するところを知ってしまったからには、私は夢を見るたびにその階段を目にすることになるのだろう。その時の私は、それを階段と呼ぶべきなのか、それとも急な下り坂におけるただの足場と呼ぶべきなのかも、判然としなかったのだが。

私の心の中では様々な狂った考えが渦を巻き、アラブ人の預言者たちの言葉や警告が、人の知る土地から砂漠を横切り、人が敢えて知ろうとしないこの無名都市に漂《ただよ》ってくるように思えた。

しかし、躊躇《ためら》いを覚えたのはほんのわずかな間だった。私はすぐに戸口に入り込み、梯子《はしご》を降りるような慎重な足取りで、その険しい通路を下り始めたのである。


薬物ないしは精神錯乱《さくらん》のもたらした恐ろしい幻想の中でもないかぎり、何人《なんぴと》たりとも私のように下降したことはないはずだ。狭い通路は、悍ましくも呪われた井戸の如く下方へと無限に続いていて、私が頭上に掲げていた松明も、私が這い進んでいる未知の深みを照らし出すことはできなかった。

私は時間感覚を喪《うしな》い、時計を見ることすら失念していたのだが、それでも私が下降を続けてきた距離のことを考えると、慄然《りつぜん》たる思いがしたものだった。

方向や勾配は幾度か変化して、天井が低く、平坦で長い通路に差し掛かった時などは、松明を持った腕を頭上高く差し上げ、体全体をのたくらせるようにして足から先に進まねばならなかった。跪いて進むことすらできないほどの高さだったのである。

そこを通り抜けた後は急勾配の階段が続き、次第に弱まりつつあった松明の灯りが消えた時にも、いつ終わるとも知れない下降がまだまだ続いていた。私が松明の状態に気づいた時、それがまだ燃え盛っているかのように頭上に高く掲げたままだったので、すぐに気づいたわけではなかったように思う。私をして地上の放浪者《ほうろうしゃ》、遙かな古代、そして禁断の地の跳梁者《ちょうりょうしゃ》となさしめた、奇怪なものや未知なるものに惹《ひ》かれるあの本能によって、私は完全に錯乱していた。

暗闇の中、お気に入りの悪魔的な伝承の数々が、私の心に次々と閃《ひらめ》いては消えていった。狂えるアラブ人アルハズレッドの章句、ダマスキウス[*7]の真贋《しんがん》定かならぬ悪夢めいた著作の記述、ゴーティエ・ド・メッツ[*8]の狂乱した『世界の実相』における悪名高い文章といったものが。

私はそれらの奇怪な引用を繰り返し、アフラースィヤーブ[*9]や彼と共にオクサス川を下った魔物どもについて、声を潜めて口にした。それから、ダンセイニ卿のある物語のフレーズ――「反響《こだま》すら返さぬ奈落《ならく》の闇」を幾度も唱えた。下り勾配が驚くほど険しくなった時には、トマス・ムーア[*10]の詩文のいくつかを、恐ろしさにそれ以上口にできなくなるまでの間、朗唱《ろうしょう》し続けたのだった。

冥《くら》き闇に沈む溜池《ためいけ》、その黒きことは
触《しょく》の夜に調《とと》のえし月の霊薬を湛《たた》えた
魔女の大釜《おおがま》の如くなり。
その窪《くぼ》みを足で降り得るや否やを確かめんと

身を乗り出す我は下方に見たり、
視界の届く限り続く、
硝子《ガラス》の如き滑《なめ》らかなる漆黒の斜面が、
あたかも死海の冥き軟泥を
塗《ぬ》られて間もないかの如く、
泥濘《でいねい》に塗《まみ》れた岸辺に広がる様を。

足もとに再び平坦な地面を感じる頃、時というものはもはや存在していなかった。私は今、測り知れないほど遠く離れた頭上に位置している、二つの小さな神殿の房室よりも、わずかに天井が高い場所にいるのだった。直立することはできなかったが、跪いた状態でまっすぐに立つことは可能だった。私は暗闇の中、足を引きずりながらでたらめにあちらこちらへと這い回った。間もなく、前部がガラス張りになっている木製のケースが両側の壁に並んでいる、狭い通路にいることがわかった。こうした古生代の地下深くの場所で、磨き抜かれた木とガラスのような物体の手触りを得た私は、そのことが意味する可能性に戦慄《せんりつ》を覚えた。

それらのケースは、通路の両脇に沿って規則正しく配置されていた。長方形で横向きに置かれており、形といい大きさといい、ぞっとするほど棺桶《かんおけ》に似たものだった。さらに詳しく調べてみようと、二、三のケースを動かそうとしたところ、しっかりと固定されていることがわかった。

見たところ通路は長いようで、私はもがきながら匍匐《ほふく》前進した。黒々とした闇の中で、何者かの目が私を見ていたのだとしたら、さぞかし恐ろしげな様子に見えたことだろう。

左右によろけた際に、周囲のものに触れることがあったので、壁と箱の列がまだ続いているという確信があった。人間は、視覚的に考えることに慣れている。私は暗闇の中にいることをほとんど忘れ果て、まるでそれを目にしたかのように、ガラス張りの木箱が単調に点在する果てしない通廊《つうろう》を思い描いた。

そしてやがて、説明しようのない感情の裡《うち》に、私はそれを目にすることになったのである。


私の想像していた光景が、いつ現実の視界に成り代わっていたのかはわからない。ともあれ、前方が次第に明るくなったかと思うと、突如、私は何かしら未知の地底の燐光《りんこう》によって照らされた、通廊と箱のおぼろげな輪郭が見えていることに気づいたのである。

輝きは非常にかすかだったので、しばらくの間、何もかもが想像と全く同じように見えていた。しかし、機械的によろめき進んでいくうちに明かりが強まっていき、私の想像力がいかに貧弱なものであったかが判明したのだった。

この廊下《ホール》は、上部の都市にあった神殿のような粗雑な遺跡ではなく、きわめて荘厳《そうごん》かつエキゾチックな技巧の建造物《モニュメント》に他ならなかった。豪奢《ごうしゃ》にして鮮やか、奇想天外な意匠と絵画は、連続する壁画を構成していて、その描線《びょうせん》と色彩は筆舌《ひつぜつ》に尽くしがたいものだった。

例の箱はといえば、一風変わった金色の木材で造られていて、精巧なガラスが前部に嵌《は》められていた。そして、そのグロテスクさにおいて人間の見る最も混沌《こんとん》とした夢をも凌《しの》ぐ、生物のミイラがその中に収められていたのである。

これら異形《いぎょう》の怪物の印象を誰かに伝えることなど、到底できはしない。爬《は》虫類《ちゅうるい》の種《しゅ》に属する生物で、時にはクロコダイルを、時にはアザラシを思わせる部分はあったものの、全体的に見れば、博物学者や古生物学者がこれまでに聞いたことのない形状をしていた。大きさは小柄な男性くらい。彼らの前足は繊細《せんさい》な構造で、興味深いことに、人間の手や指のように曲げやすい足であることが明らかだった。

だが、とりわけ奇妙だったのは、あらゆる既知の生物学的原則に反する輪郭を示す頭部だった。一瞬だけ、猫やブルドッグ、神話上のサテュロスや人類との様々な比較を考慮してもみたのだが——比較しうる生物は何ひとつとして存在しなかった。ジョーヴ[*11]自身ですら、これほど巨大で隆起した額《ひたい》を有してはおらず、複数の角といい、鼻がないことといい、アリゲーターのような顎《あご》といい、あらゆる確立された生物種《カテゴリ》から外れるものだった。

私はこれらのミイラの現実性についてしばし考えこみ、人工の偶像ではないかと半ば疑いもした。しかし、無名都市が栄えた時代に確かに生きていた、何かしらの古生物種だろうとやがて結論付けた。グロテスクさもさることながら、彼らの大部分は豪華絢爛《けんらん》な織物できらびやかに装《よそお》われ、黄金や宝石、未知の輝く金属で造られた装飾品が、惜しみなく積み上げられていた。

これらの這い回る生物の地位は、相当に高いものであったに違いない。何しろ、壁や天井にフレスコ画法で描かれた放埓《ほうらつ》な意匠の中でも、彼らは最も目立つ場所に配されていたのである。画家は類《たぐい》稀《まれ》な技巧を尽くして、彼らの大きさに合わせて造られた都市や庭園といった、自身の世界の中に、彼らの姿を描きこんでいた。私としては、そこに描かれた歴史があくまでも寓意《ぐうい》的なもので、おそらく彼らを崇拝していたのだろう種族の発展を示したものだと考えざるをえなかったのだが。

これらの生物は、と私は自分に言い聞かせた。無名都市に住んでいた人間たちにとって、ローマ人にとっての雌狼、[*12]あるいはインディアンの部族にとってのトーテムの獣か何かに当たるのだろうと。

こうした見解を踏まえることで、私は無名都市の驚異に満ちた叙事詩《じょじし》的な物語を、おおよそ辿ることができたように思った。アフリカ大陸が波間から隆起する以前、世界を支配下においた強大な海辺の大都市にまつわる物語。そして、海が後退するにつれ、その都市が位置していた肥沃《ひよく》な谷に砂漠が忍び寄ってきたことによる、苦難の物語を。

私は、その都市の戦いと勝利、苦難と敗北、続く砂漠との恐ろしい戦いを目にした。その時、幾千もの住人たち――グロテスクな爬虫類の姿で寓意的に表現されている――は、彼らの預言者が告げた別世界を目指して、何かしら驚異的な手段で岩盤《がんばん》を掘り下げていくことを強いられたのである。

何もかもが、生々しいほどに不気味かつ写実的に描かれていた。私自身が行った恐ろしい降下との関連性も、疑う余地がなかった。私は、自分が通ってきた通路を見出すことすらできたのである。

通廊に沿って明るい方に這い進んでみると、叙事詩的な絵画の後段が見えた――一千万年にわたり、無名都市とその周囲の谷に棲《す》みついていた種族の、告別が描かれていた。

その種族の魂《たましい》は、永の年月、肉体が慣れ親しんできた風景から離れることに抵抗を覚えていた。地球がまだ若かった頃に遊牧民として定住し、何人も触れたことのない岩に原初の祠堂《しどう》を彫り込んで、止《や》むことなく崇拝を続けてきたのである。

今や光がさらに強くなってきたので、私はそれらの絵をより仔細《しさい》に調べ、奇怪な爬虫類が未知の人類の代理であることを念頭におきつつ、無名都市の風習についてじっくりと考えた。

大部分の風習は、特有かつ不可解なものだった。その文明にはアルファベット式の文字があり、エジプトやカルデアといった後世の文明よりも遥かに高いレベルに到達していたようだが、興味深い欠落もいくらかあった。たとえば、戦争や暴力、災害などの犠牲《ぎせい》者を除き、死や葬儀を表す絵が全く見つからなかったのである。

自然死にまつわる抑制について、私は訝しく思った。まるで、世俗的な不死の理想が、意気を高揚《こうよう》させる幻想として奨励されていたようではないか。


通路が終わりに近づいてくると、描かれる情景の独特な美しさと放埒さはいよいよ極まり、荒廃と廃墟化の進む無名都市と、人類が岩を穿《うが》って道を切り拓《ひら》いた、奇異にして新たなる楽園を対照的に見せる風景画があった。これらの風景画において、都市と涸れ果てた谷は常に月光によって照らし出され、黄金色の円光が毀れた壁の上に浮かび、かつての壮麗な完成美を半ば顕にしている有様が、画家によって幽玄《ゆうげん》かつおぼろげに示されていた。楽園の情景はといえば、信じがたいほど豪奢なもので、壮麗《そうれい》な都市やこの世のものならぬ丘や谷がいっぱいに広がる、永遠に昼の続く秘められた世界が描かれていた。

最後の段階になって、私は芸術的な意味での反漸層法《はんぜんそうほう》［高いところからの突然の下降を意味し、風刺的に使われる］の徴候《ちょうこう》を感じ取った。それらの絵画は技巧が拙《つたな》く、それまでに描かれた情景の中で最も放埒だったものよりも、はるかに奇怪なものになり果てていたのである。それらの絵画は、砂漠によって追いやられることになった外界に対し、いや増していく害意と相まった、古代の種族のゆるやかな頽廃《たいはい》を記録したものに見えた。

人々——常に神聖な爬虫類の姿で表現されている——の姿が次第に痩《や》せ衰えていく一方で、月光に照らされる遺跡の周囲を浮遊する彼らの霊魂は、大きさをいや増していくようだった。華麗な法衣を纏《まと》う爬虫類の姿で表される憔悴《しょうすい》した神官たちが、地上の大気とそれを呼吸する全ての者を呪っていた。最後に描かれた情景は、おそらく円柱都市たる古代イレム[*13]の開拓者なのだろう原始的な人間が、先住種族の者たちによって八つ裂きにされるという、恐ろしいものだった。

アラブ人が無名都市をいかに恐れているかが思い出され、私はここから先の灰色の壁と天井に、何も描かれていないことを嬉しく思った。

連綿と続く壁面の歴史絵巻を眺めていくうちに、私は天井の低い廊下《ホール》の端に辿り着こうとしていた。大きな門があって、あたりを照らし出す燐光は全て、そこから来ているようだった。

そちらへ這い上がってみた私は、驚きのあまり大きな声で叫んでしまった。明るめの房室に続いているのかと思いきや、均質の輝きに満たされた果てしない虚空《こくう》が広がっているばかりだったのである。まるで、エベレスト山の頂《いただ》きから、日差しに照らされる霧《きり》の海を見下ろしているような気分だった。

背後には、まっすぐ立つこともできないほどに、ひどく窮屈《きゅうくつ》な通路。

前方には、地の底に秘《かく》された無限の光輝《こうき》。

通路から深淵に伸びる、急峻《きゅうしゅん》な階段——私が降りてきた黒々とした通路にあったような、小さな無数の階段——が頭を覗かせていたが、数フィート下は輝く靄《もや》に何もかもが覆い隠されていた。

通路の左手の壁では、信じられないほど分厚く、幻想的な浅浮き彫りで飾り立てられた、真鍮《しんちゅう》製のがっしりした扉が開け放たれたままになっていた。もしもそれを閉ざしたなら、光に照らされた内部の世界全体を、岩の通路や丸天井から締め出すことができたことだろう。

階段を眺めてはみたが、今はまだ敢えて踏み出す気にはならなかった。開けっ放しの真鍮の扉に触れてもみたが、動かすことはできなかった。それから私は、死にも似た疲労ですら消し去ることのできない、尋常《じんじょう》ならざる想念に心を燃え立たせながら、うつ伏せの状態で石の床に倒れ込んだ。

目を閉じて横たわり、心の赴《おもむ》くままに考えを巡らせていると、フレスコ画で目にとめた時にはあっさり流してしまっていた多くのことが、新たに恐ろしい意味合いを帯びて脳裡《のうり》に蘇《よみがえ》った——最盛期の無名都市を象徴《しょうちょう》する数々の情景や、周辺の谷の植生、商人が交易していた遠方の土地といったものが。

その全てにおいて目立つように描かれる、あの這い回る生物の寓意が、私を当惑させた。いったいどのような事情で、かくも重要な歴史絵においてすら、そうした慣習に従わねばならなかったのか。

フレスコ画において、無名都市は爬虫類に合わせた比率で描かれていた。本来の比率や壮大さはいったいどれほどのものだったかを考えた時、遺跡の中で気づいたある種の奇妙な事実が思い起こされた。

原初の神殿や、地下の通廊の天井の低さについては、どうだろうか。崇拝対象だった爬虫類の神々に敬意を払ったに違いないのだが、必然的に崇拝者たちも腹ばいの姿勢をとらなければならなくなる。

たぶん、あの生物を模倣《もほう》して這い回ることが、実際の儀式に含まれていたのだろう。

とはいうものの、あの恐ろしい降下の途中にある平坦な通路までもが、神殿と同じくらい——あるいはもっと低い、それこそ跪いてすら通れないほどの造りでなければならなかったのかを、容易に説明できる宗教上の理屈は皆無だった。

すぐ近くに悍ましいミイラが存在する匍匐生物のことを考えた時、新たな恐怖が脈打つのを感じた。

物事を関連付けて考える心の動きというものは奇妙なもので、私は原初の生活にまつわる数多の異物やシンボルの只中にあって、最後にあった絵画の中で八つ裂きにされた哀れな原始人を除けば、自分一人だけが人間の形状をした存在であることに気づき、心底震え上がったのである。

だが、私の奇矯《ききょう》な放浪生活を通して常にそうであったように、驚嘆《きょうたん》がすぐに恐怖を追い払った。何しろ、光輝く深淵とそこに内包される何かという、最高の探検家に相応しい課題がそこにあるのだから。妙に小さな階段が下方へと続く先に、奇怪なる謎の世界が横たわっていることを私は信じて疑わず、通廊の壁画には描かれていなかった、人類を偲ばせる遺物《メモリアル》が見つかることを期待していた。

フレスコ画には、この下層領域に存在する信じらないほどの都市や丘、谷の数々が描かれていたので、壮麗かつ巨大な遺跡が私を待ち受けているという想念に凝《こ》り固まっていたのである。

実際、私の恐れは未来よりもむしろ、過去にまつわるものだった。死せる爬虫類と大洪水以前のフレスコ画のある窮屈な通廊で、私がよく知っている世界の何マイルも下方にある、不気味な光と霧が溢《あふ》れる別世界に直面しているという、私が置かれた立場に対する肉体的な恐怖すらも、眼前に広がる光景とそこに宿る霊気の底知れぬ古ぶるしさに感じた致命的な恐怖とは、比べようもなかったのである。

わずかなりとも測り知ることのできない悠久の古ぶるしさが、無名都市の原初の石や岩に穿たれた神殿から、あたかも睨《ね》めつけてでもいるかのようだった。フレスコ画に描かれた驚くべき地図のうち、最も新しいものですらも、人間がとうに忘れ果て、そこかしこに見覚えのあるおぼろげな輪郭が認められるだけの、大洋と大陸を示していたのである。

壁画の制作が中断し、死を厭《いと》う種族が恨みつらみを溜《た》め込みながら、衰退に押し潰されるまでの間、地質学的な永劫の歳月に起きた出来事については、誰がわかろうはずもない。ともあれ、これらの洞窟と彼方に広がる輝きの領域は、かつては活気に満ち溢れていたのだった。これらの遺物が静寂《せいじゃく》と荒廃に包まれながら、寝ずの番を続けてきた悠久の歳月に思いを馳せ、私は身震いを覚えた。

突如、寒々とした月のもと、恐ろしい谷と無名都市を初めて目にして以来、途切れ途切れに私を捉えてきた鋭い恐怖が新たに沸《わ》き起こった。疲れ切っていたにもかかわらず、我知らず狂ったように身を起こすと、外の世界へと続いている隧道《トンネル》に向かう、黒々とした通廊を振り返った。

その時の私の感覚は、夜に無名都市から離れた時に感じたものと酷似していて、強烈なものではあったが、何とも説明のつかないものだった。しかし、次の瞬間には、はっきりした音——この墓場めいた深みの、完全な静寂を破った最初の音が聞こえてきて、私はさらに大きなショックを受けたのである。

遠方でせめぎ合う幽霊が立てるような、野太く低い唸りで、私が見つめている方向から聞こえてきた。急激に音量があがり、間もなく天井の低い通路で恐ろしげに反響するほどに大きくなった。

同時にまた私は、上方の隧道と都市から漂ってきたらしい、冷気の流れを感じ取ってもいた。この空気に触れたことで、私の心は平衡《へいこう》を取り戻した。日の入りと日の出の際、深淵の入り口の周囲で急激に巻き起こり、秘《かく》された隧道を顕にしてくれた砂嵐のことを、にわかに思い出したのである。

時計を確認すると、日の出の時刻が迫っていた。私は夕刻に吹き出したように、今度はもとの洞窟へと吹き下ろしてくる暴風に抵抗するべく、その場に踏ん張った。

私の恐怖は、再び弱められた。自然現象というものは多くの場合、未知のものに対する様々な不安を拭い去ってくれるのである。

いよいよ狂おしく哭《おら》び、唸りながら、夜の風が地中の深淵に吹き込んできた。開口部を通して、燐光を放つ深淵の中に吹き飛ばされないよう、私は再びうつ伏せになって、むなしく床に張り付いた。

予想を上回る暴風だった。深淵に向かって自分の体が滑《すべ》っていることに気づいた時、私は不安と想像のあまり、千の新たな恐怖に襲われた。突風に込められた有害な敵意が途方もない想像を呼び起こし、あの慄然たる通廊にただ一人描かれた人間、名前もわからない種族によって八つ裂きにされた男と自分自身を、恐ろしさに身震いしながら、今ひとたび比べてしまうことになった。

何もかもを捕まえてやろうと渦を巻く風の流れが、その実、ほとんど無力なものであるが故に、ことさら激しい怒りを孕《はら》み続けているように見えたのである。

風がやむ間際、私は狂ったように叫んでいたように思う――発狂しかけていたのだ。実際にそうしたところで、私の叫びは、吼《ほ》え猛《たけ》る風の亡霊たちが地獄で引き起こしたような騒擾《バベル》にかき消されていた。目に見えぬ殺人的な激流に逆らって這い進んでみようとはしたものの、未知の世界に向かって否応なくじりじりと押しやられていくばかりで、自分自身を支えることすらできなかった。

ついに、私は前後不覚に陥《おちい》り、無名都市を夢に見た狂えるアラブ人アルハズレッドの不可解な二行連句を、幾度となく繰り返し口走る状態に成り果てたようだった。

「久遠に横たわりしものは死せずして
奇異なる永劫のもとには死すら死滅せん」

実際に何が起きたのか——暗闇の中で粘《ねば》り強くもがき、這い登っていくのがいかに名状しがたい経験だったか。私を生の世界に連れ戻してくれたのがいかなる深淵《アバドン》の主であったか。[*14] 忘却もしくはより悪い何かに囚《とら》われるまで、夜風に吹かれるたびに身を震わせて思い出すに違いないものが、いかなる場所であったか。それを知るのは、陰鬱《いんうつ》にして冷酷なる砂漠の神々のみなのである。

それは怪物じみた、この世のものならぬ巨大な何か——眠れぬ夜の、静けさに満ちた呪わしい夜半過ぎの一時《ひととき》でもなければ信じられようはずもない、人間のあらゆる観念を超越した存在だった。

荒れ狂う突風の憤怒《ふんぬ》のほどは、地獄じみた——あるいは悪魔じみたもので、その声には荒涼《こうりょう》たる久遠の歳月で鬱積《うっせき》した悪意が込められていて、悍ましいものに成り果てていた。

今のところ、その声は私の前方でなおも混沌としていたのだが、私の脈打つ脳には、背後でくっきりした形をとっているように思われてならなかった。そして、夜明けの薄明かりに包まれた地上世界から何リーグも下方にある、測り知れざる悠久の太古に死を迎えた古代種族の墓の中で、私は奇怪な発音で話す悪霊どもの、身の毛のよだつ呪詛《じゅそ》と罵声《ばせい》を耳にしたのである。

振り返った私の目に映ったのは、薄闇の通廊を背にしては見えるはずのない、深淵の輝く大気《エーテル》を背に輪郭を浮かび上がらせた——押し寄せてくる悪魔どもの、悪夢めいた群衆だった。

憎しみに顔を歪《ゆが》め、グロテスクにその身を飾り立てた、半透明の悪魔ども——それは紛れもなく、無名都市の匍匐する爬虫類種族だったのである。

やがて風が収まる頃、私は悪霊《グール》*15に満たされた大地の腸の、闇の中に沈んでいた。かの生物の最後の一匹の背後で、耳を聾《ろう》せんばかりの金属音を響かせて、真鍮製の巨大な扉が閉ざされたのである。

その音は反響を繰り返し、いや増しに高まりながら、昇る朝日を迎え入れるべく遥かな世界に広がっていった。あたかも、メムノーンの巨像がナイル川のほとりから太陽を迎えた時のように。

訳注

1　シャイフ　sheik

アラビア半島において、部族の首長、族長、賢人などを意味する言葉で、アラビア語としての本来の意味は「年をとった者」。イスラム教の法学者の尊称として用いられる場合もあるが、ムスリム（イスラム教徒）以外に対しても使用されている。英語読みは「シーク」。

2　狂える詩人アブドゥル・アルハズレッド　Abdul Alhazred the mad poet

この箇所が、ＨＰＬのフィクション作品中での「アブドゥル・アルハズレッド」の初出となる。履歴については、本書の「『ネクロノミコン』の歴史」を参照のこと。ただし、「無名都市」の時点ではまだ、二行連句の作者ではあるが、『ネクロノミコン』の著者とは言及されない。

『千夜一夜物語』に夢中だった五歳のラヴクラフトのために、家族もしくは弁護士のアルバート・Ａ・ベイカーがこしらえてくれた名前で、言わば「アラブ人」としてのＨＰＬの名前（彼は、ローマ人やゴート人など、様々な文化圏に生まれ育ったことを想定した名前を拵え、ペンネームとしてよく使用した）であり、自作中のキャラクターという以前に、彼の分身だったのである。

彼は書簡中でアルハズレッドが自分の遠い先祖であることを示唆しているが、母方のフィリップス家の家系に、実際にハザード姓の者がいることは知らなかったらしい。

「アブドゥル・アルハズレッド」という名前が、アラビア語の命名方式に照らすと間違っているということについては、早くから指摘されていた。「アブドゥル」は「下僕（Ａｂｄ）＋定冠詞（Ａｌ）」という組み合わせであり、「アブドゥル＝マジード」のように連結する語が欠けた状態では意味をなさない。このため、アブドッラー（アラーの下僕）の短縮形とする説や、アブド・アル＝ハズラッド（ハズラッドの下僕）の誤りとする説がある。

なお、アラブ人の名前には姓（ファミリーネーム）が存在しない。たとえばサッダーム・フセインの場合、フルネームは「サッダーム・フセイン・アブドゥル＝マジード・アッ＝ティクリーティー（ティクリート出のアブドゥル＝マジードの子フセインの子サッダーム）」で、フセインは家名ではなく父親の名前である。

3　メムノーン　Memnon

ギリシャ神話におけるトロイア戦争に、アカイア（トロイア）側で参戦したエチオピア王で、暁の女神エーオースの子。ギリシャ軍の武将アンティロコスを戦場で討ち果たしたことでアキレウスの怒りを買い、死闘の果てに槍で心臓を突き刺される。彼の死については叙事詩環と呼ばれるトロイア戦争を巡る古代ギリシャの叙事詩のうち、『イーリアス』に続く『アイティオピス』に描かれたらしいが、わずかな断片しか現存せず、これをもとに書かれたスミュルナのコイントスの『トロイア戦記』が今日の情報源となっている。ここで言う「ナイル河のほとりから太陽を迎えるメムノーン」というのはメムノーン本人の故事ではなく、ナイル川によって東西に分断されるエジプトの町、ルクソールの、西岸の側に立っている二体の巨像のことで、紀元前一世紀頃から地震（紀元前二七年のものらしい）によって亀裂の入った右側の像が、温度差によるものか明け方に口笛のような音を発し始めた。同時代のギリシャ人地理学者ストラボンはこの現象を実際に目撃し、『世界地誌』で紹介している。その後、地元の観光ガイドが「メムノーンの魂が母である暁の女神に呼びかけている」（大意）という具合に脚色し、ギリシャ人地理学者パウサニアスが『ギリシャ案内記』を著した二世紀にはすっかり定着していた。なお、西暦二〇二年にルクソールを訪れたローマ皇帝セプティミウス・セウェルスが巨像を補修させたところ、〈声〉は二度と聴こえなくなったということである。

4　メロエ　Meroë

ナイル川中流、現在のスーダン共和国の首都であるハルツームの北東の土地で、古代エジプト王国の影響を受けたクシュ王国（紀元前一〇世紀～）、メロエ王国（紀元前七世紀～）が栄えた。エジプトのものほど大きくはないが、ピラミッドが存在する。なお、紀元前七世紀頃のエジプト第二五王朝のファラオ、タハルカは新アッシリア王国のアッシュールバニパル王の侵攻を受けてクシュ王国に落ち延びたとされるが、このアッシュールバニパル王はクトゥルー神話と縁の深い人物でもある。（ロバート・E・ハワード「アッシュールバニパルの焔」）

5　カルデア　Chaldaea

紀元前七世紀に新バビロニア王国が建設された、メソポタミア南東部の土地。バビロニアの異名であると同時に、古代のヘレニズム世界において「カルデア」といえば占星術（そこから派生した天文学も含む）の生まれた土地と考えられていた。そのため、西欧では占星術を「カルデア人の知恵」、占星術師を「カルデア人《カルデアン》」と、古くから呼び倣《なら》わしてきた。怪奇・幻想ジャンルのフィクション作品において「カルデア」という言葉が用いられる時は大抵、古代カルデアの遊牧民というだけでなく、占星術のイメージが被せられている。

6　ムナール、サルナス、イブ Mnar, Sarnath, Ib

「サルナスに到る運命」（一九一九年末執筆）が初出の地名。他の作品の記述と照らし合わせると、どうやら地球の夢の国（ドリームランド）の土地らしいのだが、本作で示唆されているように中東のどこかと匂わされることもある。ブライアン・ラムレイは、『地を穿つ魔』をはじめとする作品中で、中東に位置づけている。HPLは、サルナスという地名を独自に思いついたか、ダンセイニ卿の作品で見つけたと証言しているが、インド北部のウッタル・プラデーシュ州に仏教の聖地サールナートが実在することを知っていたかどうかは不明である。

7　ダマスキウス Damascius

五世紀の新プラトン派哲学者ダマスキオスのこと。四五八年から四六五年の間にシリアのダマスカスの裕福な家に生まれ、アレクサンドリアで教育を受けた後、宗教紛争に巻き込まれて各地を渡り歩いた後、六世紀の早い時期にアテネのアカデメイア最後の学頭に就いたという。その著作『第一の諸始原についてのアポリアと解』において、万物の始原の上位に、万物と絶対的に異なっている「語り得ぬもの」の存在を説いた。アブドゥル・アルハズレッドの経歴の元ネタのひとつと思しい。

8　ゴーティエ・ド・メッツ Gauthier de Metz

一三世紀フランスの聖職者、詩人。一二四五年一月に著した百科事典的書物『世界の実相 L'Image du Monde』の著者として知られるが、素性や経歴は不明。

9　アフラースィヤーブ Afrasiab

古代ペルシャの叙事詩『王書《シャー・ナーメ》』において、ペルシャ（イラン）の敵対者として登場するトゥーラーン（トルコ）の英雄王。ゾロアスター教の教典『アヴェスター』などにも登場し、金属で造られた地下要塞に棲む悪魔的人物、悪神アンラ・マンユの使徒として描かれる。『使徒たちと諸王の歴史』などの物語・歴史書には、イラン王マヌーチェフルと六〇年にわたり戦い続けるフラースィヤーブ・イブン・ファシャンジ・イブン・ルスタム・イブン・トゥルクとして登場するが、この戦いでイランとトゥルク（トルコ）の領土を定め、戦争を終結させたのが、マヌーチェフルに仕える最強の弓兵アリシュシバティール（アーラシュ）である。

10　トマス・ムーア Thomas Moore

一七七九年五月二八日に生まれたアイルランドの詩人。引用されている詩は「アルシフロン Alciphron」と題する叙事詩の一部で、ＨＰＬはエドガー・アラン・ポオによる論評を通してこの詩のことを知った可能性が高い。

11　ジョーヴ Jove

ギリシャ神話のゼウスと習合した、ローマ神話の最高神ユピテルの英語圏における尊称。インド・ヨーロッパ語族（西欧の諸言語が含まれる）の原型として仮構されたインド・ヨーロッパ祖語の、神や天国、天空を形容する「輝ける dyeu-」に由来すると考えられている。

12　ローマ人にとっての雌狼 the she-wolf to Rome

伝説中でローマの建国者とされている、ロムルスとその双子の兄弟レムスが、生まれて間もなくティベリス川に流された後、川の精霊であるティベリーヌスによって乳母としてあてがわれ、乳を与えた雌狼のこと。

13　イレム Irem

イスラム教の聖典『クルアーン』に「アッラーの怒りによって滅ぼされた」とある伝説上の都市。オーガスト・W・ダーレスはイレムと無名都市を混同していたらしく、「永劫の探求」の第三部「クレイボーン・ボイドの遺書」において都市の位置をクウェートの近くとしたが、後になって第四部「ネイランド・コラムの記録」ではオマーンとした。なお、オマーン南西のシスル村付近で一九九〇年代に古代都市ウバルの遺跡が発見されたが、オマーン政府はこの遺跡こそイレムだと主張している。

14　深淵《アバドン》の主 Abaddon

ヘブライ語の「滅びる abad」という動詞から転訛した「滅びの地」を意味する言葉で、本来は奈落《ゲヘナ》（地獄）に結び付けられる場所を示した。旧約聖書諸書の「ヨブ記」

「箴言」では、冥府《シェオル》との併用で奈落を指し、時には死そのものの意味で用いられる。虚偽や詐術を体現するベリアルについての記述が多い死海文書の「感謝の詩篇」には「そしてベリアルの奔流はアバドンに突入し、淵の深みは泥を吐き出す轟音でざわめく」というフレーズがあり、一世紀の旧約聖書外典「聖書古代誌」でもアバドンは地獄の地名として扱われている。

キリスト教徒の間では地名というよりも深淵の魔物とされ、「ヨハネの黙示録」第九章には、深淵から地上に飛び出す蝗の軍勢の主として登場。ギリシャ語訳された際には、「破壊者」を意味するアポリュオーンとなった。

このシーンは、本作の数年後に執筆した「未知なるカダスを夢に求めて」のクライマックス、深淵の大帝ノーデンスが主人公を救い出すシーンの先触れとなっている。

15　悪霊《グール》 ghoul

アラビア半島の民間伝承に登場する食人の魔物《ジン》で、砂漠や荒野に棲み、様々な姿に変化して旅人を惑わせる。アラビア語で「摑む」「攫《さら》う」を意味するガーラや、メソポタミア南部のシュメール人、アッカド人の神話で人間を地底（冥府）に連れ去る死神ガルーが由来とされる。

クトゥルー神話のクリーチャーとしての食屍鬼《グール》については、「ピックマンのモデル」の訳注で詳述する。

説話集『千夜一夜物語』の物語には、グールがしばしば登場する。カルカッタ第二版と呼ばれるアラビア語版『千夜一夜物語』の第五夜では、狩猟好きの王子が荒野を放浪中にインド王女を名乗るグーラ（女グール）に誘惑されて、危うく子供たちの餌にされそうになる。また、第五百三夜においては、猿とグールの軍勢の戦いが描かれる。巨大な体軀のグールたちは皆、馬に乗り、ある者の頭は牡牛、ある者の頭はラクダにそっくりで、猿の軍勢に円柱のような形の石を激しく投げつけてきた。

イスラム教の開祖ムハンマド・イブン＝アブドゥッラーフにまつわる数多くのことわざに登場するほか、言行録『ハディース』にも、グールは実在しないとする開祖の言葉と併せ、旅人に危害を加える者と書かれている。

一八八〇年代にベドウィンと共に暮らし、見聞録『アラビア放浪』を著した英国の詩人チャールズ・M・ダウティは、砂漠の旅人に母親や恋人の声色でグールが呼びかけ、道に迷わせ、喰らうという伝承を紹介している。

猟犬

The Hound

1922

責め苛《さいな》まれる耳の中で、悪夢めいた唸《うな》りと羽ばたきの絶え間ない音と、そして巨大な猟犬か何かがあげるような、遠くかすかな咆吼《ほうこう》が響いています。

夢ではないのです——恐ろしいことに、狂気ですらありません——そうした慈悲《じひ》深い疑いを抱くには、あまりにも多くのことが既に起きてしまったのですから。

ずたずたの死体に成り果てたセント・ジョン。私一人が、その理由を知っています。それを知るが故《ゆえ》にこそ、同じように引き裂かれてしまわぬよう、私は自分の頭を撃《う》ち抜こうとしているのです。怖気《おぞけ》を震うような幻想の、明かり一つなく果てしない通廊《つうろう》を、黒々と不格好な復讐《ネメシス》の女神が通り抜け、私を自滅へと駆り立てていきます。

私たち両名をかくも法外な運命に導いた愚かしくも病的な行いを、天がお赦《ゆる》しくださいますように！

ロマンスや冒険の歓《よろこ》びすらもたちまち新鮮味を失ってしまうような、面白みのない浮世の平凡さに倦《う》み疲れたセント・ジョンと私は、嘆かわしい倦怠《けんたい》の猶予《ゆうよ》を約束してくれる、ありとあらゆる耽美《たんび》的かつ知的な活動に没頭していました。

象徴主義者たちの謎めいた作品や、ラファエル前派[*1]の恍惚《こうこつ》に満ちた作品については、全盛期に属するものを全て入手しました。しかし、いかなる作品であれ、気晴らしになる新奇さや魅力はたちまちのうちに味わい尽くされて、新鮮な気分は失われてしまうのでした。

デカダン派の陰鬱《いんうつ》な哲学のみが私たちを支えてくれたのですが、これとても洞察力の深さと悪魔主義的な側面を徐々に増していくことによってのみ、効果を発揮するのでした。ボードレールとユイスマンス[*2]からはすぐにスリルを感じなくなり、ついには異様な個人体験や冒険といった、より直接的な刺激のみが残されていました。

かくも恐ろしく感情的な欲求に導かれるままに、私は恐怖の只中《ただなか》にある今この瞬間ですら、恥じらいと怯《おび》えなしでは口にできない唾棄《だき》すべき行為に、ついには手を染めてしまったのです——およそ人間の不法行為の中でも特に悍《おぞ》ましい行為、忌まわしい墓荒らしに。

不埒《ふらち》な遠征の数々について、詳細を明かすことはできません。召使いもなしで、私たち二人だけが共同で住んでいた大きな石造りの家の中に設けた、無名の博物館を飾る最悪の戦利品の数々についても、その一部なりとも列挙することはできかねます。

私たちの博物館は、冒瀆《ぼうとく》的な悍ましい場所でした。非現実的な思考に耽《ひた》る美術愛好家の悪魔的な審美《しんび》眼《がん》をもって、私たちは疲弊《ひへい》した感受性を刺激するべく、恐怖と腐敗の宇宙を造り上げたのです。

そこは、地下の非常に深いところにある、秘密の部屋です。

玄武岩《げんぶがん》と縞瑪瑙《しまめのう》を彫ってこしらえた有翼の巨大な魔物《デーモン》が、歯をむき出しに哄笑する口からこの世のものならぬ緑とオレンジの光を吐き出し、たっぷりした黒いカーテンに織り込まれた、納骨堂の赤い妖魅《シング》どもの手繫《つな》ぎの列が、覆い隠されている送気管によって波立ち、変幻自在の死の舞踏を踊るのでした。

これらの送気管を通して、私たちの気分に最も相応《ふさわ》しい芳香が送り込まれました。

ある時は、弔《とむら》いに用いられる青白い百合《ゆり》の香気が、またある時は王の遺体が安置される東洋の霊廟《れいびょう》をイメージした催眠作用のある焼香《しょうこう》が、そしてまたある時は——思い起こすだけで震えあがってしまう!——暴かれた墓から漂《ただよ》い出す、恐ろしくも魂を昂揚《こうよう》させる異臭が。

この忌まわしい房室《ぼうしつ》の壁際には、剝製《はくせい》師の技巧によって完璧につめものがなされ、防腐処置が施《ほどこ》されて、見栄えの良い生者さながらの姿となった古代のミイラを収めた棺《ひつぎ》が、世界最古の教会墓地から奪ってきた墓石と交互に並べられていました。

そして、そこかしこの壁の窪《くぼ》みには、ありとあらゆる形状の頭蓋骨《ずがいこつ》と、腐敗の様々な段階で保存された頭部が置かれていました。著名な貴族たちの腐りかけた禿頭《はげあたま》があるかと思えば、埋葬《まいそう》されて間もない子供たちのつやつやして光り輝く金髪の頭部もありました。

彫像《ちょうぞう》や絵画は全て残酷《ざんこく》な主題を扱ったもので、いくつかはセント・ジョンと私の作品でした。なめした人間の皮膚《ひふ》で装丁された錠《じょう》付きの画帳には、罪深くもゴヤ[*3]が描いたと噂《うわさ》されたものの、敢えて自作とは認めなかったという、世間で知られていない無署名の絵が収められていました。

弦楽器や金管楽器、木管楽器など、吐き気を催《もよお》すような音を出す楽器もあって、セント・ジョンと私はしばしば、この上なく病的かつ悪魔的な、身の毛もよだつ不協和音を奏でたものでした。

夥《おびただ》しい数の象嵌《ぞうがん》細工が施された黒檀《こくたん》のキャビネットでは、人間の狂気の集大成とも言える、最も驚異的で想像を絶する様々な墓所からの略奪品の数々が、静かに置かれていました。

特に話をするわけにはいかないのが、この略奪品のことで——自殺を思い立つずっと以前に、それを破壊する勇気を持てたことを神に感謝します。

とても口には出せないお宝をかき集めた略奪遠征の数々は、芸術的に見ればいずれも忘れがたい出来事でした。私たちは俗悪な墓荒《グール》らしではありませんでしたので、雰囲気や風景、環境、天候、季節、月光など、特定の条件が揃《そろ》った時にだけ作業を行いました。

これらの気晴らしは、私たちにとっては最高に洗練された美意識の発露でしたので、細部にいたるまで入念な技術的注意を払ったものでした。適切な時刻でなかったり、月光の効果がよろしくなかったり、湿《しめ》った草地をへたにいじるような羽目になってしまえば、不吉で嘲《あざけ》るような大地の秘密を暴くことで得られるあの恍惚とした快感の、何もかもがぶち壊しになってしまうでしょうから。

新奇な情景や、刺激的な状況の探求は、熱に浮かされたように飽《あ》くことを知らず――先導するのは常にセント・ジョンでした。そして、恐ろしくも不可避の運命を私たちにもたらすことになった、あの嗤《し》笑《しょう》する呪われた場所へと最終的に導いたのも、他ならぬ彼だったのです。

いかなる悪しき運命の働きで、あの恐ろしいオランダの教会墓地に誘《いざな》われてしまったのでしょうか。たぶん、生前に墓荒《グール》らしとして知られ、巨大な墳墓《ふんぼ》から呪力を秘めたものを盗み出したという、五百年前に埋葬された人物にまつわる冥《くら》い噂と伝説のせいだと思うのですが。

あの最後の瞬間の情景が、今も記憶に焼きついています。

長くぞっとするような影を投げかける、墓場にかかる青白い秋の月。陰鬱にうなだれて、手入れされることもなく放置された雑草と、崩れた墓石に触れているグロテスクな木々。月の光を浴びて飛び回る、奇妙なほどに大きな蝙蝠《こうもり》の大群。巨大な幽霊の指の如《ごと》く鉛色の空を指し示す、蔦《つた》に覆われる古さびた教会。遠くの隅《すみ》に生えているイチイの木々の下で鬼火《おにび》の如く乱舞する、燐光《りんこう》を発する虫たち。[*4] 遥《はる》か遠くの沼地や海から夜の風が運んできた黴《かび》に植物、かすかに混ざった何とも判別しがたい臭《にお》い。

そして、何よりも最悪なものだった、姿を見ることもできず、どこにいるのかもはっきりとわからない巨大な猟犬のような何かがあげる、かすかに聞こえてくる低い咆吼——。

この咆吼のようなものを耳にした時、私たちは例の農夫にまつわる話を思い出して震え上がりました。何しろ、私たちが探していたその人物は、何世紀も前に、何か名状しがたい獣の爪と歯に引き裂かれ、切り刻まれた姿に成り果てて、まさにこの場所で発見されたというのですから。

私は、この墓荒らし《グール》の墓を、どのようにシャベルで掘り起こしたのかを記憶しています。自分たちの姿や墓、見下ろしてくる青白い月、恐ろしい影、グロテスクな木々、巨大な蝙蝠、古さびた教会、乱舞する鬼火、吐き気を催す臭気、静かな唸りをあげる夜風、実際に耳にしたのかも疑わしい、方角も定かならぬ咆吼といった情景に、どれほどの興奮を覚えたのかも、よく覚えています。

やがて、私たちのシャベルは湿った土よりも硬いものにぶつかり、長いこと地中で憩《いこ》っていたので結晶化した鉱物がこびりついている、腐りかけた長方形の箱が見つかりました。

信じられないほど頑丈で分厚い箱でしたが、なにぶん非常に古いものだったので、私たちは最終的にそれをこじ開け、中身を鑑賞することができました。

五百年もの歳月が経過しているにもかかわらず、多くのもの——驚くほど多くのもの——が残っていました。骨格については、殺害者の顎《あご》によってところどころ砕けてはいたものの、驚くような堅固さで元の形状を保っていて、私たちは傷ひとつない白い頭蓋骨と、長くてしっかりした歯、かつては私たちのような墓場熱《はかばねつ》に輝いていた目玉なき眼窩《がんか》を、満足げに眺めました。

棺の中には、どうやら眠れる死者の首にかけられていたらしい、異国的なデザインの奇妙な魔除け《アミュレット》がありました。有翼の猟犬、ないしは半ば犬のような顔をしたスフィンクスが蹲る《うずくま》姿を模《も》した、妙に様式化された人形で、古風な東洋式の技巧を凝《こ》らして小さな翡翠《ひすい》片に彫り込まれていたのです。

その顔に浮かぶ表情は極めて忌まわしいもので、死と獣性、そして悪意を同時に漂わせていました。基部《きぶ》の周囲には、セント・ジョンも私も識別できなかった文字の碑文《ひぶん》が刻まれていて、底部には製作者の印であるかの如く、グロテスクで恐ろしい頭蓋骨が彫り込まれていました。

この魔除け《アミュレット》を目にするや、どうあってもそれを所有しなければならないとわかりました。この数世紀前の墓場から須《すべか》らく獲得すべきは、このお宝に違いないと悟ったのです。

たとえ、その形が全く馴染みないものだったとしても、私たちはそれを欲しがったことでしょうが、より注意深く見ているうちに、必ずしも馴染みのないものではないことが判明しました。

確かに、正気で、精神の平衡《へいこう》を保っている読者たちが知っている、あらゆる芸術と文学に照らせば、異物としか言いようのないものではありました。しかし、私たちは狂えるアラブ人アブドゥル・アルハズレッドの『ネクロノミコン』[*5]において、中央アジアの余人《よじん》が近づきがたいレンの屍食宗派[*6]における、身の毛のよだつ霊魂の象徴としてほのめかされていることを知っていたのです。

古代のアラブ人悪魔学者が書き記した、悪意に満ちた姿形との相似は、あまりにも明確でした。

彼の記すところによれば、死者を騒がせかじりつく者たちの霊魂の、朦朧《もうろう》とした超自然的な顕現《けんげん》か何かをもとに描写した姿形だということです。

緑色の翡翠を確保すると、私たちはその持ち主の漂白された、眼窩のぽっかり空いた顔を一瞥《いちべつ》して、発見した時のように墓を元に戻しました。盗んだ魔除け《アミュレット》をセント・ジョンのポケットに収め、忌まわしい場所から急いで離れる際、まるで呪われた不浄の滋養物《じようぶつ》を求めているかのように、蝙蝠たちがつい今しがた暴《あば》かれたばかりの地面に降りていくのを見たような気がしました。

秋の月光は弱く淡いので、確信は持てませんでしたが。

その後、オランダからの船の帰路にも、巨大な猟犬か何かの遠くかすかな吼《ほ》え声を、背後に聞いた気がしました。しかし、秋の風が悲しく弱々しげに咽《むせ》び泣くので、やはり確信がもてませんでした。

Ⅱ

英国に帰国してから一週間も経《た》たないうちに、奇妙なことが起こりはじめました。

私たちは隠者の生活を送っていて、友人もおらず、召使いも雇わず、荒涼《こうりょう》としてめったに人の通うこともない荒れ地に建つ、古い荘園領主の邸宅《マナーハウス》のいくつかの部屋を使って、二人きりで暮らしていたので、訪問客のノックに煩《わずら》わされるようなことは滅多にありませんでした。

しかし現在は、夜になると扉の周りだけでなく、階上階下を問わず窓の周りでもしきりに手探りする音がするようになって、私たちを悩ませました。

ある時などは、月光の差し込む図書室の窓を、大きくて不明瞭な体が塞《ふさ》いだかと思えば、さほど遠く離れていないあたりから、唸りや羽ばたきの音が聞こえてきたように思ったこともありました。

その都度、調べてはみるものの何もわからず——私たちはオランダの教会墓地で耳にしたかすかな遠い咆吼を今なお耳に響かせているのと同じ、奇妙に心騒がせる想像力のせいだと考え始めました。

翡翠の魔除け《アミュレット》は今、私たちの博物館の壁龕《へきがん》に置かれていて、私達は時折、その前で不思議な香気を放つ蠟燭《ろうそく》に火を点《とも》しました。

私たちは、魔除け《アミュレット》の特性と、悪霊《グール》の魂とそれが象徴する物の関係について、アルハズレッドの『ネクロノミコン』を読みふけりましたが、読めば読むほどに不安な思いがかきたてられていきました。

そして、恐怖が訪れたのです。

一九——年九月二四日の夜のこと、私は自室の扉が叩かれる音を聞きました。セント・ジョンだと思い、ノックした者に入るように告げたのですが、返されたのは甲高《かんだか》い笑い声だけでした。通廊は、無人でした。眠っていたセント・ジョンを起こしてみると、彼はその出来事について何も知らないと言い、私同様、心悩まされるようになりました。

荒れ地を越えて聞こえてくる、かすかな遠い咆吼が、疑う余地のない恐ろしい現実になったのは、まさにその夜のことでした。

四日後、私たち二人が隠された博物館にいた時、秘密の図書館の階段に通じている唯一の扉を、弱く、用心深くひっかいているような音が聞こえてきました。

この時、私たちの警戒心は二つに分裂しました。というのも、私たちは未知なるものへの恐怖とは別に、自分たちのぞっとするようなコレクションが発見されるかもしれないという恐怖を、いつだって愉《たの》しみにもしていたからです。全ての灯《あか》りを消すと、私たちは扉に向かい、いきなり開け放ちました。その瞬間、不可解な風が勢いよく吹き込み、衣《きぬ》ずれとクスクス笑い、そして歯切れのよいお喋りの奇妙な混成物が、遠くへ離れていくのが聞こえました。

発狂してしまったのか、夢を見ていたのか、それとも正気を保っているのか、私たちにはそれを決めることすらできませんでした。暗澹《あんたん》たる不安と共に私たちに理解できたのは、明らかに肉体を持っていなかったあのおしゃべりの主が、間違いなくオランダ語を話していたことくらいでした。

それからというもの、私たちは募《つの》りゆく恐怖と幻惑のうちに、日々を過ごしていました。

私たちはもっぱら、不自然な興奮が続く日々を送るうちに、二人して発狂してしまうのではないかと考えていました。しかし、こうした推測は時として、ぞっとするような破滅が今しも忍び寄りつつある犠牲者という役回りに私たちを仕立て上げ、さらなる愉悦《ゆえつ》を感じることもありました。

奇怪な霊障《れいしょう》が、今や数えきれないほど多く起こっていました。見たところ、私たちの推測も及ばぬ性質の悪意ある存在が、私たちの人里離れた屋敷に取り憑《つ》いたようでした。

風の吹きすさぶ荒れ地を夜毎《よごと》に越えてくる魔物めいた咆吼も、次第に大きくなってきました。

一〇月二九日には、図書室の窓の下にある柔らかい地面に、筆舌《ひつぜつ》に尽くしがたいひと続きの足跡が見つかりました。前例がないだけでなく、いよいよ数を増して古い邸宅《マナーハウス》に絶えず飛来するようになった大蝙蝠《こうもり》の群れと同様、不可解なものでした。

恐怖が頂点に達したのは、一一月一八日のことでした。暗くなった後、遠くの駅から家に歩いていたセント・ジョンが、何か恐ろしい肉食獣に襲撃《しゅうげき》され、ずたずたに引き裂かれてしまったのです。

彼の絶叫は、家にまで届きました。

私が大急ぎで凶事《きょうじ》の現場に駆けつけてみると、折《おり》しも翼の羽ばたく音が聞こえ、ぼんやりと黒い雲のようなものが、昇りゆく月光を背にシルエットを浮かび上がらせるのが見えました。

話しかけた時にはすでに、我が友は今際《いまわ》のきわで、はっきりした受けごたえはできませんでした。

彼にできたのは、このように囁《ささや》くことのみでした。

「魔除《アミュレット》けだ――あの呪われた――」

そうして彼は事切《ことき》れ、引き裂かれた肉塊《にくかい》に成り果てました。

続く真夜中、私は手入れのされていない庭のひとつに彼を埋葬し、生前の彼がこよなく愛していた悪魔的な祭文《さいもん》のひとつを、遺体の上で低く口にしました。凶々しい最後の言葉を口にした時、荒れ地の彼方から、巨大な猟犬か何かのあげる咆吼が、かすかに聞こえてきました。

月が昇っていましたが、見上げる勇気はありませんでした。

そして、ほのかに照らされる荒れ地に目を向け、小さな丘から丘へと速やかに移動するぼんやりとかすんだ大きな影が見えた時、私は目を閉じて地面に倒れ込んでしまいました。

どれほどの時間が過ぎたかはわかりませんが、震えながら体を起こすと、私はよろめきながら家に入りました。そして、安置されている緑色の翡翠の魔除《アミュレット》けを前に、悍ましい臣下の礼をとったのです。

今となっては、荒れ地の古びた家で一人暮らすのが恐ろしくてたまらず、私は博物館にあった魔除《アミュレット》けを確保すると、残りの瀆神的《とくしんてき》なコレクションを燃やしたり埋《う》めたりして処分した後、翌日にはロンドンに向けて出発しました。しかし、三夜後には再びあの咆吼が聞こえるようになり、一週間も経つ頃には、暗くなると決まって奇妙な視線を感じるようになりました。

ある日の夕方、新鮮な空気を吸おうとヴィクトリア堤防《ていぼう》［テムズ川にかかるウォータールー橋の北側の川沿い］を散歩していると、水面に映る街灯のひとつが、黒々とした不明瞭な何かに覆い隠されるのを見ました。

夜風よりも強く吹きつける一陣の風と共に、私はセント・ジョンの身に降りかかったことが、自分の身にも起きるに違いないことを悟ったのです。

翌日、私は緑色の翡翠の魔除け《アミュレット》を慎重に包装し、オランダに船で出発しました。

静穏《せいおん》な眠りにつく所有者にそれを返却することで、いかなる慈悲が得られるかはわかりませんでしたが、何かしら理《り》にかなった形式的な処置を試すに越したことはないだろうと感じたのです。

猟犬の正体も、私を追いかけ回す理由も、依然として不明なままでした。

ですが、最初に咆吼を耳にしたのは、あの古さびた教会墓地でしたし、セント・ジョンの末期の囁きも含め、その後に起きた全ての出来事が、魔除け《アミュレット》を盗み出した呪いに結びついていたのです。

したがって、ロッテルダム［オランダ南ホラント州の港湾都市］の宿屋でこの唯一の救済手段が泥棒に盗まれたことが判明した時には、私は最悪の絶望のどん底に叩き込まれてしまいました。

その夜、咆吼はいよいよ激しく、朝になって新聞を読んだ私は、この都市の最も堕落《だらく》した界隈《かいわい》で言語《ごんご》道断《どうだん》の行為が横行していることを知りました。とある悪名高いアパートで、それまでに近隣で発生した最も忌まわしい犯罪を凌《しの》ぐ、血なまぐさい殺人事件が起きたので、人々は恐怖の只中にありました。

ごみごみした泥棒どもの巣窟《そうくつ》で、何ひとつ痕跡を残していない未知の何かが、仲間全員をずたずたに引き裂いてしまったというのです。現場の周辺では、平素の酔いどれたちの喧騒《けんそう》とは別に、巨大な猟犬があげるような野太く、耳につくかすかな咆吼が、一晩中聞こえていたということでした。

かくして私はついに、あの不健全な教会墓地に再びやってきたのでした。青白い冬の月は悍ましい影を投げかけ、葉を失くした木々は陰鬱に項垂《うなだ》れ、萎《しお》れて霜《しも》のおりた雑草や崩れた墓石に触れ、蔦のからんだ教会が敵意に満ちた空を嘲弄《ちょうろう》するように指差し、凍りついた湿地や極寒《ごっかん》の海を渡ってくる夜風《よかぜ》が、狂ったような唸りをあげました。あの咆吼は、今ではごくかすかなものになっていました。かつて暴いた古ぶるしい墓に私が近づいた時には、それは完全に止んでいて、奇妙なほど周囲を飛び回っていた蝙蝠の大群も、驚いて飛び去ってしまいました。

墓の中で穏やかに横たわる白いものに対して、祈りを捧げるのか、さもなくば正気を喪《うしな》った嘆願と謝罪の言葉を口走るためでもなければ、どうしてあの場所に足を運んだのかはわかりません。ともあれ、どのような動機があったにせよ、部分的には自分自身の、部分的には外部から私を支配する意志の絶望感に駆られながら、半ば凍りついた土を掘り進めました。掘削《くっさく》作業は思っていたよりも遥かに楽に進みましたが、一度だけ奇妙な妨害に見舞われました。痩《や》せこけた禿鷲《はげわし》が寒空から急降下し、私がシャベルで叩き殺すまでの間、墓土を必死でつついたのです。ようやく、腐りかけた長方形の箱を掘り当て、私は湿った硝石《しょうせき》がこびりついた蓋《ふた》を取り除きました。これが、私が実行した最後の合理的な行為となりました。

数世紀もの歳月を経た棺の中で、眠りを貪《むさぼ》る頑強な大蝙蝠たちという悪夢めいた従者どもにびっしり覆われていたのは、友人と私が略奪を行った骨に他なりませんでした。しかし、私たちがあの時目にしたような、まっさらで安らかな白骨ではなく、固まった血や、別の者の肉と髪の断片を纏《まと》っていて、燐光を放つ眼窩がまるで感覚があるかのように私を睨《ね》めつけ、血にまみれた鋭い牙の覗《のぞ》く口が、私を必然的に待ち受ける破滅を嘲笑《あざわら》う歪んだ形に開かれていました。

せせら笑う顎からは、巨大な猟犬か何かのあげるような野太い、小馬鹿にしたような咆吼が発せられていました。そして、血みどろの穢《けが》らわしい爪が、破滅をもたらす失われた緑色の翡翠の魔除け《アミュレット》を摑《つか》んでいるのを目にした時、私はただひたすら痴《ち》愚の如き悲鳴をあげて逃げ出しました。

私の悲鳴はやがて、ヒステリックな笑いに変化しました。

狂気は星を渡る風に乗る……死骸《しがい》の爪と歯は、何世紀もかけて鋭くなったのだ……肉汁滴《したた》る死神が、ベリアルの埋もれたる神殿《しんでん》の夜闇の廃墟《はいきょ》より、浮かれ騒ぐ蝙蝠の群れに乗ってくる……。

肉を喪った悍ましい死者の咆吼はいよいよ大きさを増し、呪われた飛膜《ひまく》の唸りと羽ばたきもいよいよ近づいてきます。かくなるうえは、名もなく名づけられようもないものからの、私の唯一の避難所である忘却へと、この回転式拳銃《リボルバー》で赴《おもむ》かなければなりますまい。

訳注

1　ラファエル前派　pre-Raphaelites

一九世紀中頃の英国で活動した美術家、評論家たちの芸術運動、あるいはそれを担ったグループ。ルネサンス期のラファエロ・サンティに象徴される古典に偏重する美術界に反発した、ロイヤル・アカデミー付属美術学校の学生たちを中心に、「ラファエロ以前に立ち返る」ことを目指して結成されたもので、ダンテ・ゲイブリエル・ロセッティ、ウィリアム・ホルマン・ハント、ジョン・エヴァレット・ミレイら三人の画家が中心人物。

「前ラファエロ兄弟団 Pre-Raphaelite Brotherhood」の頭文字をとった「R.P.B.」のサインを自身が手がけた絵画に署名するなど、秘密結社的な連帯のもとで活動していた。中世から近代にかけての伝説や文学に材を採り、コントラストの弱い明るい画面と鮮やかな色彩、ディティールの細かいところを写実的に描きあげる技法が特徴の、ファンタジックな絵画や詩を数多く生み出した。

ラファエル前派の作品群の中で特に有名なのが、ウィリアム・シェイクスピアの『ハムレット』におけるオフィーリアの死の直前のシーンを描いた、ミレイの『オフィーリア』だろう。ただし、一八五二年にロイヤル・アカデミーで展示された際の評判は芳しくなかった。

2　ボードレールとユイスマンス　Baudelaire and Huysmans

一九世紀フランスで活躍し、共にデカダン派の走りとされる作家・詩人の、シャルル＝ピエール・ボードレールとジョリス＝カルル・ユイスマンス。ボードレールは美術評論家として文壇でのキャリアを開始し、HPLが崇敬するエドガー・アラン・ポオの作品をフランスに翻訳、紹介した人物でもある。また、ユイスマンスの『さかしま』は、主人公フロレッサス・デゼッサントが使用人を伴って郊外の一軒家に棲まい、趣味の赴くままに書物や絵画を集めて、美と頽廃の人工楽園を築くうちに神経を病んでいく物語で、「猟犬」の筋立てと似通っている。

3　ゴヤ

一八世紀から一九世紀にかけて活躍した、スペイン人画家フランシスコ・デ・ゴヤ。一八一九年に購入した別荘

〈聾者の家〉を飾るべく、黒を主体とすることから「黒い絵」と総称される一連のグロテスクな壁画を描いたが、中でも〈我が子を食らうサトゥルヌス〉にHPLは強い衝撃を受け、「ピックマンのモデル」のモチーフとした。前述のユイスマンス『さかしま』の主人公も、ゴヤの版画を自室に飾っていた。

4 燐光を発する虫たち the phosphorescent insects

この虫の具体的な種類は不明である。広義には蛍を含む言葉だが、アメリカ合衆国では一般的にアメリカ南部から中南米にかけて棲息しているヒカリコメツキを指す場合が多いようだ。ただし、ヒカリコメツキの仲間はオランダには棲息していない。また、HPLは、書簡や小説、エッセイなどにおいて蛍に言及する時は大抵 firefly の語を使用し、この表現を用いた例は見当たらない。

5 『ネクロノミコン』 Necronomicon

この箇所がHPL作品における『ネクロノミコン』の初出で、狂えるアラブ人アブドゥル・アルハズレッドがこの書物の著者とされたのも、本作が最初である。一九三七年二月下旬のハリー・O・フィッシャー宛書簡などに見られるHPLの説明によれば、『ネクロノミコン』というギリシャ語タイトルは夢の中で思いついたもので、「NEKROS（屍体）、NOMOS（法典）、EIKON（表象）——したがって屍者の律法の表象あるいは画像」を意味しているという。「猟犬」の時点では、『屍者の律法』のタイトルに相応《ふさわ》しい内容を含むものと考えられていたようだが、本作の数年後に執筆された「クトゥルーの呼び声」（一九二六年）では、クトゥルー教団の本部がアラビアの無名都市に存在するといった記述があると設定され、徐々に架空神話であるクトゥルー神話世界の歴史書・典礼書の性格を強めていくことになる。

6 レンの屍食宗派 the corpse-eating cult of Leng

「狂気の山脈にて」「未知なるカダスを夢に求めて」など、複数作品で言及されるレンという地名の初出。本作では中央アジアだが、別作品では地球の夢の国（ドリームランド）の北方とされる。なお、カダスとレンの元ネタは、モンゴル語で北極星を表すアルタン・ガダス（金の鋲）と、モンゴルの叙事詩『ゲセル・ハーン物語』の主人公ゲセル・ハーンの治める伝説的なリン王国 Ling（リンには島・大陸の意味がある）だという説がある。

祝祭

The Festival

1923

「悪魔《ダイモーン》どもは働きかける。そうではないものが、人の目にはあたかも本物と映るように」

——ラクタンティウス[*1]

故郷は遠くにあり、東方の海が私を魅了《みりょう》していた。

黄昏時《たそがれどき》に、私は岩の上で波が砕ける音を聴いて、捻《ね》じくれた柳《やなぎ》が絡《から》み合う丘の向こうに、晴朗《せいろう》な空と夕べの最初の星々を背にした海が広がっていることを知った。

遥《はる》けき彼方《かなた》の古い町へと、父祖《ふそ》らに呼び出されたので、私は薄く積もった新雪《しんせつ》に足を踏み入れ、木々の間でアルデバランが輝く物悲しい場所へと続く、上り坂になった道を進み続けた。

一度も目にしたことはなかったが、しばしば夢に見た蒼古《そうこ》の町を目指して。

ユールタイドの時節だった。人々はクリスマスと呼びならわしているが、ベツレヘムやバビロンよりも、メンフィスや人類そのものよりも古いものであることを、心の中では知っているのだ。

ユールタイドの時節であり、そして私は我が同胞《どうほう》が棲《す》んでいる、古ぶるしい海辺の町にやって来た。祝祭《しゅくさい》が禁じられていた往古《おうこ》の時代にもそれを執《と》り行い、原初の秘密にまつわる記憶がゆめ忘れ去られることのなきよう、一世紀に一度、祝祭を催《もよお》し続けるよう子々孫々《ししそんそん》に命じたその町に。

我が血統は古い民族《ピープル》で、三百年前、この土地に植民が始まった時ですら、既にして古いものだった。

南方の目眩《めくるめ》く蘭《らん》の苑《その》から、謎めいた民として密《ひそ》やかに到来し、青い目をした漁人《いさりびと》の言葉を学ぶ前には別の言葉を話していたので、一風変わった人々ではあった。

今では散り散りになっていて、生ける者には理解できない神秘的な祭儀《さいぎ》のみを分かち合っていた。

その夜、貧しく孤独な者だけが覚えている伝説に誘《いざな》われ、古い漁師町に戻ってきたのは私のみだった。

やがて丘の向こうに、薄暮《はくぼ》の中で白い霜《しも》に包まれた、キングスポート*2が広がっているのが見えた。

雪の降り積もったキングスポートには、古い時代の風見や尖塔《せんとう》、棟木《むなぎ》や煙突の煙出し、埠頭《ふとう》や小さな橋、柳の木々や墓地があった。急勾配で狭い、曲がりくねった通りの作り出す果てしない迷路があり、時の流れを物ともしない丘の中心部の先端には、眩《まばゆ》いばかりに輝く教会が聳《そび》えていた。

植民地時代の家屋《かおく》が果てしなく続く迷宮は、子供の散らかした積み木の如く、あらゆる角度や高さに積み上がり、あちこちに分散していた。

冬の雪で真っ白になった切妻《きりづま》や駒形《こまがた》切妻屋根の上では、灰色の翼を広げて古色が漂《ただよ》っていた。

扇型の窓や、小さく分割された窓の一つ一つが、寒々とした夕暮れに輝きを投げかけて、オリオン座や古めかしい星々に加わっていた。

そして、朽《く》ちかけた岸壁《がんぺき》を、海の波が強く洗っていた。

上古《じょうこ》の昔、物言わぬ太古から存在する海の外から、我らの同胞はやって来たのだ。


道を登りつめたところの傍《かたわ》らには、荒涼《こうりょう》として風が吹きすさぶ、さらに高い頂《いただき》があった。

さながら巨大な死体の腐敗した爪の如《ごと》く、黒々とした墓石が不気味に雪から突き立っていることから、墓地であると知れた。足跡《あしあと》ひとつない道はこの上ない寂しさで、まるで風に吹かれた絞首台《こうしゅだい》が、恐ろしくも軋《きし》むような音を、かすかに耳にしたような気がした。

一六九二年[*3]、四名の我が親族が魔術《ウィッチクラフト》を行った廉《かど》で絞首刑に処《しょ》されたのだが、それがどこで行われたのかは知らなかった。

海の方へ下っていく道を降りていきながら、夕暮れの村の陽気なざわめきが聴こえてこないものかと耳をすませたのだが、何も聴こえてこなかった。やがて、私は時節に思い至り、昔ながらの清教徒《ピューリタン》の住民たちが、私の慣れ親しんでいないクリスマスの習慣を持っていて、沈黙の裡《うち》に炉辺《ろへん》で祈りを捧げているのかもしれないと考えた。

その後は、陽気な騒ぎに耳をすませたり、道行く人を探すようなことはやめた。灯《あか》りが点《とも》った静かな農家と、影が落ちている石壁を早足で通り過ぎ、潮風に吹かれた看板がぎしぎしと軋んでいる古びた店や海辺の居酒屋、そしてカーテンのひかれた小さな窓からの灯りに照らされて、舗装《ほそう》されていない無人の通りに沿ってきらきらと輝いている、グロテスクなノッカーのある柱つきの門《もん》戸《こ》が並んでいる方へと向かっていった。

町の地図に目を通してあったので、我が同胞の家がどこにあるのかはわかっていた。村の伝承が長く息づいているので、私のことはすぐにそれとわかり、歓迎されるはずだと聞かされていた。

それで私は足を早めて、バック・ストリートを抜けてサークル・コートに向かい、町でただ一箇所、全体が板石で舗装された歩道の上の新雪を横切って、グリーン・レーンがマーケット・ハウスの裏手に消えるところにやってきた。

古い地図は今なお有効で、何の問題も起きなかった。

アーカムでは、この町では路面電車《トロリー》*4が走っていると聞いていたのだが、頭上に架線《かせん》が見当たらないので、嘘をつかれたに違いなかった。いずれにせよ、雪がレールを隠しているようではあった。白く雪に染まった村は、丘からは実に美しく見えたので、私は徒歩を選んだことを嬉しく感じた。そして今、私は同胞の家——一六五〇年以前に建てられた、古びた尖《とが》り屋根と張り出した二階のある、グリーン・レーンの左手七番目の家の扉をノックしたくてたまらなくなっていた。

私が到着した時、家の中には灯りが点っていて、菱《ひし》形の窓硝子《ガラス》を通してみると、古い時代の状態をほぼそのまま保っているに違いないことがわかった。上階が、芝生《しばふ》の生えている細い道に張り出していて、向かい側の家の張り出した部分と殆《ほと》んど触れ合わんばかりになっていたので、私はトンネルの中にいるも同然で、玄関の低い石段には雪が全く積もっていなかった。歩道はなかったが、多くの家では、鉄の手摺《てすり》がある二連の階段が高い位置の玄関へと続いていた。それは、奇妙な光景だった。ニューイングランドに親しんでいなかったので、ここに来る以前はそうしたことを知らなかったのである。嬉しい体験ではあったが、雪の中に足跡があり、通りには住民たちの姿があって、カーテンのひかれていない窓がいくつかあったならより味わい深かったことだろう。古風な鉄のノッカーを鳴らした時、私は半ば恐れを感じていた。たぶん、受け継いできたものの奇怪さや、夕暮れ時の寂しさ、そして奇妙な慣習のある年経《ふ》りた町の異様な静けさといったものが、私の中に降り積もって恐怖のようなものが生じたのだろう。そして、ノックに対する応《こた》えがあった時、私は全《まった》き恐怖に捕《と》らえられた。何故なら、ドアが弾けるように開かれる前に、足音が聴こえなかったのである。

とはいえ、恐れはそれほど長く続かなかった。戸口に立っていた、ガウンを纏《まと》ってスリッパを履《は》いた老人は、いかにもといった穏やかな顔をしていて、私を安堵《あんど》させたのである。

とはいうものの、彼は自分が啞《おし》であることを身振りで示すと、携《たずさ》えていた尖筆《スタイラス》と蠟板《ワックスタブレット》で、古風な歓迎の言葉を記した。

彼に案内され、私は天井の低い、蠟燭《ろうそく》の灯りで照らされた部屋に案内された。どっしりした垂木《たるき》が剝《む》き出しになっていて、一七世紀に製造された黒く、頑丈な家具が幾つか置かれていた。

一つとして特質が欠けておらず、往古の時代が鮮やかに息づいていた。

洞窟《どうくつ》を思わせる暖炉と糸車があって、ゆったりした肩掛けとポークボンネット［女性用の帽子の一種］を着用した腰の曲がった老婦人が私に背を向けて座り、祝祭の時季だというのに黙って糸車を回していた。

何となくじめついた感じが漂っていて、私は暖炉に火が入っていないことを訝《いぶか》しく思った。

高い背もたれのある長椅子が、左手のカーテンのひかれた窓の列に向けられていた。誰かが座っているような気がしたが、確信があったわけではない。

目にした何もかもが気に入らず、先に抱いた恐怖を改めてひしひしと感じていた。

この恐怖は、いったんそれが減《げん》じる以前よりもさらに強くなっていて、老人の穏やかな顔を見れば見るほどに、その穏やかさこそが私をいよいよ脅《おびや》かすのだった。

双眼《そうがん》はぴくりとも動かず、肌はさながら蠟《ろう》のようだった。その顔にしてみても、決して本物ではなく、悪魔の如き狡猾《こうかつ》な仮面に他ならないのだと、私は確信するに至った。

しかし、奇妙な手袋をつけた、いかにもたるんだ感じの手が蠟板に愛想の良い言葉を記し、祝祭の場所へと案内されるまでの間、しばらく待っていなければならないことを告げたのだった。

椅子とテーブル、そして本の山を指で示してから、老人は部屋を離れた。

私は読書しようと腰をおろして、たいそう古びて黴《かび》のはえた書物に目をやった。

老モリスター[*5]の放埒《ほうらつ》な『科学の驚異』、一六八一年に刊行されたジョセフ・グランヴィル[*6]の恐ろしい『現代サドカイ教の克服』、一五九五年にリヨンで刊行されたレミギウス[*7]の慄然《りつぜん》たる『悪魔崇拝』などがあった。中でも最悪なのが、狂えるアラブ人アブドゥル・アルハズレッドの著した口に出すことも憚《はばか》られる『ネクロノミコン』、その禁書指定を受けたオラウス・ウォルミウス[*8]によるラテン語版であった。目にしたことはなかったが、この書物について囁《ささや》かれている悍《おぞ》ましい話は聞いたことがあった。

誰かに話しかけられるようなこともなく、外の風が看板を軋ませる音や、ボンネットをつけた老婦人が無言で糸を紡《つむ》ぎ続ける、糸車の回る音が聴こえてくるばかりだった。

部屋も本も人々も皆、陰気で不安をかきたてる存在ばかりに思えたが、父祖の古い伝統に従って奇妙な饗宴《きょうえん》に呼び出されたからには、おかしなことがあって当然なのだと、私は自分を納得させた。

そこで、私は本を読むことにしたのだが、それほど時間が経たないうちに、『ネクロノミコン』の中に見出した記述に、身震いしながらも強く引き込まれていった。それは、およそ健全で、正気《しょうき》の意識を保っている者にとって、あまりにも悍ましい思想であり、伝説であったのだ。

しかし、密かに開けられたものだろうか、長椅子の前にある窓の一つが閉まる音を耳にしたような気がして、私はそれが気に障《さわ》った。老婆《ろうば》の糸車とは異なる、風の音が続くのを聴いたようにも思った。

もっとも、老婆が勢いよく糸車を回し、古びた時計が時を告げていたので、ごく小さな音ではあった。

その後、長椅子に誰か座っているという感じはなくなって、私は体を戦慄《わなな》かせながらも熱心に本を読んでいた。やがて、長靴を履き、ゆったりした古風な衣装を身に着けた老人が戻ってきて、そのベンチに腰をかけたのだが、私からは彼の姿が見えなかった。

待ち続けている私の緊張は、手にしている冒瀆《ぼうとく》的な本のこともあって倍増した。

しかし、時計が一一時を打った時、老人は立ち上がって、部屋の片隅《かたすみ》にある彫刻のほどこされた収納箱に滑《すべ》るような足取りで歩いていくと、フードのある外套《がいとう》を二着取り出した。彼は、そのうち一着を自ら着用し、もう一着は糸車を回す単調な作業を終えた老婆に着せてやった。

それから、彼ら二人は屋外への扉に歩き始めた。女性は足を引きずりながらよろよろと歩き、老人の方はといえば、私が読んでいた本を取り上げた後、ぴくりとも動かない顔もしくは仮面にフードを被せながら、ついてくるよう私に手招きした。

私たちは、月の出ていない、信じがたいほど古い時代に遡《さかのぼ》る町の網目のように入り組んだ道に出ると、カーテンのひかれた窓から漏《も》れる灯りがひとつ、またひとつと消えていく中、先に進み続けた。

あらゆる出入り口から人目を忍ぶように吐き出され、そこかしこの通りで悍ましい行列をつくり、ぎしぎしと軋む看板や時代遅れの破風《はふ》、草で葺《ふ》かれた屋根や菱形のガラス窓を通り過ぎてゆく、フードつきの修道服や外套を身に着けた人々の群れに、犬の星《シリウス》*9が流し目を向けていた。

行列は、朽ちゆく家屋が折り重なって崩れた急勾配の細路《ほそみち》を通り抜け、広場や教会墓地を滑るように進む際には、ゆらゆらと動く角燈《ランタン》の灯りが、酒に酔ったような気味の悪い星座を作り出した。

黙りこくった群衆の只中《ただなか》にあって、私は奇異に思えるほど柔らかい肘《ひじ》につつかれたり、異様なほど柔軟に思える胸や腹で押されたりしたのだが、彼らの顔を見ることもなければ言葉を耳にすることもないまま、声なき案内に導かれていった。

高く、高く、さらに高く、不気味な行列が滑るように進み続けた。

現実のものとも思えない小路《こみち》がひしめきあうあたりに押し寄せている旅人たちは皆、大きな白い教会が聳える、町の中心の高い丘の頂上に集まっているようだった。

夕暮れに差し掛かった頃、上り坂の頂からキングスポートを眺めた時に目にした、あの教会である。

折しも、アルデバランが亡霊じみた尖塔《せんとう》の上で静止しているように見え、私を戦慄《せんりつ》させた。

教会の周囲には広々とした空間があって、幽霊のような石柱が立ち並ぶ墓地や、風によって大部分の雪が吹き飛ばされた、半ば舗装されている広場などがあり、尖《とが》った屋根と張り出した破風のある、気味悪く感じるほどに昔風の家々が連なっていた。

鬼火《デス=ファイア》が墓碑《ぼひ》の上で乱舞するという、ぞっとする光景が見られたが、奇怪なことに影が描かれなかった。

教会墓地を抜けた家のないあたりからは、丘の頂のさらに向こう側を眺望でき、港の空にきらめく星々が見えた。ただし、暗闇《くらやみ》に包まれた町を目にすることはできなかった。

黙りこくったまま、今しも教会の中に滑るように入っていく群衆を追い越そうとしているものらしく、時折、蛇《へび》のように曲がりくねった小路で、角燈の灯りが恐ろしげに揺れていた。

私は群衆が黒々とした戸口に吸い込まれ、列からはぐれた者たちが皆、追いつくまで待っていた。老人に袖《そで》を引っ張られたが、私は最後の一人になろうと心に決めていたのだ。

やがて、その不吉な人物と糸繰《く》りの老婆の後に続いて、ついに足を進めたのである。

未だかつて経験したことのない暗闇に包まれた、群衆がひしめく神殿《しんでん》の敷居《しきい》を超える時、外の世界を見ようと一度だけ振り返った私は、墓地の燐光《りんこう》が丘の頂きの歩道を青白く照らしているのを目にした。その光景に、私は震え上がった。というのも、雪はあらかた風に吹き飛ばされ、扉のあたりの道にいくつかの斑点《はんてん》を残すのみだったとはいえ、一瞬だけ振り返った時、私の混乱した目には、私自身のものも含めて一つの足跡も見えなかったのである。

群衆の大部分が既に姿を消していたので、持ち込まれた角燈《ランタン》の全てをもってしても、教会の中は明るいとは言えなかった。彼らは、高い背もたれのある白い信徒席の間の通路を流れるように進み、説教壇のすぐ前に忌まわしくもぽっかりと口を開けている、地下納骨所へと続くはね上げ戸*10の中に、おし黙ったまま体をのたくらせて入っていくのだった。

私も無言で後に続き、踏み減らされた階段を、息の詰まる地下祭室の暗闇の中へと降りていった。

夜の行進に加わっている者たちの後尾がうねくる様子は、身の毛がよだつほど恐ろしい有様で、それが古さびた霊廟《れいびょう》にのたうつようにして入っていく段になると、より一層恐ろしく見えた。

霊廟の床には、群衆が滑り込むように降りていく孔《あな》があって、間もなく私たち全員が、粗削りの不気味な石段を降《くだ》っていた。じめついて、独特の臭気が漂う狭い螺旋《らせん》階段で、水の滴《したた》り落ちる石塊《せきかい》と毀《こぼ》れつつある漆喰《しっくい》で造られた、単調な壁の横を、丘の腸《はらわた》へと果てしなく降っていくのだった。

静寂の裡《うち》に進む、慄然たる降下だった。悍《おぞ》ましい一時《ひととき》が過ぎる頃、壁と階段が堅い岩塊《がんかい》を掘り抜いたような天然のものに変化していくことに、私は気づいた。

私を特に悩ませたのは、無数の者たちの足踏みが物音ひとつ、反響ひとつあげないことだった。

永劫《えいごう》とも思われる降下がさらに続いた後に、黒々とした未知なる奥処《おくが》から暗闇の神秘に懐《いだ》かれたこの竪穴《たてあな》へと繋《つな》がっている、横道ないしは横穴がいくつか見えた。

名状しがたい脅威を孕《はら》む瀆神《とくしん》的な地下墓地《カタコンベ》を思わせるそれらは、ほどなくして法外な数に膨《ふく》れ上がり、鼻をつく腐敗臭が耐《た》え難いほどに強くなった。

山の中を降りきって、キングスポートそれ自体の大地の底にやって来たに違いないことを私は悟り、この町に往古より蛆《うじ》の如く喰《く》らいつく、地の底の邪悪の悍ましさに震え上がった。

やがて私は、青白い光が毒々しく揺らぐのを目にし、太陽を知らぬ水が密やかに波打つ音を耳にした。

夜がもたらした事物の厭《いと》わしさに改めて身震いし、私は父祖らがこの原初の儀式に私を喚《よ》び出すようなことがなければよかったのにと、苦々しい望みを抱くのだった。

石段と通路が広くなっていくにつれて、別の音が聴こえてきた。それは、弱々しいフルートの音色の紛《まが》い物のような、か細く甲高《かんだか》い音だった。

地下世界の無限の眺望《ちょうぼう》が眼前に広がったのは、まさにその時だった——菌類《きんるい》の覆う広漠《こうばく》な岸辺が、柱状に噴《ふ》き上がる緑がかった不気味な焔《ほのお》*11に照らされていた。そして、慄然たる未知の亀裂《きれつ》の数々から、記録されざる太古の海の、暗黒よりも冥《くら》い深淵《しんえん》に流れ込む、どろりとした大河に洗われているのだった。

呆然《ぼうぜん》として息を喘《あえ》がせながら、私は巨大な茸《きのこ》が蔓延《まんえん》し、不気味な焔が噴き出し、粘《ねば》つく水が流れる、瀆神的な冥界《エレバス》*12を眺め、外套をまとった群衆が燃え盛る火柱を囲んで半円を描くのを目にした。

それこそが、人よりも古くから存在し、人よりも生き永《なが》らえる運命《さだめ》の、ユールの儀式なのだった。原初なる冬至《とうじ》の儀式にして、降雪の涯《はて》の春を約束する儀式、焔と常緑《じょうりょく》、光と音楽の儀式なのだった。

そして、地獄《ステュギア》*13めいた空洞の中で、私は彼らが儀式を執り行い、不気味な火柱に礼拝《らいはい》し、翠色《みどりいろ》の光の中でなおも強く緑色に輝く、粘ついた植物を両手一杯に摑《つか》んで、水の中に投げ込むのを眺めていた。

これ以外にも、私は光から遠く離れた場所に不定形の何物かが蹲《うずくま》り、フルートに似た不快な音を鳴らしているのを目にした。その存在が音を出しているうちに、見通すことのできない悪臭漂う暗闇の中で、私は忌まわしくもくぐもった羽ばたきの音を耳にしたような気がした。

しかし、何にも増して私を恐怖させたのは、燃え盛る火柱の方だった。想像も及ばぬほどの深みから火山のように噴き上がり、まともな焔のように影を投げかけることもなく、汚らわしい悪臭を放つ緑青《ろくしょう》で亜硝《あしょうさん》石を覆っていたのである。

その激しい燃焼の中に暖かみはなく、死と腐敗のよそよそしさがあるのみだった。

私を連れてきた人物は今、悍ましい焔の傍らへと体をくねらせながら進んでいき、人々の半円に向き直ると、ぎこちない様子で儀式ばった動作を行った。

儀式がある程度の段階まで進むごとに、彼が携えてきた『ネクロノミコン』を頭上に掲《かか》げた時には特に、人々は這いつくばるようにして敬意を表した。私もまた、父祖らの書いたものによってこの祝祭に呼ばれたので、彼らと同じように敬意を表した。

やがて、老人が暗闇の中で朧《おぼろ》げに見えるフルート奏者に合図すると、奏者は唸《うな》るようなか細い低音を、想像や想定といったものを超えた恐怖を喚び寄せる、やや大きめな異なる調子の音色に切り替えた。

この恐怖によって、私は地衣類《ちいるい》に覆われた地面にほとんどひれ伏せんばかりとなり、この世界——否、いかなる世界のものでもない、狂える星間宇宙にのみ属する恐怖に釘付けにされてしまった。

というのも、あの冷たい焰の腐れ果てた輝きの彼方にある、想像を絶する暗黒の中や、あの知られざるどろりとした川がひっそりと不気味に流れ落ちる何リーグもの奈落《タルタロス》の底から、およそ健全な目では全身を把握できない、さもなくば健全な脳が記憶にとどめることのできない、訓練によって飼い馴《な》らされた雑種の生物の群れが、リズミカルに羽ばたきながら飛び出してきたのである。

そいつらはカラスでもなければモグラでもなく、ノスリや蟻《アリ》、吸血コウモリ、腐り果てた人間とも似ても全く異なる、思い出せず、思い出してはならない何かだった。[*14]

そいつらの半数が足の皮膜《ひまく》を、半数が膜状の翼をしなやかに羽ばたかせて、儀式に参加していた群衆のところに飛来すると、フードを被った者たちはそいつらを捕まえて背に跨《また》がった。そして、一人また一人と、あの無明《むみょう》の大河の流域に沿って、毒性の泉が恐るべき不治の白内障《はくないしょう》を引き起こす窖《あなぐら》や洞窟の中に飛び去っていったのである。

糸車を回していた女性は群衆と共に行ってしまったが、老人ただ一人が残っていた。他の者たちと同様、あの動物を捕らえて跨がるよう促《うなが》したのだが、私がそれを拒否したからである。

足下《あしもと》が覚束《おぼつか》ないながらも、私がどうにか立ち上がった時、不定形のフルート奏者は姿を消していたが、二匹の獣が辛抱《しんぼう》強く近くで待機しているのが見えた。

私が尻込みしていると、老人は尖筆《スタイラス》と蠟板《ワックスタブレット》を取り出して、自分こそがこの太古の地において、ユールの礼拝を創始した、私の父祖らの真の代理人なりと書きつけた。私の帰還は宿命であり、最奥《さいおう》なる秘儀はこれより行われることになるのだとも。

彼は、きわめて古めかしい筆致でこうしたことを記し、私がなおも躊躇《ためら》っていると、ゆったりした外衣《がいい》の中から、印形《いんぎょう》つきの指輪と懐中時計を取り出した。彼の言葉を裏付ける我が一族の紋章が、いずれにも備わっていた。

しかし、それは悍ましい証拠でもあった。かつて目を通した古文書によって、その懐中時計が一六九八年に、曾々々祖父と共に埋葬《まいそう》されたことを知っていたのである。

今や老人はフードをおろして、その顔に一族の特徴《とくちょう》があることを示した。しかし、その顔が呪わしい蠟面に過ぎないことを確信していたので、私にはただ震えることしかできなかった。

翼をばたつかせるけだものどもは、今は落ち着かない様子で地衣類をひっかいていたのだが、見た所、老人自身もまたそわそわと落ち着かないようだった。

やがて、生物たちの一匹がよたよたとそこから離れ始めたので、老人《かれ》はそれを止めようと急いで向き直った。その性急な動作によって、頭部の本来あるべき場所から蠟面が外れてしまった。

それを目の当たりにした私は、悪夢においてしばしばそうであるように、ここまで降りてきた石の階段室には位置的に辿《たど》り着けそうになかったので、海中の洞窟へと泡立ちながら流れていくどろりとした地底の川に、我が身を投じた。

私の狂おしい悲鳴が、この悪疫《あくえき》に塗《まみ》れた深淵に潜《ひそ》んでいるのかもしれない死の軍勢を、悪戯《いたずら》に喚び集めてしまう前に、地の底の慄然たる腐汁《ふじゅう》の中に、我が身を投じたのである。


病院で聞かされた話によれば、私は夜明けのキングスポート港で、私を救うべく偶然流れ着いた船の円材［マストなどに使用される円柱状の木材］に、凍死しかけた状態でしがみついているところを発見されたのだという。

雪中《せっちゅう》に見つかった足跡から推測するに、前の晩、丘を上っていく道の誤った分岐《ぶんき》を選んで、オレンジ・ポイントの崖の上から落ちたのだろう、という話も聞かされた。

何もかもが違っていたので、私に言えることは何もなかった。

そう、何もかもが違っていたのだ。

広々とした窓からは、建ち並ぶ屋根の造り出す海を望めたのだが、古風な家は五軒に一軒くらいのもので、眼下の通りからは路面電車《トロリー》や自動車の音が聴こえていた。

ここがキングスポートなのだと言われてしまえば、そのことを否定できるはずもなかった。

その病院が、セントラル・ヒルの古い教会墓地の近くにあると聞かされて、興奮状態に陥《おちい》った私は、より手厚い看護を受けられるアーカムのセント・メアリー病院に移された。

医師たちは寛大《かんだい》で、慎重に保管されているアルハズレッドの不埒《ふらち》きわまる『ネクロノミコン』の写本を、ミスカトニック大学の図書館から借り出すにあたっては、圧力をかけてくれさえした。

彼らは〈精神病〉についてあれこれ話をして、私を悩ませる強迫観念が何であれ、心から取り去った方が良いのだと同意してくれたのだった。

それで、私はあの悍《おぞ》ましい章を読み返したのだが、二重の意味で震え上がった。実際の話、身に覚えがある内容だったのである。

私がそれをかつて目にしたことは、足跡が証明してくれるだろう。だけど、その場所がどこであったかについては、忘れ去るのが最善なのだった。

そのことを思い出させることのできる人間は——目を覚ましている間に限れば——一人として存在しない。しかし、とても引用する気にはなれないその章句によって、私の夢は常に恐怖に満ちている。

ここに、ぎこちない俗《ぞく》ラテン語から、私に可能な限りの英訳を行った一節のみを、思い切って引用しておくことにしよう。狂えるアラブ人は、このように記している。

「地の底深き弥下《いやした》の洞窟、そこにありし驚異の面妖かつ怖ろしきが故に、人目が窺うべきにあらず。死せる思念《こころ》新たに命と面妖なる肉を得、頭なきものに囚《とら》われし魂こそ邪悪なり。賢《かし》くもイブン・シャカバク[*15]の曰く、魔術師の横たわらぬ墳墓《つか》の幸いなるかな。なべて魔術師の灰となりし夜の邑《まち》の幸いなるかな。何となれば古昔《いにしえ》の譚《ものがたり》に曰く、悪魔と結びし者の魂、納骨堂の亡骸《なきがら》よりも急ぐことなく、屍体を虫食《むしば》む蛆《うじ》を太らせ指図すればなり。腐敗の内より恐るべき生命の発生《はえ》て、地を這う愚鈍《おろか》なる腐肉喰らいども、賢《さか》しくなりて大地を悩まし、妖物《あやかし》じみたる大きさに肥え太りて大地を苦しめん。細孔あるのみにて足るべき大地に、大なる孔ひそかに穿《うが》たれ、這うべきものども立ちて歩くを学びとりたり[*16]」

訳注

1 ラクタンティウス Lactantius

このエピグラフの原文はラテン語である。（以下引用）

Efficiunt Daemones, ut quae non sunt, sic tamen quasi sint, conspicienda hominibus exhibeant.

ルキウス・カエキリウス・フィルミアヌス・ラクタンティウスは三世紀頃のキリスト教父で、キリスト教に改宗した最初のローマ皇帝であるコンスタンティヌス一世の相談役だった。『神聖教理 Divinae Institutiones』の第二巻第一五章からの引用だが、一七世紀頃のニューイングランド地方における有力な聖職者で、一六九二年のセイラム魔女裁判に積極的に関わったことで悪名高いコットン・マーザーが一七〇二年に刊行した『マグナリア《マグナリア・》、アメリカにおけるキリストの偉大な御わざ《クリスティ・アメリカーナ》』に引用されており、こちらを参照した可能性が高い。

2 キングスポート Kingsport

マサチューセッツ州東海岸の港町、マーブルヘッドとその北東にあるグロスターがモチーフの、アーカムに続く二番目のラヴクラフト・カントリーの町。ＨＰＬは、一九二二年一二月一四日の夕方に初めてマーブルヘッドを訪れ、そこで目にした光景に深い感銘を受け、密集した屋根に降り積もった白い雪が「狂気じみた夕焼け」に染まっていく光景から「ある啓示と暗示を受け、宇宙と一体化することができた」と、一九三〇年三月一二日付のジェームズ・ファーディナンド・モートン宛の書簡に書き記している。彼は一九二三年の四月にも、セイラムやマーブルヘッド、ニューベリーポート、グロスターなどマサチューセッツ州の古い町を巡る小旅行に出ており、本作は同年の一〇月に執筆されている。

3 一六九二年 1692

この年、セイラム近くのセイラム・ヴィレッジ（現ダンバース）で発生した魔女裁判を指す。この事件が起きた一六九二年は、アメリカ史の恥部として、教養あるアメリカ人が強く意識している年で、文学作品においてしばしば象徴的に言及される。ＨＰＬ作品では、この一六九二年に作中世界で実際に起きたことが言及されることが多く、登場人物の因縁を結びつける鍵となっている。

4　路面電車《トロリー》　the trolleys

道路の頭上に張られた架線から電力を供給され、路上のレールを走るタイプの電車。ＨＰＬが訪れた当時のマーブルヘッドでは、街中を路面電車が走っていた。

5　老モリスター　old Morryster

『科学の驚異 Marvells of Science』共々、アンブローズ・ビアスの「人間と蛇」の冒頭で言及される。

6　ジョセフ・グランヴィル　Joseph Glanvill

一七世紀英国の作家、哲学者にして、心霊術研究家。オックスフォード大学に学び、若くして王立協会《ロイヤル・ソサイティ》の会員《フェロー》となった当代有数の知識人であり、一六六六年から一六八〇年にかけてバース修道院の院長を務めた後、一六七八年にはイングランド国教会のウスター大聖堂の参事の地位に就いている。幽霊や魔術の存在を肯定し、科学的に証明することもできると説き、英国最初の心霊調査報告書だとされる『現代サドカイ教の克服 Saducismus Triumphatus』を一六八一年に刊行した。

7　レミギウス　Remigius

一六世紀から一七世紀にかけて、数多くの魔女裁判に携わったフランスの治安判事。ロレーヌにおける一五年の任期を通して九〇〇人の魔女を処刑したと豪語しているが、裏付けは取れていない。俗名はニコラ・レミ。一五九五年にリヨンで刊行された、魔女裁判の百科全書的な著書『悪魔崇拝』三部作は、一五世紀ドイツの異端審問官ハインリヒ・クラーマーによる『魔女に与える鉄槌《マレウス・マレフィカム》』の後継書として、悪魔や魔術にまつわる基本資料となり、皮肉なことに民間の魔術実践者の手引書ともなった。

8　オラウス・ウォルミウス　Olaus Wormius

本作が初出の設定。ＨＰＬはエッセイ「『ネクロノミコン』の歴史」において、ラテン語版『ネクロノミコン』の翻訳時期を一三世紀とした。実在のオラウス・ウォルミウスは一五八八年生まれのデンマーク人医師、古物商で、ＨＰＬはヒュー・ブレアのエッセイ「オシアン詩集についての批評的論文」でこの人物を知ったのだが、誤読により時期を勘違いしたらしい。ちなみに、彼の姓は、クトゥルー神話においてしばしば不吉な意味合いを帯びる「Worm」のラテン語形である。

9　犬の星《シリウス》　the Dog Star
原文では、シリウスの異名である「犬の星」だった。読者の便宜を考え、ルビの形で表示する。

10　はね上げ戸　the trap-door
ニューイングランド地方の教会の多くには、実際に聖堂の地下に納骨所があり、「祝祭」での描写のようにはね上げ戸で降りられるところもある。なお、マーブルヘッドには聖ミカエル監督教会とオールド・ノース教会と二箇所の古い教会があり、HPLはこれらをモチーフにしたと言われているが、どちらも丘の上に位置していない。

11　不気味な　leprous
原文は「ハンセン氏病のような leprous」という意味。

12　冥界《エレバス》　Erebus
エレボス Erebos はギリシャ神話における地下世界（＝冥界）の神で、原初の幽冥を神格化した存在である。HPLにとっては、英国の探検家ジェームズ・クラーク・ロスによる一八四一年の南極探検隊の旗艦であるHMSエレバスと、この艦にちなんで名付けられたロス海の活火山の名前でもある。HPLが感情移入した歴代の英国探検隊はロス海側から南極大陸に乗り込んだので、エレバスは言うなれば南極の入り口に聳える山なのだ。

13　地獄《スティギア》　Stygia
ステュクス Styxと同義。古代ギリシャ語の冥府の川のことで、転じて地獄のこと。後年、HPLの作品世界と緩やかに接続されるR・E・ハワードのコナン・シリーズでは、遥かな太古、エジプトに相当する地域を中心に栄え、蛇神セトを崇める魔道の国の名前とされる。

14　そいつらはカラスでも〜　not altogether crows
このクリーチャーの外見描写は、ケイオシアム社の『クトゥルフ神話TRPG』のルールブックにおいて、奉仕生物バイアキー Byakhee の解説に取り込まれている。

15　イブン・シャカバク　Ibn Schacabao
原文では「シャカバオ」だが、末尾の「o」は「c」の誤記ないしはHPLの手稿を誤読したものと判断し、翻訳ではそのように改めた。『千夜一夜物語』の「床屋の六番めの兄の話」に登場するシャカバク（リチャード・F・

バートン版ではシャカシク Shakashik）から採った名前と思しい。『暗黒神ダゴン』などの作品で知られるフレッド・チャペルは、The Adder という作品においてイブン・ムシャカブ Ibn Mushachab に変更している。

16（引用部分）

クトゥルー神話研究者・アンソロジストとして著名な聖書学者のロバート・M・プライスは、「悪魔と結びし者の魂」（邦訳は『クトゥルーの子供たち』（エンターブレイン）に収録）において同じ箇所を引用しているのだが、写本・異本の比較研究に手慣れた聖書学者らしく、アレンジを加えている。以下、該当箇所を抜粋する。

「地の底深き弥下《いやした》の洞窟は、生者の目が窺うべきにあらず。『トートの書』に記さるるが如く、ただ垣間見る代償の惨《ひど》き事か。そこにありし驚異の、面妖かつ怖ろしきが故に。何人たりとも行きて戻ることなく、かの人智を超えたる広漠には、捕らえ縛り付くる暗黒のものども潜む。呪われし地には死せる思念《おもい》ありて、新たに命を得て怪異なる肉をまとい、覚醒《めざ》めたるその身体にはいかなる頭をも備えず。賢くもイブン・ムシャカブの曰く、魔術師の横たわらぬ墳墓《つか》の幸いなるかな。なべて魔術師の灰となりし、夜の邑《まち》の幸いなるかな！ されども嘆かわしきかな毒殺者を火刑と処《な》さず、厭魅の徒を串刺しにせぬ民の地の。我は汝に告がん、その町はソドムや、ゴモラより容易《たやす》く行かるるべし。何となれば古昔《いにしえ》の譚《ものがたり》に曰く、悪魔と結びし者の魂、納骨堂の亡骸《なきがら》よりも急ぐことなく、屍体を虫食《むしば》む蛆を太らせ指図すればなり。腐敗の内より恐るべき生命の発生《はえ》て、地を這う愚鈍《おろか》なる腐肉喰らいども、賢《さか》しくなりて大地を悩まし、妖物《あやかし》じみたる大きさに肥え太りて大地を苦しめん。細孔あるのみにて足るべき大地に、大なる孔ひそかに穿《うが》たれ、這うべきものども、立ちて歩くを学びとりたり。夜闇に紛れよろめき歩くやつばら、〈旧き印〉を穢す邪《よこしま》なるもの、なべての墳墓に秘されし戸口にて厭《いと》わしき宴に興じ護り見張る群れなすもの。これらなべての闇黒のものども、その忌まわしき棲処なる洞窟の湿り気と悪臭立ち込めるなかより這い出づることわずかなり。名づけられざりし喰らうものの深淵へと、数多の世界を超えて死者を導く戸口を護るものよりも、彼のものを恐れよ。彼のものこそはウブ、死することなき妖蛆《うじむし》なれば。これはアル＝イラーのイマーム、アル＝ハズラットの言葉なり。賢きものはこれを留め置くべし」

（翻訳協力：小森瑞江）

ピックマンのモデル

Pickman's Model

1926

コップス・ヒル墓地
チャーター・ストリート
バッテリー・ストリート
ノースエンド
プリンス・ストリート
ジョイ・ストリート
マサチューセッツ州会議事堂
パーク・ストリート駅
ボストン・コモンパーク
ボイルストン・ストリート駅

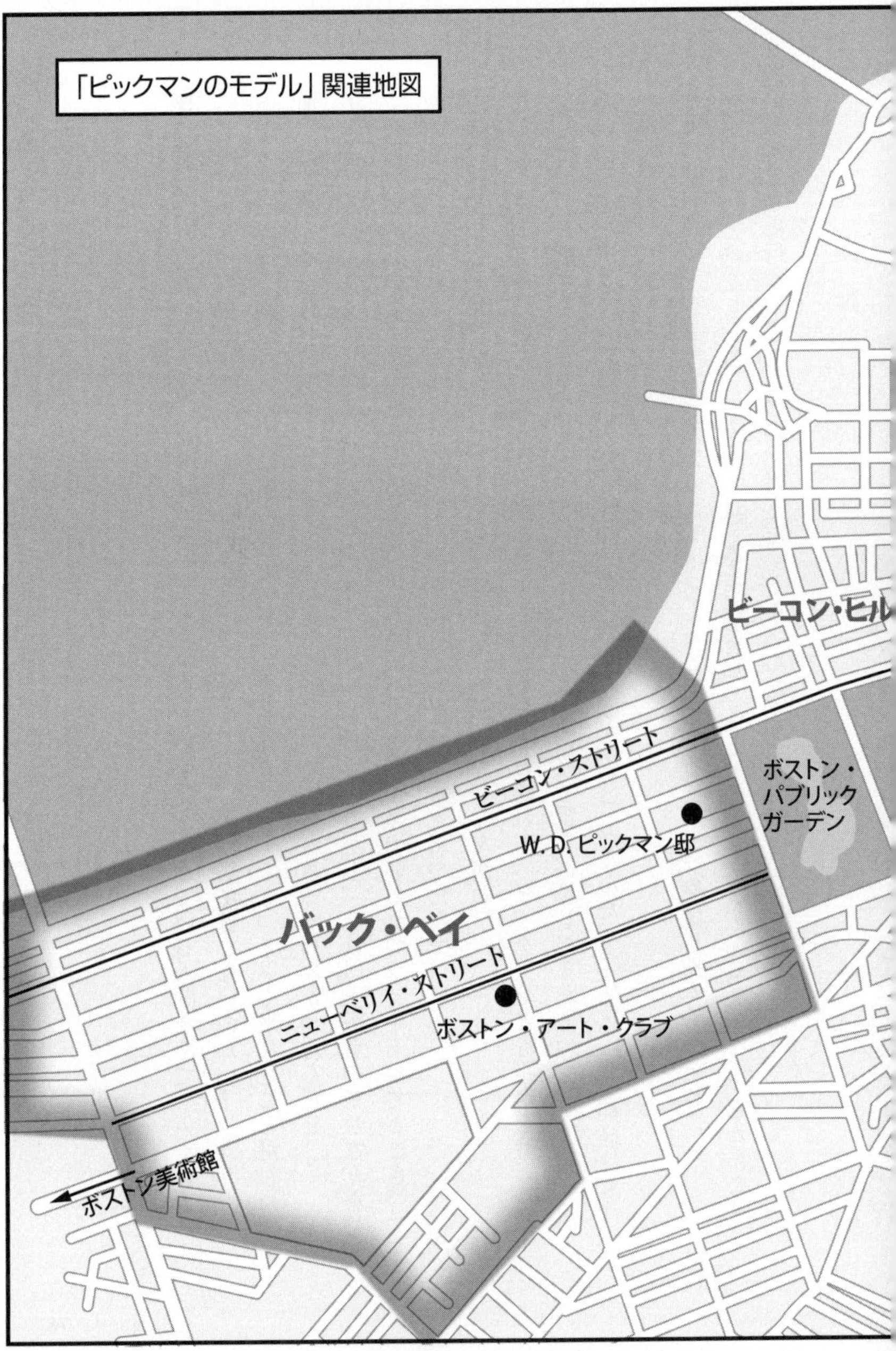

「ピックマンのモデル」関連地図

僕は狂ってなんかいないよ、エリオット――もっとひどい偏見《へんけん》を持っている人間なんて、いくらでもいるじゃないか。自動車に乗ろうとしないオリバーの爺《じい》さんを、笑い者にはしないのかい？

いまいましい地下鉄[*1]が嫌いなのは僕の勝手だが、ともあれタクシーでもっと早く来れたことだしね。地下鉄を使ってたら、パーク・ストリート駅から丘を歩いていかなきゃならなかったんだぜ。

去年会った時よりもピリピリしているなんてことはわかっているから、それ以上医者のまねごとをしてくれなくてもいいよ。理由は色々あるし、まったくのとこ、正気でいられてラッキーってとこさ。

おいおい、何をムキになってるんだよ。前からそんなに詮索《せんさく》好きだったか？

まあ、どうしても聞きたいってことなら、話さない理由もないんだがね。

たぶん、その方がいいんだろうさ。僕がアート・クラブ[*2]から離れて、ピックマンとも距離を置いたことを知って、お前さんときたらまるで悲しみに沈《しず》む親みたいな手紙を寄越してきたものな。あいつ《ピックマン》が姿を消したって話だから、何回かクラブにも顔を出してみたんだ。だけど、僕の神経はもう、すっかり変わっちまったのさ。

いや、ピックマンがどうなったかなんて、そんなことは知るもんか。想像したくもないね。

僕があいつと絶交した時、何か突っ込んだ事情を知ったとでも考えてるんだろうが――だからこそ、あいつがどこに行っちまったのか、考えたくもないんだよ。

そういうことは、警察に任せときゃいいのさ――あいつがピータースって名前で借りてた、古臭《ふるくさ》いノースエンド[*3]の家のこともまだ知っちゃいないくらいだから、まあ多くは望めないだろうがね。もう一度あそこに行けるかどうかは怪しいもんだ――いや、真っ昼間にだって、試してみたことはないんだけどな。ああ、そうだな。あいつがあそこを借りてた理由は、知ってるというか、わかっちまったみたいなんだ。今になってようやく、だがね。

僕の話を聞き終わる前には、警察に話さない理由がお前にもわかると思うよ。連中は僕に案内を頼むだろうが、たとえ道がわかっていても、あそこに戻っちゃいけないんだよ。

あそこには、あるものがあったんだ――それで、僕はもう地下鉄を使えないし(こんなことを言えば、お前はまた笑うかもしれんがね)、地下室にだって降りることができなくなったのさ。

リード医師《せんせい》や、ジョー・マイノット[*4]、ボスワースみたいな小煩《こうるさ》い婆《ばあ》さん連中と同じような莫迦《ばか》な理由で僕がピックマンと絶交したわけじゃないってことは、お前さんならわかってるだろうな。病的芸術《モービッド・アート》にショックを受けたりはしないし、およそピックマンほどの天性の才能を持つ人間とだったら、どんな傾向の作品を作っていたところで、知り合えて光栄に思うものさ。

リチャード・アプトンほどの偉大な画家は、ボストンにはいなかったよ。最初からそう言ってるし、今だってそうだ。あの〈食《しょく》餌《じ》する食屍鬼《グール》[*5]〉を見せられた時だって、僕の見解は一インチだって変わらなかった。覚えてるかな、マイノットがあいつと絶交した時のことさ。

もちろん、ピックマンの作品みたいなものを作り出すには、深遠なる技法と、自然に対する深遠なる洞察《どうさつ》が必要なんだ。雑誌の表紙を手がける三文画家が絵の具を雑に塗《ぬ》りたくって、そいつを悪夢だの魔女のサバトだの、悪魔の肖像画だの呼んだところで、本当に恐ろしいもの、本物のように見えるものを作り出せるのは偉大なる画家だけなのさ。本物の恐怖の解剖《かいぼう》学や、恐怖の生理学を弁《わきま》えているのは、真の芸術家だけなんだ――潜在的な本能や恐怖の遺伝的な記憶と結びついている正確な線や比率、普段は眠り込んでいる不思議の感覚を攪拌《かくはん》する適切な色のコントラストと明暗の効果といったものをな。安っぽいゴーストストーリーの口絵は僕たちを失笑させるだけなのに、どうしてフュースリー[*6]の作品は本当の震えをもたらすのかは、今さら指摘するまでもないだろうね。

　ああいう人間たちが見つけて、ほんの一瞬なりとも、僕たちにもそれを垣間見《かいまみ》させてくれる何か――生命を超越したもの――が、確かにあるんだよ。

　ゴヤにはそれがあった。サイム[*7]にもね。シカゴのアンガロラ[*7]もそうだった。でもって、ピックマンにもあったのだけど、あいつ以上にそれを持っていた者はいなかったし――天よ、この祈りを聞き届けたまえ――、これからもいないことを願うばかりさ。

　彼らが何を見たのかだなんて、僕に聞かないでくれよ。お前さんも知っての通り、普通の絵画でも、自然やモデルをもとに描かれた活力に満ちて息づいている作品と、商業主義の有象無象が空っぽのスタジオで杓子《しゃくし》定規にさっさと描きあげた上辺だけの商品の間には、超えられない壁があるってことさ。

　そうだな、本当に特異な画家ってのは、モデルを作り出すある種のビジョンを持っているか、さもなくば自分が暮らす霊的な世界から現実の情景に相当するものを呼び起こしてしまうわけさ。とにかく、そういう画家は、終身の画家の作品と通信教育のイラスト描きがでっちあげたシロモノが違ってるのと同じくらい、画家もどきの目ん玉《ミンスパイ》*8が夢見たものとは違う作品を創れるんだ。

僕も、ピックマンが見たものを見ることができたなら――いや、そんなことは御免《ごめん》だ！

この話に深入りする前に、このへんでもうちょっと飲んで行こうぜ。まったくね、あいつ――あいつが人間だったとして――が見たものを俺が目にしたら、もう生きてはいられないだろうよ！


ピックマンの得意なのが顔だったことを、お前さんも覚えているだろう。ゴヤ以来、人間の顔立ちや歪《ゆが》んだ表情に、あれほど純粋な地獄を塗り込める人間が現れるなんて、僕は思ってもみなかったよ。ゴヤの前ってことなら、ノートルダム大聖堂やモン・サン＝ミシェル修道院のガーゴイル*9やキマイラ*10の彫像を拵《こしら》えた中世の人間に遡《さかのぼ》らないといけないな。彼らは、そうしたもの全ての存在を信じていたんだよ――中世という時代にはいくぶん奇妙な様相があるから、実際にそうしたものを全て目にしたってこともあるかもしれないな。

お前が立ち去る前の年に一度、ピックマンに直接、こんな質問をしたのを覚えているよ。いったいどこから、こんな着想やビジョンを得るのかってね。ほら、それで彼に嘲笑《わら》われてたじゃないか。リードがあいつと絶縁したのは、あの笑い方のせいでもあったんだ。知っての通り、リードはちょうど比較病理学に取り組んでいたところで、精神または肉体のあれこれの症状の、生物学的ないしは進化論的な意義についての、大げさな「内部事情」ってやつで、頭の中がいっぱいだったんだ。

彼の話では、ピックマンは毎日のように彼の嫌悪感を掻《か》き立てるようになって、最後の頃には殆《ほとん》ど恐ろしさすら感じていたということだったよ――あいつの顔立ちや表情がゆっくりと、どうも好きになれない非人間的な変化をしているとね。日常の食事についてもあれこれと話をしていて、ピックマンの異常性と奇行は一線を超えているに違いないとも言っていたよ。

きみとリードがこのことについて手紙のやり取りをしていたのなら、ピックマンの描くものが彼の神経に障《さわ》ったり想像力を苦しめたりしても、構わないでおくように言ったことだろうね。

僕もそう言ってやったよ——その時にね。


だけど、こんなことが理由でピックマンと絶縁したわけじゃないってことは、覚えておいて欲しい。それどころか、〈食餌《しょくじ》する食屍鬼《グール》〉がとんでもなく素晴らしい作品だったので、僕の賞賛はむしろ強くなるばかりだったんだ。知っての通り、クラブがあれを展示することはないだろうし、ボストン美術館《MFA》も寄贈物としてあれを受け取ったりはしないだろうけどね。

付け加えれば、買いたい人間もいないだろうから、ピックマンが失踪《しっそう》する前は、あれは自宅にあったというわけさ。今では、セイラム[*11]にいるあいつの父上のところにあるよ——ピックマン家はセイラムの古い家系で、先祖の一人が魔術師《ウィッチ》として一六九二年に絞首刑にされたことは知ってるだろうね。

僕は足繁《あししげ》くピックマンのもとを訪ねたものだったけれど、怪奇芸術《ウィアード・アート》についての小論文のための覚書《おぼえがき》を作りはじめてからは、いよいよ頻度《ひんど》があがってね。

そもそも、僕がそういう気を起こしたのもたぶん彼の作品の影響だったのだけど、ともかくも、彼は僕が論文を執筆する上での、データやアイディアの宝庫だと判明したというわけさ。

彼は、手元にある絵画や素描《そびょう》を全部、見せてくれたんだ。少なからぬ会員にそれを見られたなら、確実にクラブから追放されてしまうに違いない、ペンとインクのスケッチも含まれていたよ。

僕がすっかり信者のようになるまで、そう長くはかからなかったよ。ダンバースの療養所[12]にこそ相応しい、放埒《ほうらつ》な芸術理論や哲学的考察を何時間もの間、学生みたいに拝聴したものさ。

　僕が英雄崇拝を寄せる一方で、一般の人々が次第に彼と距離を置き始めたこともあって、彼の方でも僕を強く信頼してくれるようになったんだ。

　そして、ある日の晩のこと、彼がこんなことをほのめかしたのだ。僕が決して他言せず、極端な潔癖《けっぺき》症《しょう》でもないのなら、相当に普通ではない――自宅に置いているものよりも強烈なやつがある――と。

「きみもわかっているだろうが」と、彼は言った。

「ニューベリー・ストリートにはそぐわないものがあるのさ――兎《と》にも角《かく》にも、ここでは場違いで、思いつくこともできないようなものがね。魂が纏《まと》う意味を捉《とら》えることこそが俺の仕事なわけだが、こんな埋立《うめたて》地の人工的な街路にある成金《なりきん》趣味の区画じゃあ、そいつを目にすることはないだろうよ。バック・ベイ[13]は、ボストンじゃないのさ――記憶を蓄えたり、地元の霊《スピリット》を引き寄せたりする時間がなかったから、ここはまだ何物でもないんだ。たとえ霊がいるのだとしても、そいつは塩性沼沢《ソルト・マーシュ》や浅い入江に棲《す》んでる、意気地なしの霊ってとこだろうよ。必要なのは、人間の霊だ――地獄を見つめて、目にしたものの意味がわかるくらい、高度に有機的な幽霊《ゴースト》なんだよ」

「芸術家が暮らすのに相応しい場所は、ノースエンドさ。真摯《しんし》な唯美《ゆいび》主義者であれば誰だって、言い伝えが集まる貧民街で暮らさないとな。なあおい！　そういう場所は単に作り出されたものじゃなくて、実際には生まれ育った場所だってことがわかってないのか？　何世代もかけて、生きて、感じて、そこで死んでいってるんだよ。人々が生きることや感じること、死ぬことを恐れなかった時代の最中《さなか》にもな。

コップス・ヒル[*14]には一六三二年に水車場があって、今ある通りの半分が一六五〇年以前に造られたってことは知っていたかい？　二世紀半、いやそれ以上前から建ってる家々を見せてやろうか。現代の家だったらバラバラに砕けちまうようなことを、目撃してきた家々だよ。生命とその背後にある力について、現代人が何を知っているというんだろうな。きみはセイラムの魔術を妄想と呼ぶが、賭《か》けてもいいが俺の四代前の偉大な祖母なら、そのへんのことを色々話してくれただろうよ。あいつらは、コットン・マーザー[*15]が信心家ぶって眺めている中、ギャロウズ・ヒル[*16]にあの人を吊るしたんだ。糞《くそ》ったれのマーザーは、単調さというこの呪われた檻《おり》から、誰かが逃げ出しちまうんじゃないかって、怖がっていたのさ――誰かがあいつに呪いをかけるか、夜に血を吸ってやればよかったのにな！」

「奴が住んでた家がどこだか教えてやろうか？　聞こえのいい大層なことを放言する割に、中に入るのを怖がってた家を教えてやってもいいぜ。あの莫迦げた『マグナリア』や、ガキっぽい『不可視の世界の驚異』に書く勇気もなかったことを、あいつは知っていたのさ。なあ、一部の人間が互いの家や墓場、それに海と行き来したトンネル群が、昔はノースエンド全体にあったことを知っているかい？　地上のやつらには、いくらでも起訴や迫害をさせておけばいいさ――あいつらが手の届かないところでも、物事は毎日順当に進んでいるし、夜には、あいつらが見つけられないところで笑い声が響くんだしな」

「なあ、賭けてもいいが、一七〇〇年よりも前に建てられてそれきりどこにも移ってない十軒の家のうち、八軒の地下で奇怪なもんを見せてやれるぜ。あのあたりの古い家を取り壊してて、どこに繋《つな》がっているかわからない煉瓦《れんが》で塞《ふさ》がれたアーチや壁を工事夫が見つけたなんて記事が、月に一度は新聞に載ってるんだからな——去年は、ヘンチマン・ストリートの近くにあるそういうやつが、高架鉄道から見えていたっけか。ああいうところには昔、魔術師《ウイッチ》たちと、あいつらが呪文で喚《よ》び出したもんがいた。海賊たちと、あいつらが海から持ち込んだもんがあった。密輸業者や、私掠《しりゃく》船長にしたってそうさ——言っておくがね、古い時代には、人間たちは自分がどう生きればいいのか、生活圏をどうやって広げればいいのか、よく知ってたってことさ！　大胆で賢い奴はみんな、ここが唯一の世界でないことを知ることができたんだ——ハハッ！　で、現在《いま》はどうなってるかっていうと、全く逆に、生っちろいピンクの脳みその奴ばかりさ。クラブの芸術家気取りどもにしたところで、ビーコン・ストリートのお茶会の雰囲気からかけ離れた絵を目にした日には、震え上がって痙攣《けいれん》を起こすんだからね」

「現代に唯一残された美点といえば、大莫迦過ぎて、過去を詳細に探求できないってことくらいだよ。地図や記録、ガイドブックなんてものが実際、ノースエンドの何を教えてくれるっていうのかね。ハハン！　たぶんだがね、プリンス・ストリートの北側だったら、あそこに群がってる外国人のうち、十人も気づいちゃいないような、三十だか四十だかの小路《こみち》が網の目みたいに入り組んでるところへ連れてってやれると保証してやるよ。あのイタ公《ディゴウ》どもが、そこの意味をしっているかって？　否だとも、サーバー。[*17]　こういう古い場所は、きらびやかな夢や、驚異や恐怖、日常からの逃避に溢《あふ》れかえってるのに、そのことを理解したり恩恵を受けたりする生き物は、いやしないのさ。いや、ただ一人しかいないと言った方がいいだろうな——俺とて、ただ徒《いたずら》に過去を掘り起こしてるわけじゃないのだし」

「おっと、どうやらこの話に興味が湧《わ》いてきたようだな。もしもだ。俺があそこに別のアトリエを構えてて、そこでなら古ぶるしくも恐ろしい夜の霊を捕らえて、ニューベリー・ストリートじゃ思いつくこともできないようなものを描けると言ったら、どうするね？　もちろん、あの忌々しいクラブの未通女《おとめ》たちには話したことのない――あの糞ったれのリードと一緒になって、俺が進化を猛スピードで逆行することしかできないある種の怪物だなんて囁《ささや》いている始末だものな。ああ、そういうことだよ、サーバー。俺はずっと昔から、生命の美しさだけでなく、誰かが恐怖を描くべきだと決心して、ある理由で恐怖が息づいていることがわかってるいくつかの場所を、少しばかり探索してみたってわけさ」

「ある家を見つけたんだよ。俺以外で、生きたままあそこを目にした北方人種は、三人いるかどうかってところだろうな。距離だけのことなら、高架鉄道からそれほど離れてるってわけでもないんだが、精神的には数世紀は離れちまっているんだ。あそこを借りた理由《わけ》は、地下室に妙な煉瓦《れんが》造りの井戸があったことでね――さっき話したようなやつのひとつってことさ。そのボロ家はほとんど崩れかかってるから、住みたい奴はまあいないし、家賃がどれだけ安いかなんてことは話す気にもならないな。窓には板が打ち付けられてるんだが、俺がやろうとしてることに昼の光は不要だから、むしろ好都合だった。インスピレーションが一番濃くなる地下室で絵を描いてるんだが、一階には他の部屋もあってね。家主はシチリア人で、俺はピータースって名前でそこを借りたんだ」

「きみにそのつもりがあるなら、今晩にも連れて行こうか。俺の絵を楽しんでくれると思うぜ。言った通り、あそこだと俺はちょいとばかりやり過ぎるんだよ。大した距離じゃない――歩いて行くこともあるくらいだよ、タクシーで行くと人目を引いちまうからな。サウス・ステーションからバッテリー・ストリートに行く循環電車《シャトル》に乗って、後はそこからちょっと歩くだけさ」

そうだよな、エリオット。そこまで熱っぽい話を聞かされてしまえば、タクシーを見つけるために歩き出すどころか、走り出すの我慢するくらいのことしかできないってものさ。

僕たちはサウス・ステーションで高架鉄道を乗り換え、一二時頃にバッテリー・ストリートの駅の階段を降りて、コンスティテューション埠頭《ふとう》の先にある古びた海沿い《ウォーターフロント》の道に入った。道順をメモしていないから、どこをどう曲がったかはっきりしないんだが、グリーノウ・レーンでなかったことは確かだ。

そこを曲がると、これまでに見たこともないような古くて汚らしい、人気のない小路《アレイ》を上がっていくことになったんだ。今にも崩れそうな破風や、ガラスが割れてる小さな窓、月が輝いている空を背に突き出している、半分壊れた古風な煙突があったっけか。

コットン・マーザーの時代に遡《さかのぼ》る家が、見えている範囲だけでも三軒はあったと思うよ――屋根の張り出した家が少なくとも二軒あったし、好古趣味の連中がボストンにはもう現存しないと言ってる、今となっては忘れ去られてしまった駒形切妻《こまがたきりづま》様式以前の尖《とが》り屋根を一度、目にしたように思うんだよ。

薄ぼんやりと照らされているその小路を左に曲がると、同じように静かで狭い、真っ暗な小路に入り込んだんだけど、その暗闇の中ですぐに、右向きの鈍角に曲がったような気がする。ややあって、ピックマンが懐中電灯をつけて、ひどい虫喰《むしく》いの跡がある、十個の鏡板《パネル》が嵌《はま》ったタイプの時代遅れなドアを照らしてみせた。

それから鍵を開けて、がらんとした廊下に案内してくれた。昔は素晴らしかったんだろうな、黒ずんだオーク材の羽目板が続いていたよ――もちろん簡素なものではあったけど、アンドロスとフィップス、[*18]そして魔術《ウィッチクラフト》の時代を、スリリングに偲《しの》ばせてくれるものだったね。それから、彼は僕を左手のドアの中に連れて行くと、オイル・ランプに灯《ひ》を入れて、寛《くつろ》いでくれと言ったんだ。

なあ、エリオット。世間ではよく「冷血漢《ハードボイルド》」とか言われている僕だが、あそこの壁に飾られてたものを見た時には、怖気《おぞけ》を震っちまったよ。

もちろん、ピックマンの絵があったのさ——ニューベリー・ストリートでは描いたり見せたりできないやつが——「ちょいとばかりやり過ぎた」というあいつの言葉は、たしかにその通りだった。

なあ——もう一杯どうだ——とにかく、俺はもう一杯要《い》るんだ！

どんな絵だったか話したところで、到底伝わりゃしないさ。単純な筆遣いから生み出された、悍《おぞ》ましいもの、冒瀆《ぼうとく》的な恐怖、そして信じられないほど忌まわしいもの、精神的な悪臭の数々は、言葉の表現力を遥かに逸脱するものでね。

それは、シドニー・サイムの異国的な技法にも、クラーク・アシュトン・スミス[*19]が血を凍らせるために使う土星の外側《トランス・サタニアン》の風景や月面の真菌《しんきん》にも、備わっていないものなんだ。背景は主に古い教会墓地や深い森、海辺の崖、煉瓦造りのトンネル、古風な羽目板張りの部屋、さもなければ石造りの簡素な地下室といった具合でね。あの家から何ブロックも離れていなかったはずだけど、コップス・ヒル墓地なんかはお気に入りの風景だったな。

前景に描かれた幾つかの肖像には、狂気と怪物性が宿っていた——ピックマンの病的な絵《モービッド・アート》は、悪魔的な肖像画法の、ひとつの到達点だったからね。

これらの肖像が、全《まった》き人間の姿をしていることは滅多になかったが、程度の差はあるけれど、人間めかして描かれているものもあった。大部分は二足歩行じみた歩き方をしているんだが、前屈《まえかが》みで、どこか犬めいたところがあったな。大多数の皮膚《ひふ》の質感は、不快なまでにゴムじみていたよ。うえっ！　思い出しちまった！　そいつらが何をしていたかというと――んん、何と言えばいいのかな。大抵、食っていたんだよ――何を、とは言いたくないがね。墓地や地下道に群がっているところや、獲物《えもの》――そいつらにとってはむしろ、宝物なんだろうが――を奪い合っているところが描かれていた。そして、このぞっとするような略奪品の眼のない顔に、ピックマンが時々、忌まわしくも表現力豊かに描いたものといったら！　そいつらが、夜に開いている窓から飛び込んだり、眠っている者の胸の上にしゃがみこんで、喉《のど》に嚙《か》み付いたりしているところも描かれていたな。

あるカンバスには、ギャロウズ・ヒルで絞首刑にされた魔女《ウィッチ》の周囲にぐるりと輪を作って吼《ほ》えているところが描かれていたが、死者の顔はあいつらと親戚みたいによく似ていたよ。

しかしだ、そういう主題と情景の醜《しゅう》悪《あく》さにあてられて、僕が気を失ったと思わないで欲しいね。三歳児でもあるまいし、こんな作品はこれまでにいくらでも見たことがあったからね。

顔だよ、エリオット。生命の息吹《いぶき》を宿して、カンバスの中から横目で睨《ね》めつけ、涎《よだれ》を垂《た》らす、あの呪われた顔なんだ！

神賭けて言うが、おい、あいつらは生きていたに違いないんだ！　あの忌々しい魔法使《ウィザード》いは、絵の具の中に地獄の業火を喚び起こしてみせた。あいつの絵筆は、悪夢をひりだす魔法の杖《ワンド》だったってわけさ。

そこのデカンターを寄越せ、エリオット！

〈授業《レッスン》〉と呼ばれる絵があって――天よ、あんなものを見ちまった俺を哀《あわ》れとおぼしめせ！　聞いてくれよ――名状しがたい犬じみたけだものどもが、教会墓地で輪になって蹲《うずくま》り、小さな子供に自分たちと同じように喰うやり方を教えているなんて光景を、想像出来るかい？

たぶん、取り替え子《チェンジリング》*20の犠牲《ぎせい》なんだろうよ――妖《あや》しの物が人間の赤ん坊を盗み出して、代わりに自分たちの落とし仔《ご》を揺りかごに置いていくだなんて、古い神話を知ってるだろう。ピックマンは、盗まれた子供に何が起こるのかを、描いてみせたってわけさ――どんな風に育つのかってな――人間と、人外なやつらの顔との間の、ぞっとするような関係に気づき始めたのは、その時だったよ。ピックマン《あいつ》は、あからさまな人外と退化した人間の間の、段階的な罹患《りかん》率を全て描いて、皮肉な繋がりと漸進《ぜんしん》的変化を明らかにしてみせた。あの犬じみた奴らは、定命《おれ》の人間《たち》が変化したものだったんだ！

なら、取り替え子として人間のもとに残したあいつらの仔はどうなったのか、そう思った途端に、その考えを具現化した絵が目にとまった。昔の清教徒《ピューリタン》風の屋内を描いた絵だったよ――太い梁《はり》と格子窓のある部屋で、安定しているが不格好な一七世紀の家具があって、聖書を読んでいる父親の近くに家族が座っていた。どの顔も高貴さと敬虔《けいけん》さを示している中でたったひとつだけ、地獄《ピット》の嘲笑を反映している顔があった。最年少の男の子で、敬虔な父親の息子であることは間違いないんだが、本質的には穢《けが》らわしい連中の同胞だった。そいつが、奴らの取り替え仔だったのさ――そして、ピックマンはこの上な皮肉を込めて、一目見てわかるように、その顔を自分そっくりに描いていたんだ。

この時までに、ピックマンは隣の部屋のランプを点《つ》けて、僕のために丁重にドアを開けてくれていた。それで、「当世風の習作《モダン・スタディーズ》」を見る気があるかと、聞いてきたんだ。

僕は何の感想も言えずにいたんだが――恐ろしさと忌まわしさのあまり、口を利《き》くことができなかったんだよ――ピックマンはどうやら僕がどう感じているのか十全に理解して、大いに賞賛されたと感じていたみたいだった。

改めてはっきりしておきたいんだが、エリオット、僕は少しばかり常軌を逸したものを目にしたところで、やたらに悲鳴をあげるような腰抜けじゃあない。中年で、それなりに世慣れてもいるし、そう簡単にやられちまうような人間じゃないことは、フランスで十分に知ってくれただろう。［第一次大戦のこと］僕がちょうど驚愕《きょうがく》から回復し、植民地時代のニューイングランドを地獄の領土に変えてしまった、あれらの恐ろしい絵に慣れ始めてきたところだったというのも、留意しておいてほしい。だというのに、だ。僕は隣の部屋で、心底からの悲鳴をあげてしまった。気絶しないでいるために、戸口にしがみついてなきゃいけない体たらくでね。

もうひとつの部屋では、僕たちの先祖の世界を蹂躙《じゅうりん》する、一群の食屍鬼《グール》や魔術師たちが示されていたんだが、こちらの方は、僕たち自身の生活に恐怖を真正面から持ち込んでいたんだよ！

まったく、あの男は何てものを描いちまったんだ！

〈地下鉄事件〉という習作があってね。穢らわしい生物の群れがどこか未知の地下墓地《カタコンベ》から這《は》いあがり、地下鉄のボイルストン・ストリート駅の亀裂を抜けて、プラットフォームの群衆に襲いかかるんだ。別の絵では、現代の街を背景に、コップス・ヒルの墓場で踊《おど》っているやつらが描かれていた。

地下室を描いたものがいくつもあったよ。怪物どもが石組みの穴や割れ目から忍び込み、樽《たる》や暖炉の後ろに蹲《うずくま》ってにやにや笑いを浮かべながら、階段を降りてくる最初の犠牲者を待ち構えているんだ。

不快にもほどがあるカンバスのひとつは、ビーコン・ヒルの広大な断面を描いたものらしく、厭《いや》らしい怪物どもの蟻《あり》を思わせる軍隊が、地中に掘り回《めぐ》らせた蜂の巣《ハニカム》状の穴を、体を屈《かが》めて進んでいたよ。

現代の墓地での踊りはのびのびと描かれていたんだが、残り全てのものにも増して、僕が衝撃を受けたひとつの構想があったのさ――けだものどもが大量に集まっている未知の地下納骨所の場面で、一匹が有名なボストンのガイドブックを持って、どうやら大きな声で読み上げているらしいんだ。

全員が特定の通路を指さしていて、顔という顔が痙攣性の発作的な笑いに歪《ゆが》んでいたので、恐ろしい笑い声の反響《こだま》が聴こえてくるようだったよ。その絵の題名は、〈マウント・オーバーンに葬《ほうむ》られたホームズ、ローウェル、ロングフェロー〉[*21]というものだった。

徐々に心が鎮《しず》まり、悪魔の所業とも言うべき病的な第二の部屋にも慣れ始めたので、僕は吐き気を催《もよお》す嫌悪感を抱きながら、いくつかの点について分析し始めた。

まず第一に、と僕はひとりごちた。これらのものが嫌悪感を掻《か》き立てるのは、ピックマン自身にも顕《あらわ》れている徹底した非人道性と冷酷《れいこく》な残虐《ざんぎゃく》性によるものなんだ。頭脳は肉体の苦しみや、終《つい》の棲家《すみか》[*22]「ここでは墓場のこと」の冒瀆にかくも喜びを味わうとは、奴こそは仮借《かしゃく》無き全人類の敵なのに違いない。

第二に、それらが恐ろしいのは、真に偉大な作品だからなんだ。確信に基《もと》づく作品だった――僕たちがそれらの絵を目にする時、見えているのは魔物《デーモン》そのもので、それが恐ろしいのさ。

奇妙な点もあったな。ピックマンは、題材の選択やグロテスクさから力を得ているわけじゃなかった。ぼかされたり、曲解されたり、様式化されたものはひとつもなく、輪郭は鋭く瑞々《みずみず》しくて、うんざりするほど細部がはっきりと描きこまれていたんだ。

それに、あの顔ときたら！

僕たちが見ているものを、芸術家が解釈したものなんかじゃなかったんだ。

水晶みたいに明瞭《めいりょう》で、堅固《けんご》な客観性のもとに表現された、万魔殿《パンデモニウム》そのものだったのさ。天国《かみさま》に賭けて、まさにそのものだった。

あの男はね、断じて幻視者《げんし》でもなければロマン主義者でもなかったんだ——感情を揺り動かす、多彩で儚《はかな》い夢を描いてみせようとすらせず、たっぷりと、華麗に、躊躇《ためら》うことなく真正面から眺めた、安定して機械的な、揺るぎない恐怖の世界を、冷徹《れいてつ》かつ冷笑的に反映してみせたのさ。

その世界がいったいどんなものなのか、その世界で跳ねたり駆け回ったり、這いずり回ったりしている冒瀆的な形をしたものどもを、あいつが一体どこで見たのかは、神のみぞ知るってところだ。だけど、あいつのイメージの不可解な源泉が何であれ、確かなことがひとつあった。

ピックマンは、あらゆる意味において——構想と表現において——徹底的で骨身を惜しまない、殆ど科学的と言ってもいい現実主義者《リアリスト》だったのさ。

我がホストは、実際のアトリエがある地下室へと、僕の先に立って階段を降りていた。未完成のカンバスの数々に囲まれながら、その地獄めいた効果に対して、僕は覚悟を新たにした。じめついた階段の底に辿《たど》り着くと、彼は懐中電灯を手前にある大きく開けた空間の隅《すみ》に向けたんだが、そこに現れたのは円形に煉瓦を積み上げた縁石だった。

どうやら、土の床の上に大きな井戸があるらしかったんだ。

僕たちが近寄ってみると、直径は五フィート［約一・五メートル］で、厚みは優《ゆう》に一フィート、地上に出ている部分は六インチ［約一五センチメートル］ほどあるに違いないとわかった——がっしりした造りで、激しく思い違いをしているのでなければ、一七世紀に造られたものだろう。

それは、ピックマンが話していた類《たぐい》のものだった——かつて、丘の下に張り巡《めぐ》らされていた、網の目のようなトンネルの開口部のひとつだということさ。煉瓦で塞《ふさ》がれているわけではなく、見たところ、木製の重い円盤が蓋《ふた》になっていることを、僕は何とはなしに心に留《と》めた。

ピックマンの途方もないほのめかしが、単なる修辞的技巧《レトリック》でなかったのだとすれば、この井戸はある存在に結びついているに違いない——そんなことを考えて、僕はわずかに体を震わせた。

それから、彼に続いて階段をあがり、狭い扉を抜けてかなり広い部屋に入ると、そこは板の間になっていて、アトリエの調度が整えられていた。作業用の灯《あか》りとして、アセチレン・ガスの装置もあったな。イーゼルに置かれたり、壁に立てかけられたりしていた未完成の絵は、上の階にあった完成品と同じくらい身の毛のよだつもので、画家の労苦を惜しまない技法を示していたよ。

情景の輪郭線は入念に引かれていて、鉛筆の下書きは、ピックマンが正しい遠近と比率を得る時に示す、この上ない正確さを物語っていた。

あいつは、凄《すご》い奴だった——あれだけのことを知った今でも、そう言わずにはいられないのさ。

テーブルの上にあった大きなカメラに僕が興味を示すと、ピックマンは背景にするシーンの撮影に使うものだと説明した。そこかしこの風景を描くために、道具一式を持って街をうろつく代わりに、アトリエ内で写真を参考に描くことがあるということだった。

継続的に仕事をする上で、あいつは写真を現実の景色やモデルと同等のものだと考えていて、定期的に使っているんだと言い切ってみせたものさ。

その部屋の四方から横目で睨《ね》めつけてくる、吐き気をもよおすスケッチや半ば完成された奇怪な絵には、どこか恐ろしく心を騒がされるものがあったんだがね、ピックマンが突然、灯りの届かない部屋の隅にあった巨大なカンバスから覆い布をとってみせた時、僕は自分を抑えきれずに大きな悲鳴をあげてしまったんだ——その夜にあげた、二回目の悲鳴だよ。

その悲鳴は、硝石のこびりつく古びた地下室の薄暗い丸天井に幾度も何度も反響して、僕は危うくヒステリックな爆笑をしそうになって、溢《あふ》れそうになる衝動を必死に抑え込まなきゃならなかった。慈悲《じひ》深き造物主《クリエイター》よ！

だけどな、エリオット。どこまでが現実でどこまでが熱に浮かされた妄想だったのか、僕にはわからないんだ。この地上であんな夢がまかり通るだなんて、とても思えないんだよ！

赤い眼をぎらつかせているそいつは、巨大で名付けられざる冒瀆で、骨ばった鉤爪《かぎづめ》でかつては人間だったものを摑《つか》み、まるで子供が棒つき飴《あめ》をしゃぶるように、頭を齧《かじ》っていたのさ。蹲《うずくま》るような姿勢をしていて、目を向けていると、今にも目下の獲物を捨てて、より汁気の多いご馳走を探しに行ってしまうんじゃないかと思わせるところがあった。

何よりも忌まわしかったのは、永続的にあらゆるパニックを引き起こしかねない悪魔的な主題ですらなく——尖った耳や充血した両眼、平たい鼻、涎を垂れ流す唇のある、犬の顔でもなかったんだ。鱗《うろこ》のある鉤爪でもなければ、黴《かび》に覆われた体でもなく、半ば蹄《ひづめ》状の足でもなかった——どれひとつをとっても、興奮しやすい人間を発狂させるに足るものだったんだが、そうじゃなかったのさ。

技法だよ、エリオット——呪われた、瀆神的《とくしん》な、自然に反する技法なんだ!

僕は生き身の者として、実在する生命の息吹をあれほどまでにカンバスに融《と》け込ませたものを、よそで目にしたことは一度もなかったよ。

怪物が、そこにいた——そいつは睨《にら》みつけながらかじり、かじりながら睨んでいた。

——そして、俺は理解したんだ。

自然の法則が覆されたところで、人間がモデルなしであんなものを描けるはずがないってことを——悪魔に魂を売り渡しでもしなければ見られない、地獄の世界を垣間見でもしない限りはね。

カンバスの空きの部分には、一枚の紙片が画鋲《がびょう》で留められていて、ひどく丸まってしまっていた。たぶん——と、僕は思ったよ。絵を強調するために、背景を悪夢のように悍ましく描くにあたって、ピックマンが参考にしようとしている写真なんだろうとね。

それを広げて眺めようと、僕が手を伸ばしたまさにその時、ピックマンが撃たれでもしたかのように、ぎくりとするのが見えたんだ。

ショックを受けた僕があげた悲鳴が、普段は静かな暗い地下室に珍くも谺《こだま》を響かせてから、ピックマンは妙に熱心な様子で耳を澄ませていたんだが、その彼が今、僕ほどではないにせよ、恐怖に襲われているらしかった。精神的なものというよりも、肉体的な恐怖にね。

彼は回転式拳銃《リボルバー》を取り出し、黙っているよう僕に合図すると、つま先立ちで広い地下室に降りていき、後ろ手でドアを閉めたんだ。

一瞬、僕の体は硬直してしまったようだったよ。

ピックマンの真似をして耳をそばだててみると、どこかで何かが歩き回るようなかすかな音と、どの方向なのかはよくわからなかったが、一連の鳴き声だか泣き声だかが聴こえたような気がしたんだ。

僕は巨大なネズミを想像して、体を震わせた。

そうするうちに、押し殺したようなカタカタという音が聴こえてきて、全身に鳥肌がたった——こそこそと手探りするような音だったんだが、言葉にして伝えることはできそうにない。重い木か石が、煉瓦の上に落ちでもしたような音だったよ——煉瓦の上に木——これを、どう考えろっていうのかね。

再び音がしたんだが、さっきよりも大きかった。

木がさっきよりもずっと深くに落ちたような震動があったんだ。

その後、きいきいと軋《きし》むような鋭い音に続いて、ピックマンがわけのわからないことを叫んだ。

そして、ライオンの調教師が効果をあげるために空中で発砲する時のような、耳を聾《ろう》する音が回転式拳銃《リボルバー》の六連発の薬室《チャンバー》から響いて、弾丸が盛大に発射されたんだ。

押し殺したような泣き声か鳴き声、そして叩く音がした。続いて、木と煉瓦のこすれる音が聴こえて、いったん止まってから、ドアが開いた——告白するけど、僕はガタガタと震えてた。で、ピックマンが煙の出ている武器を手にそこから出てきて、大昔の井戸に蔓延《はびこ》る太りかえった鼠《ネズミ》のことを毒づいた。

「あいつらときたら、何を喰ってるんだかわかったものじゃないぜ。サーバー」と、彼は冷笑した。「あのへんの古いトンネルは、墓場や魔女の棲家《すみか》や海岸へと繋がっているからな。何にせよ、悪魔みたいに外に出たがっているようだから、不足しているに違いないさ。きみの悲鳴が、あいつらを刺激したんだろうな。こういう古い場所では、用心した方がいい——我らが齧歯類《げっしるい》のオトモダチは、ここの欠点のひとつだが、雰囲気と彩りの面を考慮すれば、はっきりした利点に思えることもあるんだよ」

さて、エリオット。夜の冒険は、ここでお開きになった。

ピックマンがそこ《アトリエ》を見せてくれると約束して、彼がそれを果たしたことは天国《かみさま》も御存知だ。

彼は、たぶん来た時とは別の方向で、からみ合った小路から僕を連れ出してくれて、街灯が見えた時、僕らはごたまぜのアパートや古い家屋が単調に並んでいる、何となく見覚えのある通りにいた。

チャーター・ストリートだってことはわかったんだが、どこからその通りに入ったのか、混乱していて全然気づかなかった。高架鉄道に乗るには遅すぎる時間だったから、ハノーバー・ストリートを抜けて、ダウンタウンに歩いて帰ったよ。

その時、歩いた道筋については覚えているんだ。僕たちはトレモント・ストリートからビーコン・ストリートに切り替えて、ピックマンとはジョイ・ストリートの角で別れて、僕も脇道に入った。

以来、あいつとは一度も話をしていない。


どうしてあいつと絶交したのかって？

そうせっかちになるなよ。コーヒーを頼むから、待っててくれ。

もう十分に飲《や》ったがね、何か別のものを一杯飲みたいんだ。

いや、そうじゃない——あそこで見た絵が理由ってわけじゃないんだ。

あの絵の数々だけでも、ボストンの家庭やクラブから九割方叩き出されて当然のシロモノだったし、僕が地下鉄や地下室を避けなきゃいけない理由も、もう疑問に思ったりはしないよな。

そいつは——翌日の朝に、コートの中に見つかったんだ。

地下室の恐ろしいカンバスに、丸まった紙が画鋲で留められていたって話はしただろう。あいつが怪物の背景に使うつもりの、どこかの景色の写真なんだと俺が考えたやつさ。

最後の恐怖がやってきたのは、そいつを広げようとした時だったんだが、どうやら無意識にポケットに突っ込んじまっていたようでね。

おっと、ちょうどコーヒーが来たな——ブラックのままで飲むのがいいと思うぞ、エリオット。

そういうことだ。その紙が、ピックマン、俺が知る最高の芸術家——そして、生の境界を超えて神話と狂気の窖《あなぐら》に飛び込んだ、最も穢らわしい存在とな。

リチャード・アプトン・ピックマン、俺がピックマンと絶交した理由なんだよ。

エリオット——リードの爺さんは正しかったんだ。あいつは、断固として人間じゃなかったんだ。

あいつは奇怪な影に生まれついたか、禁断の門を開く方法を見つけるかしたのさ。失踪しちまった今となっては、同じことだがね——好き好んで出入りしていた、伝説の暗闇の中に戻っていったんだ。

まあ、俺たちの方はシャンデリアを点《つ》けっぱなしにしておこうか。

俺が何を焼いたのか聞き出そうとするのはやめてくれ。推測も御免だ。ピックマンがネズミということにしようとした、モグラが引っかくような音の正体についても、聞かないで欲しいね。

わかるだろ。古いセイラムの時代から伝わっているのかもしれない秘密がいくつもあるんだよ。コットン・マーザーですら、もっと奇妙なことを書いているんだからな。

ピックマンの絵がどれだけ忌々しいほど真に迫っていたか、お前も知ってるだろ？——俺たちみんな、あいつがどこでああいう顔をモノにしたのか、不思議に思ってたじゃないか。

ああ、そうだ——結局のところ、あの紙は背景の写真なんかじゃなかったんだよ。

単純に、あいつが悍ましいカンバスによく描いてた、怪物じみた存在でしかなかったんだ。

あいつが使ってたモデルだったんだよ——背景にしても、細部まではっきりしている地下室のアトリエの壁に過ぎなかった。

だけど、まったく何てことだろうな、エリオット。

そいつはな、生きているやつを撮った写真だったんだよ。

訳注

1　地下鉄 subway

ボストンの地下鉄道は、一八九七年九月一日に開通したトレモント・ストリート地下鉄道に始まる米国最古の地下鉄道で、一九四七年に公営化されるまで、ボストン高架鉄道が運営していた。他の都市における地下鉄とは異なり、ダウンタウンの地下を抜けて地上の道路上に架設されたレール上も運行する路面電車で、使用車両もいわゆる路面電車形式の小型なもの。二〇一八年現在も、グリーンラインという名称で運行されており、本作中に登場する駅は全て実在の駅である。運行は割と適当で、時刻表はないも同然。駅での停車位置もまちまちである。

2　アート・クラブ Art Club

地元の芸術家たちの功績や作品を取りまとめ、展覧会などを開催したり、販売・教育を推進する目的で一八五四年に創設されたボストン・アート・クラブのこと。作中時期では、一八八二年に新築されたニューベリー・ストリート150番地のクラブハウスで活動していた。一九一〇年代までには多数の裕福な会員を抱えていたが、実際に創作活動を行っている芸術家の割合が低くなって、クラブの方針や流行を巡ってたびたび衝突が起こった。とりわけ、一九一〇年代に欧州から入ってきたモダニズムやキュビズムの影響を受けた地元の芸術家と、伝統的な芸術を重んずるそれ以外の会員たちとのギャップが大きかったようである。なお、一九一七年に展覧会委員長に就任したチャールズ・ホーリー・ペッパーは日本の木版画のコレクターとして知られ、死後、コレクションの大部分がコルビー大学とボストン美術館に寄贈された。

3　ノースエンド North End

ボストン北東部のイタリア系移民居住地区。一七世紀には、ノース・ミーティング・ハウスという教会施設を中心に発展し、ボストンの他の地域から独立したコミュニティを形成した。一九世紀頃にイタリア系移民が数多く移り住み、コレラの流行やカトリック系住民とプロテスタント系住民の対立もあって徐々に物騒な場所になった。二〇世紀には、古くからの木造家屋と、一八八〇年代以降に建て直されたレンガ造りのアパートが林立する迷路のような町となり、イタリア系移民とユダヤ系移民が角を突き合わせる独特な雰囲気の地域になっていた。冤罪事件と目されている「サッコ・ヴァンゼッティ事件」はまさに作中時期の出来事であり、処刑されたニコラ・サッコとバルトロメオ・ヴァンゼッティはノースエンドの住人である。なお、一九二七年七月以前に、モチーフにした区画の建物が取り壊され、ＨＰＬは大いに嘆いた。

4　ジョー・マイノット Joe Minot

この綴りの「ジョー」は男性名。

マイノットというのは米国の古い家柄で、ＨＰＬがヘイゼル・ヒールドのために代作した「永劫より出でて」（一九三三年）にも、マイノットという人物が登場している。

5　〈食餌《しょくじ》する食屍鬼《グール》〉 "Ghoul Feeding"

この絵画の具体的な描写は後の方に出てくるが、作中で名前の挙がっているフランシスコ・デ・ゴヤの〈我が子を食らうサトゥルヌス〉が直接のモチーフと思しい。

6　フュースリー Fuseli

一八世紀後期〜一九世紀前期の英国で活躍したドイツ系スイス人の画家、ヨハン・ハインリヒ・フュースリー。一七八二年に公開された〈悪夢〉と題する絵画は、横たわる女性の腹に擬人化された悪夢としての夢魔が座り込んでいるというもので、本作中で描写されているピックマンの絵（「眠っている者の胸の上にしゃがみこんで、喉《のど》に嚙《か》み付いたりしている」）のモチーフだろう。

7　サイム、アンガロラ Sime,Angarola

英国人画家のシドニー・サイムと、アメリカ人画家のアンソニー・アンガロラ。本作と同じ年に執筆された「クトゥルーの呼び声」でも言及されている。共にどこか陰鬱で幻想的な画風で知られ、サイムはＨＰＬが信奉したロード・ダンセイニの著作の挿絵を描いていた。

8　ミンスパイ mince-pie

ドライフルーツや林檎、ナッツなどに砂糖やスパイスを加え、ラム酒やブランデーに漬けて煮込んだものがミンスミートで（昔は牛の挽き肉を入れることもあった）、それを用いたパイがミンスパイである。英国の伝統的なクリスマスのお菓子で、東方の三博士が生まれたばかりのナザレのイエスに捧げた没薬に重ねられている。

「目ん玉」を意味する俗語でもある。

9　ガーゴイル　the gargoyles

ガーゴイルは、フランス語で大酒飲みを意味する「ガルグイユ」を英語読みしたもので（英語文献では一二八六年が初出）、ルネサンス以前の建築様式であるゴシック様式の建築物――とりわけ、キリスト教に関係の深い建物の外壁にしばしば見られる、生物の形状をした水の落し口のことである。名称の由来は、「喉」「食道」を意味する古フランス語の「ガルグユ gargole」。ライオンや蛇、竜、鳥など複数の生物的特徴を混ぜあわせたグロテスクな意匠のものが多く、一二二〇年頃にパリのランス大聖堂に設置されたのが最初という説がある。フランスから広まったガーゴイル像は、北スコットランドや南スペインといった周縁も含むヨーロッパ全体に広まったが、デザインはどれも似通ったものだった。こうした怪物像が教会や聖堂などに設置された理由については、口から汚れた雨水を吐き出すことから「罪や穢れを押し流す存在」、すなわち悪霊よけというものから、信仰心が薄い一般人に対する脅し、大食の罪の象徴など、様々に解釈されているが、どれも定説と言えるほどの強い根拠はない。ノートルダム大聖堂とモン・サン＝ミシェル修道院には、どちらも多数のガーゴイルがある。

10　キマイラ　chimaeras

ギリシャ神話に登場する怪物。紀元前八世紀頃の、古代ギリシャの詩人ヘーシオドスの『神統記』によれば、テューポーンとエキドナという二体の怪物の間に生まれた子で、ケルベロス、ラードーンなどの兄弟がいる。「キマイラ」はギリシャ語読みで、英語読みは「キメラ」「カミュラ」に揺れている。ホメーロスが著したとされている叙事詩『イーリアス』（現在は、別の著者によるものと考えられている）では「ライオンが前半身、蛇が後半身、山羊が真ん中で、恐ろしい焔の息を吐く」と描写される。紀元前四世紀の絵皿などには、ライオンの頭部と前脚、横腹から頭部が生えている山羊の胴体、そして蛇の尾を備えた姿で描かれている。

11　セイラム　Salem

ピックマン家は実際にセイラムの名家で、一九世紀の商人、上院議員だったダドリー・リーヴィット・ピックマンはセイラムのピーバディ・エセックス博物館の支援者でもあった。息子ウィリアム・ダドリー・ピックマンも、同博物館とボストン美術館に貢献した。ウィリアムの会社の快速帆船《ウィッチクラフト》号は、美しい船として有名だった。なお、本書収録の「『ネクロノミコン』の歴史」によれば、一六世紀イタリアで印刷されたギリシャ語版『ネクロノミコン』がセイラムのピックマン家にあったが、一六九二年の魔女裁判ないしは本作の事件後に喪われたとされる。リチャード・アプトン・ピックマンの自宅はボストンのニューベリイ・ストリートにあるようだが、この通りの二本北にあるコモンウェルス・アベニューの15番地にはダドリー・ピックマンの旧宅が現存する。「狂気の山脈にて」「超時間の影」で、ミスカトニック大学の探検を支援するナサニエル・ダービイ・ピックマン財団も、この一族に関わるのだろう。

12　ダンバースの療養所　the Danvers asylum

ダンバースは、セイラムに隣接したセイラム村の現在の地名で、一六九二年の魔女裁判の中心地である。療養所というのは、一八七四年に開業されたダンバース州立精神病院のこと（一九八五年に閉鎖）。ＤＣコミックス社の『バットマン』シリーズでお馴染みの、精神病院と刑務所が混ざりあったようなヴィラン収容施設アーカム・アサイラムは、一九七四年に刊行された雑誌 Batman ＃２５８に「アーカム・ホスピタル」として登場したのが初出だが、当初はゴッサムではなく「ニューイングランドの近く」にあるという設定で、明らかにダンバース州立精神病院がモチーフだった。

13　バック・ベイ　Back Bay

ボストンのコモン・パークとフェンウェイ・パークに挟まれた地域。一九世紀の米国特有の都市計画を最も完全な形で遺している区画なのだが、都市建設のため埋め立てられる以前は湾になっていたため、ピックマンは「本来のボストンではない」と否定している。

14　コップス・ヒル　Copp's Hill

ノースエンド北部の地域で、土地の所有者であった靴職人ウィリアム・コップが由来。オールド・ノース教会と、後述のコットン・マーザーの父と子を含むマーザー家三代の墓があるコップス・ヒル墓地は観光地として有名だ。

15　コットン・マーザー　Cotton Mather

一六六三年生まれのピューリタンの聖職者。『マグナリア、アメリカにおけるキリストの偉大な御わざ』『妖術と悪魔つきに関する注目すべき神慮』『不可視の世界の驚異』をはじめ四〇〇を超える著作（小冊子が多い）があり、当時のニューイングランド地方における宗教的な権威であった。アメリカ植民地から選ばれた、最初のロンドン王立学会員でもある。新大陸において悪魔が蠢動していると常々主張し、一六九二年のセイラム魔女裁判でも重要な役割を果たした。クトゥルー神話作品において、「キリスト教的権威」の象徴としてしばしば言及される。本作の舞台であるノースエンドの、一七世紀における指導者が、ノース・ミーティング・ハウスの牧師《ミニスター》であったコットンの父インクリーズである。

16　ギャロウズ・ヒル Gallows Hill

セイラムの西側にある丘で、一六九二年の魔女裁判の際、絞首刑が執行された場所である。現在は公園になっているが、慰霊碑などは存在せず、絞首台が置かれた位置などの詳しいことは伝わっていない。

17　サーバー Thurber

本作の語り手。執筆時期を考慮すると、おそらく偶然なのだが、米国の著名な作家・漫画家・編集者であるジェームズ・サーバーがまさにこの年、〈ニューヨーク・イブニング・ポスト〉紙でライターとして働き始めている。ユーモアと風刺精神に溢れた怖いもの知らずの性格と、ニュアンスこそ違うがフランス帰りという共通項もあることから、本作の翻訳にあたって、サーバーの語り口にジェームズ・サーバー（ピックマンの失踪した一九二六年初頭に三一歳）のイメージを投影した。

18　アンドロスとフィップス Andros and Phipps

一七世紀の北アメリカ植民地の総督であるエドマンド・アンドロスと、彼のもとで不遇を託《かこ》った後にいったん英国に戻り、コットン・マーザーの後援でマサチューセッツ湾直轄植民地の初代総督の地位に就いた、サー・ウィリアム・フィップス。なお、コットン・マーザーはフィップスを自分の庶子の一人だと書き残しているが、これは疑わしいものと考えられている。

19　クラーク・アシュトン・スミス Clark Ashton Smith

サンフランシスコで活動していた詩人、作家、芸術家。

HPLは彼の詩や絵画に感銘を受け、一九二二年にファンレターを送って以来、二人は友人になった。HPLの勧めで小説を書くようになってからは、ツァトーグァ、『エイボンの書』などの設定を創造してクトゥルー神話の世界を大きく押し広げ、一九三六年には「クトゥルーの子」と題する彫刻も造っている。HPLの作品中では、主に芸術家として言及される。

20　取り替え子《チェンジリング》　changeling

ドイツやスカンディナヴィア半島やアイルランド、スコットランド、ウェールズ、スペインなど、ヨーロッパの広範囲に伝わっている民間伝承で、妖精や悪魔が人間の子供を連れ去り、代わりに自分たちの子供（ないしは子供の姿をした大人の妖精）を置いていくというもの。ウィリアム・シェイクスピアの喜劇『真夏の夜の夢』に取り替え子への言及があることから、一六世紀末には広く知られていたことがわかっている。

21　〈マウント・オーバーンに葬《ほうむ》られたホームズ、ローウェル、ロングフェロー〉　"Holmes, Lowell, and Longfellow Lie Buried in Mount Auburn"

マウント・オーバーンというのは、マサチューセッツ州ケンブリッジ市にあるマウント・オーバーン墓地のことで、名前を挙げられているのは全員、アメリカ文学史を代表する詩人である。順にオリバー・ウェンデル・ホームズ、ジェームズ・ラッセル・ローウェル、ヘンリー・ワーズワース・ロングフェロー。リン・カーターの設定では、この絵は描き手の失踪後、紆余曲折を経てカリフォルニア州ダンハム・ビーチのハイラム・ストークリイの手に渡ったが、その後さらに焼失している。（リン・カーター『クトゥルーの子供たち』（エンターブレイン）収録の「ウィンフィールドの遺産」などを参照）

22　終《つい》の棲家《すみか》　the mortal tenement

墓場の隠喩《いんゆ》。古風な表現だが、一九二四年にA・J・ドーソンという作家の小説 His mortal tenement が刊行されており、HPLはそれを見たのかもしれない。

『ネクロノミコン』の歴史

History of the Necronomicon

1927

簡潔なものではあるが、この本の歴史、著者、『ネクロノミコン』の執筆時（紀元七三〇年）から今日に至る、様々な翻訳と諸版の完全な概要。[*1]

原題『アル・アジフ』――アジフとは、アラブ人によって魔物《デーモン》の吼《ほ》え声と考えられた夜間の音（虫の立てるもの）を示すべく、使用された言葉である。[*2]

紀元七〇〇年頃、ウマイヤ朝カリフの御世《みよ》に活躍したと言われる、イエメンはサナア［現在のイエメン共和国の首都］の狂える詩人、アブドゥル・アルハズレッドによって著《あらわ》されたもの。

彼はバビロンの廃墟《はいきょ》の数々やメンフィス地下の秘《かく》された場所の数々を訪れ、守護番人を務める悪霊どもや死の怪物どもが棲《す》むというアラビア南部の砂漠――古代の人々にはロバ・エル・カリイエないしは〈虚ろなる土地〉と呼ばれ、現代のアラブ人には〈ダハナ〉あるいは〈深紅〉の砂漠と呼ばれる――に赴《おもむ》いて、十年もの間を独りで過ごした。

この砂漠については、踏破《とうは》したと偽る者たちが、数多の奇怪で信じがたい驚異を伝えている。

晩年のアルハズレッドはダマスカス［現在のシリア・アラブ共和国の首都］に居住し、この地で『ネクロノミコン』（『アル・アジフ』）を著したのだが、彼の最期ないしは消滅（紀元七三八年）については、多くの恐ろしくも矛盾する話が語られている。

イブン・ハッリカーン[*3]（一二世紀の伝記作家）によれば、彼は白昼の大路で目に見えぬ怪物に捕らわれ、恐ろしさに立ち竦《すく》む数多の目撃者たちの眼前で、悍《おぞ》ましくも貪《むさぼ》り喰《く》われたのだとされる。

彼の狂気についても、数多くのことが語られている。円柱都市とも呼ばれる伝説的なイレムを目にしたり、とある名も無き砂漠の町の地下に、人類よりも古い種族の衝撃的な年代記と秘密を見つけたなどと主張したのである。

彼は不信心なモスレム［ムスリム（イスラム教徒）の別綴り］に過ぎず、自分がヨグ＝ソトース[*4]やクトゥルーなどと呼ぶ、知られざる存在を崇拝していた。


紀元九五〇年、この時代の賢人たちの間で、かなり頻繁《ひんぱん》に密《ひそ》かな回覧が行われていた『アジフ』は、コンスタンディヌーポリ《コンスタンティノープル》[*5]のテオドラス・フィレタス[*6]によって、『ネクロノミコン』の表題のもと秘密裏にギリシャ語に翻訳された。一世紀の間、その本は少なからぬ実践者たちを恐ろしい企てに駆り立てたため、ミハイル総主教[*7]によって発売が禁止され、焚書《ふんしょ》に処されることとなった。

その後は風聞が知られているのみだが、中世後期に（一二二八年）オラウス・ウォルミウス[*8]がラテン語に翻訳し、このラテン語版テキストは二度にわたって刊行された——一度は一五世紀にひげ文字体《ブラックレター》[*9]（明らかにドイツにおいて）で、今一度は一七世紀に（おそらくスペイン語）。

どちらの版にも合標《あいじるし》がなく、時期と場所については印刷方式を物証として特定する他はない。

ラテン語版の翻訳の直後に教皇グレゴリウス九世[*10]の注意を惹《ひ》きつけ、一二三二年、教皇はラテン語版、ギリシャ語版の双方を禁書とした。

アラビア語版の原本は、ウォルミウスによる序文に示されているように、彼の時代の早い時期に喪《うしな》われていた。[11] そして、ギリシャ語版についても――一五〇〇年から一五五〇年の間にイタリアで刊行されたもの――、一六九二年にセイラムのある人物の書庫が焼かれて以来、報告されていない。ディー博士[12]による英訳版は一度も刊行されたことがなく、元の草稿から再録された断片集[13]が存在するのみとなっている。

ラテン語テキストのうち現存するもの（一五世紀版）は、大英博物館において錠前と鍵[14]にしっかり護《まも》られており、もう一つ（一七世紀版）はパリの国立図書館[15]に存在する。

一七世紀版は、ハーバード大学のワイドナー図書館[16]と、アーカムにあるミスカトニック大学の図書館に所蔵されている。また、ブエノスアイレス大学[17]の図書館にも所蔵されている。

おそらくは、夥《おびただ》しい数の写本が秘密裏《ひみつり》に存在しており、一五世紀版が一冊、著名なアメリカの大富豪のコレクションに含まれているのだと、絶えず噂《うわさ》されてもいる。

現時点では漠然とした噂に過ぎないが、一六世紀のギリシャ語版をセーラムのピックマン家が保存していたと信じる向きもある。しかし、仮に保存されていたとしても、画家のR・U・ピックマン[18]が一九二六年初頭に失踪《しっそう》した際、共に姿を消してしまったのである。

この本は、ほとんどの国々の政府当局と、組織化されている教会のあらゆる支部によって、発売が厳禁されている。読めば恐ろしい結果がもたらされることだろう。

R・W・チェンバーズが、初期の小説『黄衣の王』[19]の着想をこの本から得たという噂（一般人にはほとんど知られていないことだが）も囁《ささや》かれている。

年譜

『アル・アジフ』、紀元七三〇年頃にアブドゥル・アルハズレッドによってダマスカスで執筆された。

紀元九五〇年、テオドラス・フィレタスによって『ネクロノミコン』としてギリシャ語に翻訳された。

ミハイル総主教によって、一〇五〇年（よって、ギリシャ語テキスト）が焚書された。アラビア語テキストは現在、喪われている。

オラウスが一二二八年に、ギリシャ語からラテン語へと翻訳する。

一二三二年　ラテン語版（ギリシャ語版も）が発禁。グレゴリウス九世による。

一四……年　ひげ文字《ブラックレター》体版が刊行される。（ドイツ）

一五……年　ギリシャ語テキストがイタリアで刊行される。

一六……年　ラテン語テキストがスペインで再刊される。

訳注

1　（エピグラフ）
この引用部分は、一九二七年秋にアラバマ州のウィルスン・シェファードが本作を私家版小冊子として刊行した際の、表紙に書かれていた文章であり、HPLの書簡からの引用ではないかと考えられる。

2　アジフ　Azif
この箇所の「アジフ」という言葉についての説明は、HPLが愛読したウィリアム・ベックフォードの『ヴァテック』の注釈を参考にした知識で、アラビア人の間で実際にそのような伝統があったかどうかは未確認である。

3　イブン・ハッリカーン　Ibn Khallikān
一三世紀アラブに実在した学者・文筆家。一二一一年にイラク北部のイルビールで生まれ、一二八二年にシリアのダマスカスで亡くなっている。シャーフィイー派学派の法学者で、古今の著名なアラブ人を網羅した伝記事典『ワファヤート・アル・アアヤン・ワ・アンバー・アブナー・アッザマーン（名士たちの過去帳）』を一二七四年に完成させた。HPLが「一二世紀の伝記作家」としたのは誤りだが、修正せずにおいた。

4　ヨグ＝ソトース　Yog-Sothoth
本格的に取り扱ったのは本書収録の「ダンウィッチの怪異」になるが、初出は一九二七年執筆のHPLの半自伝的小説「チャールズ・デクスター・ウォード事件」。アザトースやナイアルラトホテプと同様、エジプトの知識の神「トート Thoth」の綴りを含んでいて、後続の作家たちによってしばしば結び付けられている。ただし、たとえネーミングの由来であったにせよ、HPLにはその点について掘り下げるつもりがなかったようだ。彼はクラーク・アシュトン・スミスに宛てた一九三〇年一二月二五日付の書簡で、「故ランドルフ・カーターは、死後に見つかった文書の中で、サトト＝オー＝グワーのサトと、アルハズレッドがどうやら仕方なしに『ネクロノミコン』で言及した、悍ましくも筆舌に尽くしがたいヨグ＝ソト＝オースのソトと、語源的に関係しているとの奇妙な推測を述べています」と書いている。

なお、HPLはヨグ＝ソトースの名前について、クトゥルーやルルイェのように「人間の口では正しく発音できない」という設定を明示していないが、書簡中で幾度か「その名前を口にするや否や、死滅してしまう」と言及している。たとえば、一九三六年九月一日付のウィリス・コノヴァー宛書簡では、次のように述べている。

「ヨグ＝ソトースに触られた者は姿が消えてしまうか、さもなくば誰だか判らない形になってしまいます。ヨグ＝ソトースの名前を口にするのは、確かに危険です。もし、その名前を口にしてしまったはずなのに生きているのだとしたら、幸いにも無知だったおかげで、誤って発音したからに過ぎないのです」

5 コンスタンティノーポリ《コンスタンティノープル》 Constantinople
トルコ共和国の都市イスタンブールの前身。四世紀以降は東ローマ帝国の首都となり、正教会のコンスタンティヌーポリ総主教庁が今なお置かれている。紀元九五〇年当時は、いったん衰退した後に勢いを取り戻した東ローマ帝国の首都として繁栄していた。

6 テオドラス・フィレタス Theodorus Philetas
架空の人物。少なくともHPLの作中では詳細不明だが、初期キリスト教時代の異端者とされる一世紀のフィレトゥス Philetus が名前の由来ではないかとの指摘がある。

7 ミハイル総主教 the patriarch Michael
正教会のコンスタンティヌーポリ総主教であったミハイル一世キルラリオス。在位は一〇四三年～一〇五九年。

8 オラウス・ウォルミウス Olaus Wormius
初出は「祝祭」だが、本作でさらに詳しく設定される。

9 ひげ文字体《ブラックレター》 black letter
西欧、特にドイツにおいて好んで使用されていた、鋭角的な極太のラインが特徴の字体のこと。英語圏ではゴシック体 Gothic Script（ゴシックというのはゴート、すなわちドイツのことである）とも呼ばれるが、今日の日本で一般的に用いられる「ゴシック体」からは外れているので、このような表記で訳出した。

10 教皇グレゴリウス九世
第一七八代ローマ教皇（在位一二二七年～一二四一年）

で、俗名はウゴリーノ・ディ・コンティ。先々代の教皇イノケンティウス三世の甥にあたる。十字軍遠征の実行などを巡って神聖ローマ帝国の皇帝フリードリヒ二世と対立し、破門と和解を繰り返したことで知られる。法学者としての業績もあり、十字軍への情熱とも相俟って、確かに『ネクロノミコン』を危険視する可能性が高い。

11 アラビア語版の原本 The Arabic original

『アル・アジフ』の原本は、主だった原典作品（第一世代、第二世代作家のものに絞る）ではクラーク・アシュトン・スミスの「妖術師の帰還」や、ブライアン・ラムレイ「妖蛆《ようしゅ》の王」などに、わずかに登場する。

なお、HPLの「チャールズ・デクスター・ウォード事件」には、一八世紀のとある人物の蔵書に『イスラームの琴 Qanoon-e-Islam』と題する本があるのを見つけているが、直後に『ネクロノミコン』と呼ばれているので、アラビア語版の原本ではないと思しい。

12 ディー博士 Dr. Dee

英国ロンドン出身の実在の占星術師、錬金術師であるジョン・ディー博士。一六世紀から一七世紀初頭にかけてヨーロッパ各地を巡り、一時は魔術や錬金術に熱中したことで知られる神聖ローマ皇帝ルドルフ二世に仕えたこともあった。晩年は女王エリザベス一世の相談役となったが、その死後は魔術嫌いのジェームズ一世に疎まれ貧困の内に死去した。一五八一年三月頃から奇妙な夢に悩まされ、何かの霊が接触を試みているのだと考えた彼は、水晶球を介したスクライングという霊的交信を試み、エドワード・タルボット（本名はエドワード・ケリー）をはじめとする霊媒師の助力を得ながらその後数年にわたってアナエルやミカエル、ウリエルなどの天使と交信し、護符の製法や天使が用いる言語のアルファベットや単語を教示された。ディーはそれを『ロガエスの書』という書物にまとめ、この言語をアダムが物に名前をつける時に使った言語と同一視し、新約聖書の「ユダの手紙」などに記されている伝説上のエノクの書と結びつけた。このため、この言語は「エノク語」と呼ばれている。

なお、後藤寿庵によるコミック『アリシア・Y』（茜新社）には、ジョン・ディー博士が仇役として登場する。

13 断片集 fragments

HPLの「ダンウィッチの怪異」において、ウィルバー・

ウェイトリイが持ち歩いているのがこの断片集である。コリン・ウィルスンの協力を得たジョン・ヘイは『魔道書ネクロノミコン』（学習研究社）においてディーによる英語版『ネクロノミコン』の断章の再現を試み、ウィルスンによる序文、ロバート・ターナーによる「『ネクロノミコン』注解」、デイヴィッド・ラングフォードによる「ジョン・ディー文書の解読」などを通して、ディーと『ネクロノミコン』の関わりについて虚実取り混ぜた詳説を行っている。なお、ウィルスン自身による制作秘話、「『魔道書ネクロノミコン』〜捏造の起源〜」が、トライデントハウス刊行の雑誌〈ナイトランド〉創刊号に拙訳にて掲載されている。

14　錠前と鍵　under lock and key

本書に収録されている「ダンウィッチの怪異」も含め、HPL作品においてはしばしば、禁断の書物が「錠前と鍵に護られている」などと描写されることが多い。ただし、この錠前と鍵というのが、「本そのものに錠前がついている（そのような詳しい説明のされる本も時折、登場する）」のか、「錠前と鍵がかかるケースなり棚なりに収められている」のかについては情報がなく、読者の想像と翻訳者の取捨選択に委ねられている。

15　パリの国立図書館　the Bibliothèque Nationale at Paris

「フランス国立図書館 Bibliothèque nationale de France」が正式名称で、「BnF」の略称が知られる。二〇一八年現在、フランス国立図書館はパリにある五つの図書館の総称となっているが、一九二〇年代当時にそう呼ばれるべきは、パリ2区のリシュリュー通りに一九世紀に開館したリシュリュー館となるだろう。

16　ワイドナー図書館　Widener Library

マサチューセッツ州ケンブリッジのハーバード大学キャンパス内にある実在の図書館で、正式名称はワイドナー記念図書館。同大学の卒業生であり、一九一二年にタイタニック号に乗船していたハリー・エルキンズ・ワイドナーの両親の寄付を受けて、一九一五年に設立された。

17　ブエノスアイレス大学　the University of Buenos Ayres

いかにもありそうな大学名なのだが、実は存在しない。

18 R・U・ピックマン R.U. Pickman

「ピックマンのモデル」に登場するリチャード・アプトン・ピックマンのこと。彼の失踪時期が一九二六年初頭であるという情報は、本作において提示された。セイラムのピックマン家については、「ピックマンのモデル」の訳注を併せて参照のこと。

19 R・W・チェンバーズの『黄衣の王』 R.W. Chambers, The King in Yellow

ロバート・W・チェンバーズはHPLよりもちょうど四半世紀年長の、アメリカの怪奇小説家。HPLの故郷であるロードアイランド植民地の設立者の一人である神学者ロジャー・ウィリアムズの直系の子孫にあたる。『黄衣の王』は一八九五年に刊行された短編集で、同タイトルの謎めいた戯曲を巡る恐怖譚を描く。戯曲の筋立ては、世界そのものを呪っているようなおそろしく不道徳な内容で、パリに到着したばかりのフランス語版を政府が押収したことにより、かえって注目を集める。第一幕と第二幕からなり、カシルダやカミラといった登場人物の口から、暗黒星が空にかかるカルコサの地や二つの太陽が沈むハリ湖、奔放な色の襤褸《ぼろ》をまとった〈黄衣の王〉が支配するアルデバランやヒヤデス、ハスター（地名）などの土地について語られます。作中設定によれば『黄衣の王』は様々な言語に翻訳され、様々な国で刊行され、不道徳なもの全てを攻撃するキリスト教会はもちろん、その全ての国でマスコミや文芸評論家の攻撃に晒された。『黄衣の王』が各国で発禁となり、舞台上演が禁止されたのは、その戦慄に満ちた内容以上に、それを読んだ少なからぬ人間が精神の平衡を失い、狂気に走ったことによる具体的な被害が生じたからとされる。読む者に狂気をもたらし、存在するだけで世界に恐怖と災厄をもたらす『黄衣の王』は、『ネクロノミコン』を筆頭に、クトゥルー神話作品に登場する禁断の書物のイメージソースのひとつになった。なお、〈黄衣の王〉がハスターの化身とされるのは、ケイオシアム社の『クトゥルフ神話TRPG』の独自設定である。

往古の民

The Very Old Folk

1927

木曜日

一一月三日、一九二七年

親愛なるメルモスへ[*1]:

……するときみは、あの小癪《こしゃく》な若いアジア人、ウァリウス・アウィトゥス・バッシアヌス[*2]の怪しからん過去を掘り下げるのに忙しいってわけなのかい？　うええ！

あの呪われたシリア人の裏切り小僧くらい、僕が嫌いな奴はそうそういないよ。

僕も最近、ジェイムズ・ローズが翻訳した『エニアッド《アエネーイス》[*3]』をじっくりと読んだもので、ローマ時代に引き戻されてしまったように感じているんだ。ローズ訳を読んだのは初めてだったけれど、僕がこれまでに読んだ——叔父のクラーク博士[*4]が翻訳した未刊行のやつも含めて——どの版よりも、P・マロ[*5]の原文に忠実な出来だね。

このウェルギリウスの物語の影響と、魔女《ウィッチ》の魔宴《サバト》[*6]が丘で開催されるという万聖節前夜《オール・ハロウズ・イブ》にありがちな、妖《あや》しい気分が重なって、ついこのあいだの月曜の夜にローマの夢を見たんだよ。この上なく鮮やかで生き生きとした夢で、隠された恐怖が巨大な暗い影を投げかけていたので、いつか実際に小説に使ってやりたいところだよ。

ローマの夢を見るのは、子供の頃には別段珍しいことでもなくて——僕は軍の将校《トリブヌス・ミリトゥム》の一人として、ガリア全土を神々しいユリウス[*7]について回ったものだったよ——そんな夢をもう長いこと見なくなっていたのだけれど、最近の夢からは特筆に値する力を感じたんだ。

ヒスパニア・キテリオル［ローマ帝国の属州のひとつで、イベリア半島東部沿岸地域］に聳《そび》えるピレネー山脈の麓《ふもと》、ポンペロという小さな州都の町では、日没ないしは午後遅くの太陽が赫々《あかあか》と燃えていた。

アウグストゥス[8]の親衛隊《プラエトリアニ》の軍団長ではなく、依然として元老院の地方総督《プロコンスル》に治められていたということは、共和制末期の時代であったに違いない。

その日は、一一月の朔日《ついたち》[9]の前日だった。小さな町の北にある丘陵《きゅうりょう》は緋色《ひいろ》と金色《きんいろ》に照り映え、埃《ほこり》っぽい広場にある石と漆喰《しっくい》が剥《む》き出しの新しい建物の並びや、東にやや離れたところにある円形競技場の板壁も、沈みゆく陽の光で朱《あか》く神秘的に輝いていた。

市民たちの集団――太眉のローマ人入植者たちや、ローマに服した強《こわ》い髪の属州民たち、それに加えて、安っぽい毛織の外套《トーガ》を一様に纏《まと》った、一見して二つの民族の混血と分かる者たち――そして、彼らの間にちらほらと見える兜《かぶと》を被《かぶ》った軍団兵《レギオン》や、町の周囲に居住している黒髭《くろひげ》のバスク人[10]たち――わずかばかりの舗装《ほそう》された通りや広場に集まっている彼ら全員が、漠然とした得体の知れない不安に取り憑《つ》かれていた。

私自身は、カラグリス［現在のカラオラ］からイリュリア人[11]の担ぎ人足《にんそく》を急がせて、イベルス川［現在のエブロ川］を南に渡り、ちょうど今、輿《こし》から降りたところだった。

私はルキウス・カエリウス・ルフス[12]という名の属州勤務の財務官《クァエストル》で、数日前にタラコ［現在のタラゴナ］からやって来たP・スクリボニウス・リボ地方総督《そうとく》によって招集されたのである。

兵士たちは第Ⅻ軍団《レギオン》の第五歩兵隊《コホート》で、軍団司令官セクストゥス・アセリウス[*13]の指揮下にあった。そして、この地域全体の軍団長《レガトゥス》であるグナエウス・バルブティウス[*14]もまた、恒久拠点のあるカラグリスから出向いてきていた。

会議の目的は、丘陵地帯にわだかまる恐怖についてだった。

町の住民たちは皆、怯《おび》えきっていて、歩兵隊の派遣をカラグリスに懇願《こんがん》していたのである。時はまさに秋の〈恐怖の時節〉であり、山々に棲《す》む蛮族どもが、町では噂《うわさ》に伝え聞くばかりの恐ろしい儀式の準備を進めているのだった。彼らは丘陵地帯の高地に棲んでいる往古《おうこ》の民で、バスク人にも理解できない、まとまりのない言語で話した。

滅多に姿を見せることはなかったが、年に数回、小柄で黄色い膚《はだ》をした、藪睨《やぶにら》みの使者（スキタイ人[*15]のように見えた）が下界にやってきて、身振り手振りで商人と取引するのだった。

毎年、春と秋には山頂で忌まわしい儀式を執《と》り行い、喚《わめ》き声や祭壇《さいだん》の焔《ほのお》が村々を恐怖に陥《おとしい》れていた。決まって同じ、五月《マイウス》朔日の前日と、一一月朔日の前日のことである。これらの夜が間近に迫ると、町からはいつも数名の失踪者《しっそうしゃ》が出て、その消息は二度と聞かれなかった。

古くからこのあたりで暮らしている羊飼いや農民たちは、あの往古の民に対して隔意《かくい》を抱いているというわけでもなく――年に二回の悍《おぞ》ましい魔宴《サバト》の真夜中になる前、住人が姿を消す草葺《ぶ》き小屋は一軒や二軒ではきかないという、風説も囁《ささや》かれていた。

この年の恐怖は、いつにも増して大きかった。それというのも、往古の民の怒りがポンペロに向けられているということが、誰の目にも明らかだったのである。

三ヶ月前のことである。背の低い藪睨みの交易人が五人、丘陵地帯から降りてきたのだが、市場で起きた喧嘩《けんか》騒ぎで三人が命を落としたのである。生き残った二人は、無言のまま山々に帰り——そしてこの秋は、行方不明になる村人が一人も出ていなかった。

禍《わざわい》を免《まぬが》れた代わりに、却《かえ》って強い脅威が感じられたのである。

魔宴《サバト》を生贄《いけにえ》なしで済ませるなど、全くもって往古の民らしいやり方ではなかった。正常になったと考えるのはあまりに虫が良すぎる話だったので、村人たちは恐怖に打ちのめされていたのである。

何夜にもわたって、丘陵に虚《うつ》ろな太鼓の音が響き続けるようになると、造営官《アエディリス》のティベリウス・アナエウス・スティルポ（当地の血を半分引いている）はついに、カラグリスのバルブティウスに使いを出して、恐怖の夜に繰り広げられる魔宴《サバト》を蹴散《けち》らすべく、歩兵隊の派遣を要請したのだった。

バルブティウスは、村人の恐怖などくだらぬものであり、丘の民の忌まわしい儀式など、市民が脅《おびや》かされたのでもない限り、ローマ人の与り知らぬことだという理由で、軽はずみにもこれを拒絶した。

しかし、バルブティウスの近しい友である私は、彼と意見を異《こと》にしていた。

禁じられた暗黒の伝承に精通していた私は、かの往古の民の持つ力が、ともかくもローマの植民地であり、夥《おびただ》しい数の市民が暮らしているその町に、名状しがたい運命をもたらしうるのだと断言した。

苦境を申し立てている造営官《アエディリス》の母親であるヘルウィアは生粋《きっすい》のローマ人で、スキピオ[*16]の軍に同行してこの地にやってきた、M・ヘルウィウス・シンナの娘だった。

そこで私は、一人の奴隷《どれい》——アンティパトロスという名の、すばしっこい小柄なギリシャ人——に手紙を持たせて地方総督のもとに送り出した。私の嘆願に耳を傾けたスクリボニウスは、彼の第五歩兵隊をアセリウスに指揮させてポンペロに派遣し、一一月朔日の前夜、夕暮れが深まる丘陵に兵を進めて、いかなる名状しがたい狂宴《きょうえん》に遭遇《そうぐう》しようとこれを蹴散らし——次回の総督の法廷に引き出すべく、タラコに囚人を連れてくるよう、バルブティウスに命令してくれたのである。

しかしながら、バルブティウスがこれに抗議したため、さらなるやり取りが続くことになった。私が総督に宛《あ》てた手紙にかなりのことを書いていたので、総督は大きな関心を示し、この恐怖について自ら調査に乗り出すことを決心していた。最終的に、彼は護衛《リクトル》*17や従者を引き連れて、ポンペロに赴《おもむ》いた。いやというほど耳に入ってくる噂話に、非常な関心と懸念を掻《か》き立てられた彼は、魔宴《サバト》を摘発するという自身の使命を強く認識したのである。

この問題に通じている者と議論を交わしたいということで、彼はアセリウスの歩兵隊に出頭するよう私に命じた——そして、バルブティウスもまた、彼の反対意見を押し通すべくやって来ていた。過激な軍事行動は、部族民と入植者の別なく、バスク人の間に不穏な感情を掻き立てることになるのだと、実のところ彼は信じていたのである。

かくして、神秘的な秋の夕暮れの丘陵で、私達は一堂に会したのだった——自身の緋色の縁のついたトーガ《トガ・プラエテクスタ》に身を包み、艶《つや》のある禿頭《とくとう》と鷹《たか》を思わせる皺《しわ》だらけの顔に、金色の光が反射している老スクリボニウス・リボ。輝く兜と胸当てを着用し、自らの良心に基づく断固たる反意を秘めて、青々とした髭の剃《そ》り跡が見える唇を引き結んだバルブティウス。磨き上げられた脛《すね》当てをつけて、横柄な薄笑いを浮かべる若きアセリウス。そして、好奇心も露《あら》わな町の住民たちや軍団兵、部族民、農民、護衛《リクトル》、奴隷、従者といった人々が集まっていた。私はといえば、ごく普通のトーガを着用していて、特に目を引くようなものは身につけていなかった。

そして、至るところに恐怖が蔓延《まんえん》していた。

町や周囲の村の住民たちは、敢えて口を開く者とてない有様だったし、このあたりに一週間近く滞在していたリボの随員たちにしても、何かしら名状しがたい恐怖に囚《とら》われているようだった。

老スクリボニウスその人も酷く厳粛《げんしゅく》な面持ちで、私たち後からやってきた者の活発な音声が、臨終《りんじゅう》の場や幽玄《ゆうげん》な神の礼拝堂《れいはいどう》にいるかのような、何とも奇妙で場違いなものに思えるほどだった。

我々は将官用の天幕《プラエトリウム》の中に入り、重々しい様子で話し合った。

バルブティウスは反対意見を押し通し、アセリウスがそれを支持した。どうやら彼は、全ての原住民を極端に蔑視《べっし》している一方で、同時にまた彼らを刺激するのは得策でないと考えているようだった。

二人の軍人は、恐ろしい儀式を粉砕《ふんさい》して多数の部族民と山間居の反感を買うよりも、介入をしないことで少数の入植者や市民化した原住民の反感を買う方が、まだ扱いやすいという意見に固執《こしつ》した。

この意見に反対して、私は改めて行動に出るべきだと主張し、いかなる作戦に加わることになろうとも、歩兵隊と行動を共にすることを申し出た。

私はまた、野蛮なバスク人たちが既に動揺の極みにあって、どのような行動に出るかもわからず、私達がどちらの道を選ぼうと、遅かれ早かれ彼らとの小競り合いは避けられないだろうと指摘した。また、過去の事例からして、彼らが我が軍団の脅威になり得たことはなく、共和国の正義と威信が要求する振る舞いが、野蛮人に妨《さまた》げられるなど、ローマの人民の代表者に相応《ふさわ》しくないのだとも。

その一方で、このようにも主張した。

属州の統治における成否は一重に、地域の商業機能と繁栄《はんえい》の鍵《かぎ》を握っており、その大静脈を我々イタリア人の血の巨大な混成物が流れている、文明化された社会集団の安全性と信頼性を保証できるかどうかにかかっている。数の点では少数派かもしれないが、恒常的に安定した社会集団は信頼に値するし、元老院及びローマ人の主権と属州の結びつきは、協力によって堅固なものとなるはずなのだ。

彼らにローマ市民並の庇護《ひご》を与えることは、我々の義務にして利益なのだ。たとえ（ここで私は、バルブティウスとアセリウスに皮肉な視線を向けた）、多少の面倒事や作業が発生し、カラグリス駐屯地《ちゅうとんち》でのドラフツ遊び［ボードゲームの一種、チェッカー］や闘鶏《とうけい》を少しの間中断しなければならないとしてもである。

ポンペロの町とその住民たちに迫っている危険が現実のものであることは、私の研究からしても、疑う余地のないことだった。私はシリアやアイギュプトス《エジプト》、エトルリアの秘《かく》された都邑《まち》から持ち出された数多くの巻物を読み漁《あさ》り、ネミ湖《ラクス・ネモレンシス》の畔《ほとり》の森の中にある神殿《しんでん》で、ディアナ・アルチーナ[18]の血に飢《う》えた神官と、長々と話し込んだことすらあった。

魔宴《サバト》の夜、ローマ人の領土内に存在してはならない、慄然《りつぜん》たる破滅が丘陵地から喚《よ》び起こされるかもしれなかった。それに、魔宴《サバト》につきものであることが知られている狂乱の宴《うたげ》を看過するのは、父祖《ふそ》の慣習にも一致しているとは言えなかった。何しろ、A・ポストゥミウス[19]が執政官《コンスル》であった頃、バッコス祭[20]

を執り行った廉《かど》で大量のローマ市民が処刑されたのだ——この出来事は、銅板に彫り込まれた元老院によるバッコス祭禁止の布告《セナトゥス・コンスルトゥム・デ・バッカナリブス》*21によって衆目《しゅうもく》に晒《さら》され、永遠に記憶されている。

儀式が進行し、ローマ兵の鉄製の投げ槍《ピルム》が通用しない何物かが喚び起こされてしまう前に勝負を決めてしまえば、魔宴《サバト》の粉砕には一個歩兵隊の兵力で事足りるだろう。

捕縛《ほばく》する必要があるのは祭儀に加わった者のみで、大多数の単なる見物人に手を出さなければ、先住民に共感しているかもしれない者たちの反感を、かなり軽減できるはずだ。

つまるところ、正義と政治の両面において、厳しい対処が要求されているのである。

そして、ローマ人の尊厳と義務を常に念頭に置くプブリウス・スクリボニウスであれば、私も同行している歩兵隊をただちに差し向けるという自らの計画を遵守《じゅんしゅ》することを、私は微塵《みじん》も疑わなかった。

たとえ、バルブティウスとアセリウスが反論し——ローマ人というよりも属州民であるかのような口ぶりで——、そうした意見の方が時宜《じぎ》にかない、多数派であるように見えたとしても。

傾きつつある太陽はずっと低い位置に来ていて、静まり返った町全体が、現実のものとも思えない禍々《まがまが》しい魔力に覆われていた。P・スクリボニウス地方総督は私の意見を容《い》れて、筆頭百人隊長《ケントゥリオ・プリムスピルス》の暫定《ざんてい》的な権限と共に、私を歩兵隊に配属してくれた。

バルブティウスとアセリウスも同意したが、バルブティウスの方が前向きだった。

黄昏《たそがれ》が秋の丘の斜面に垂《た》れ込めると、悍《おぞ》ましくも規則正しい太鼓の音が、恐ろしいリズムを刻んでいるのが遠くから聴こえてきた。軍団兵のごく一部には、怖気《おぞけ》を震った者もいたが、鋭い命令が彼らの隊列を律し、歩兵隊は間もなく円形競技場の東の原野《げんや》に整列した。

バルブティウスと同様、リボその人も、歩兵隊に同行すると強く主張したが、山上での道案内をする地元民を見つけるのはひどく困難だった。ようやく、生粋のローマ人の良心を持つウェルセリウスという名の若者が、少なくとも丘の麓を過ぎるあたりまで案内してくれることになった。

あたりを包み込んだばかりの夕暮れの中を、私たちは進軍し始めた。新月のほっそりした銀色の鎌《かま》が、左手の森の上でゆらゆらと揺らめいていた。

私たちの心を特にかき乱すのは、魔宴《サバト》などというものが現実に行われるという事実そのものだった。歩兵隊がやってくるという報せは、丘陵地帯にも達しているに違いない。最終的な決定がなされていなかったにせよ、警戒心を抱かせる噂が流れなかったということはないだろう。

しかし、不吉な太鼓はこれまでと変わらず響き続けた――ローマ人の軍隊が彼らに向けて進軍して来ようが来まいが、祭儀の参加者たちが無関心なままでいられる、何か特別な理由があるかのように。

両側を木々の生い茂る険しい斜面に囲まれた、丘と丘の合間の狭い道に差し掛かったあたりで、太鼓の音が一段と大きくなった。揺れ動く松明《たいまつ》の灯りの中で、木々の幹が妙に幻想的な姿を見せてくれた。

リボ、バルブティウス、アセリウス、二、三人の百人隊長《ケントゥリオン》と私自身を除く皆が徒歩だったが、道が非常に険しく狭くなったので、馬に乗っていた者たちも、いよいよ後に残して行かざるを得なくなった。かくも恐ろしい夜には、盗賊も引きこもっていることだろうが、馬番として十人の分隊が残された。

時折、すぐ近くの森の中でこそこそと動く姿を見たような気がした。登りはじめてから半時間を経て、道はいよいよ険しく狭いものとなって、そこを大勢の人間たち——総計三百人以上に及ぶ——に進軍させるのは、大変まだるっこしい上に困難を極めた。

その後しばらくして、全くぞっとさせる唐突さで、下の方から恐ろしい声が聴こえてきた。それは、繋《つな》がれた馬たちのあげている声で——彼らは、悲鳴をあげていた。嘶《いなな》きではなく、悲鳴をである……そのあたりには灯《あか》りが見えず、人の立てる物音も聴こえず、何故、そのような声をあげたのか、皆目《かいもく》わからなかった。

まさにその瞬間、前方の丘陵の頂《いただき》という頂に篝《かがり》火《び》が燃え上がり、前にも後ろにも同様に、恐怖が待ち構えているように思えた。案内をしてくれた若いウェルセリウスを探してみたものの、見つかったのは血の海の中でのたうち回っている、ねじれた肉塊のみだった。

彼の手には、百人隊副長であるD・ウィブラヌスのベルトから奪った短剣が握られていて、その形相《ぎょうそう》たるや、百戦錬磨《ひゃくせんれんま》の古強者《ふるつわもの》すらも血の気を失わずにはいられない、恐ろしいものだった。

彼《ウェルセリウス》は、馬の悲鳴が聴こえてきた時に、自ら命を絶ったのである……この地域に生まれ、一生を過ごしてきた彼は、丘陵について人々が囁き交わしてきたことをよく知っていたのだった。

今や、全ての松明の火が薄暗くなり始め、怯えた軍団兵たちの叫びが、なおも続いている繋がれた馬たちの悲鳴と混ざりあった。一一月の山の頂とはいえ、はっきりとそれとわかるほど急激に空気が冷え込み始め、しかもその冷気は恐ろしげなうねりによって攪拌《かくはん》されているようで、私は巨大な翼に打ち付けられているという連想を禁じ得なかった。

今や歩兵隊は完全に停止し、松明の火が薄れゆく中、ペルセウス座やカシオペア座、ケフェウス座、そして白鳥座《キグナス》の合間を縫《ぬ》って流れる天の川《ヴィア・ラクティア》の朧《おぼろ》な光が彩る空に、異様な影が輪郭《りんかく》を描くのを目にしたように思った。

その時、急に全ての星々が空から消え去った——我々の前方に輝いていたデネブとヴェガはもちろん、背後にぽつんと光っていたアルタイルとフォーマルハウトすらも。

松明の灯りが完全に消え、恐怖に襲われて叫び声をあげ続ける歩兵隊の頭上に残ったのは、聳え立つ丘陵の頂という頂で、地獄の如く赫々《あかあか》と燃え盛る、忌まわしくも恐るべき、祭壇の焔のみだった。

そして今、フリギアの神官やカンパニアの老婆《ろうば》がひそかに囁く、最も放埒《ほうらつ》な物語にすら出てこないような名も無き獣どもの巨軀《きょく》が飛び跳ねる姿が、焔を背景に気違《きちが》いじみた影を投げかけているのだった。

暗澹《あんたん》たる人間と馬の叫び声を圧して、悪魔《デーモン》じみた太鼓の音がひときわ膨れ上がると、慄然たる感覚や意思を備えた氷のように冷たい風が禁断の高みから吹き降ろしてきて、さながらラーオコーンとその息子たちの運命を演じてみせているかのように、歩兵隊の全員が暗闇の中でもがき苦しみ泣き叫ぶまで、男たち一人ひとりに絡《から》みついていったのである。

ただ一人、老スクリボニウス・リボのみは敗北を認めたようだった。

悲鳴が飛び交う中、彼が発した言葉が、今もなお私の耳に響いている。

「古えの邪悪《マリティア・ウェトゥス》——古えの邪悪《マリティア・ウェトゥス・エスト》めが——現れおった《ウェニト》——とうとう現れおったわ《タンデム・ウェニト》……」

そこで私は目を覚ました。長い間手を触れられないまま忘れ去っていた潜在意識の深みに迫る、ここ数年で最も鮮明な夢だったよ。あの歩兵隊の運命については何の記録も残っていないけれど、少なくとも町は救われたようだね——というのも、ポンペロが今日まで残っていることを、百科事典が教えてくれたんだ。ポンペローナ[*22]という、現代風のスペイン語の名前のもとにね……。

敬具　ゴート人の王のために

C・ユリウス・ウェールス・マクシミヌス

訳注

1 メルモス Melmoth

一八世紀アイルランドの作家チャールズ・ロバート・マチューリンの代表作である『放浪者《ワンダラー》メルモス』にひっかけた、HPLの友人作家ドナルド・ウォンドレイのあだ名。オーガスト・W・ダーレスと共にアーカムハウスを立ち上げた人物である。

2 ウァリウス・アウィトゥス・バッシアヌス Varius Avitus Bassianus

三世紀のローマ帝国第二三代皇帝マルクス・アウレリウス・アントニヌス・アウグストゥスの本名。ギリシャの太陽神へーリオスと、ローマ山の神エラガバルスの習合したヘリオガバルスを崇拝し、死後「ヘリオガバルス」のあだ名で呼ばれた人物である。ヘリオガバルスの崇拝（新興宗教のようなもの）と、きわめて頽廃的な性生活などにより、ローマ史上最悪の暴君と評価されている。

3 『エニアッド《アエネーイス》』 Æneid

紀元前一世紀、共和制ローマ末期の詩人プーブリウス・ウェルギリウス・マロが著した叙事詩。『エニアッド』の表題は、本来の古典ラテン語表題『アエネーイス』を英訳したものである。『イーリアス』にも登場するトロイアの武将アエネーアース（古典ギリシャ語形はアイネイアース）が、放浪の末に新天地イタリアに辿り着き、新たなトロイアとしてローマの礎を築くという物語。

4 クラーク博士 Dr. Clark

HPLの母の姉リリアン・デローラ・フィリップスの夫、フランクリン・チェイス・クラーク博士。ロードアイランド病院の医師であったが学識豊かな人物で、少年期のHPLの文章を指南した。HPLの半自伝的小説「チャールズ・デクスター・ウォード事件」に登場するマリヌス・ビックネル・ウィレット医師のモデルとされる。

5 P・マロ P. Maro

前述の『アエネーイス』などを著した紀元前一世紀ローマのラテン語詩人、プーブリウス・ウェルギリウス・マロのこと。なお、ウェルギリウスの友人であり、その校訂者・伝記作家（伝記自体は四世紀以前に散逸）として後世に名前を遺しているルキウス・ウアリウス・ルフスLucius Varius Rufusは、本作の語り手（そして、夢の中におけるHPLの分身）である「ルキウス・カエリウス・ルフス」の名前のヒントになったのかもしれない。

6　魔宴《サバト》 Sabbaths

サバスというのは本来、ユダヤ教の安息日であり、魔女の狂宴が開催される日をこれに当てはめたのは、キリスト教世界におけるユダヤ人差別の影響だった。本作では、ニュアンスからこの漢字を充てている。

7　神々《こうごう》しいユリウス Divine Julius

ウェルギリウスと同時代の共和制ローマの政治家、軍人ガイウス・ユリウス・カエサル。ガリア戦争の三年前、紀元前六一年に、本作の舞台であるヒスパニア・キテリオルの総督を務めていた。

8　アウグストゥス Augustus

紀元前一世紀から一世紀前期の、ローマ帝国の初代皇帝ガイウス・ユリウス・カエサル・オクタウィアヌス・アウグストゥス。アウグストゥスは「尊厳者」を意味する古典ラテン語で、皇帝の称号でもある。帝政ローマ期ではなかったことを遠回しに説明している。

9　朔日 Kalends

ラテン語では「カレンダエ Kalendae」。月の満ち欠けで月日を数える太陰暦における月の初日で、「朔」というのは新月のこと。ただし、紀元前一五三年の改暦以降、ローマ暦では必ずしも朔日が新月ではなくなったことを眠っているHPLは見落としていたようだ（というのもおかしな表現であるが）。彼はこの問題を認識しており、一九二八年一月付のバーナード・オースティン・ドゥワイヤー宛の書簡において、これを作品に仕上げるには、ローマ暦に照らして日付を調整せねばならず、「野蛮な部族が自然や星の運行から算出して決める魔女の魔宴《サバト》の日は（共和制の末期であれば）、一一月の朔日ではなく、一月初旬頃になるはずです」と書いている。

10　バスク人 Vascones

ピレネー山脈西端部に位置する、バスク地方の先住民族。ローマ属州時代には、自治を許されていた。

11 イリュリア人 Illyrian
古代のバルカン半島西部やイタリア半島沿岸南東部に居住していた民族。命名は紀元前四世紀以前の古代ギリシャ人で、イリュリア語を共通語として使用し、風俗が似通っている北方の複数民族をまとめた呼称らしい。

12 ルキウス・カエリウス・ルフス L. Cælius Rufus
原文ではL・カエリウス・ルフス。同じ夢について言及する一九二七年一一月のバーナード・オースティン・ドゥワイヤー宛のHPL書簡に基づき、ファーストネームの「ルキウス」を補った。HPLはこの名前を気に入ったようで、「カエリウス・アルハズレッド・モートン・オケイシー」という署名を書簡に用いたことがある。

13 セクストゥス・アセリウス Sex. Asellius
原文のセクス・アセリウスを補った。

14 グナエウス・バルブティウス Cn. Balbutius
原文のグナ・バルブティウスを補った。

15 スキタイ人 Scythians
紀元前八世紀〜紀元前三世紀に、ウクライナのあたりで活動していた遊牧騎馬民族。本作の時期には、東方の遊牧騎馬民族の代名詞として使用されていた。

16 スキピオ Scipio
紀元前三世紀〜紀元前二世紀の、共和政ローマ期の軍人、政治家プブリウス・コルネリウス・スキピオ・アフリカヌス・マイヨル。カルタゴの将軍ハンニバルをザマの戦いで打ち破ったローマの英雄で、妻の甥で、やはりカルタゴとの戦争で活躍したプブリウス・コルネリウス・スキピオ・アエミリアヌス・アフリカヌス・ヌマンティヌスと区別するべく、「大スキピオ」の異名で知られる。紀元前二一一年にカルタゴの支配下にあったヒスパニアに遠征、紀元前二〇九年のバエクラの戦いでハンニバルの弟ハスドルバル・バルカを打ち破っている。

17 護衛《リクトル》 lictors
古代ローマにおける要人の護衛官で、多くの場合、市民権を獲得した屈強な解放奴隷が務めた。束桿《ファスケス》と呼ばれる杖のような武器（小さい斧を取り付けることもあった）を所持し、常に集団で行動した。

18 ディアナ・アルチーナ Diana Aricina

「森のディアナ《ディアナ・ネモレンシス》 Diana Nemorensis」とも呼ばれる、ローマ南東のネミ湖で崇拝された女神。ローマ神話における狩猟と月の女神ディアーナから派生した女神で、英国の社会人類学者ジェームズ・フレイザーが一八九〇年に刊行した『金枝篇』は、ネミ湖の神殿における、祭司殺しによる代替わりの伝統から説き起こしている。

19 A・ポストゥミウス A. Postumius

ファーストネームのイニシャルが「A」ではないのだが、紀元前一八六年、スプリウス・ポストゥミウス・アルビヌス（紀元前四世紀にも同名の人物がいる）という名の執政官《コンスル》が、バッコスの秘儀宗派を弾圧し、元老院によるバッコス祭禁止の布告《セナトゥス・コンスルトゥム・デ・バッカナリブス》を発令している。

20 バッコス祭 Bacchanalia

バッコスは、ローマ神話におけるワインの神である。紀元前二世紀にバッコス神を祀る秘儀宗派がイタリアで流行し、酒池肉林の乱痴気騒ぎを催して弾圧を受けた。後世における魔女の狂宴の代名詞にもなっている。

21 元老院によるバッコス祭禁止の布告《セナトゥス・コンスルトゥム・デ・バッカナリブス》 Senatus Consultum de Bacchanalibus

一六四〇年、イタリア南部のティリオにて発見された青銅板には、イタリア全土でバッコス祭を禁止するという内容の紀元前一八六年の布告と共に、事件の詳しい経緯が刻印されていた。この青銅板は現存し、オーストリアはウィーンの美術史美術館に展示されている。せっかくなので、ここに布告の全文を訳出する。

《執政官、すなわちルキウスの息子クイントゥス・マルキウスとルキウスの息子スプリウス・ポストゥミウスが、一〇月七日に元老院をベローナ神殿で開催した。マルクスの息子マルクス・クラウディウスとプブリウスの息子ルキウス・ヴァレリウス、ガイウスの息子クイントゥス・ミヌキウスがこの記録に関与した。バッコス祭について同盟市に対し、以下のことを布告するよう決議する。

「彼らのうち如何なる者もバッコス祭のための場所を保持しようと企ててはならない。もしバッコス祭のための場所が自分たちのために必要だと主張する者がいるならば、彼らはローマの都市法務官のもとを訪れること。そしてこのことについて、彼らの訴えを耳にしたならば、我ら元老院は一〇〇人を下らない議員たちの出席のもとで、このことが討議されること。都市法務官のもとを訪れ、これを一〇〇人を下らない数の議員が出席した元老院の見解のもとに討議されて裁可されたのではない限りは、ローマ市民、ラテン人の名を持つ者たち、同盟市民たちの何人たりともバッコス信徒と接触を試みてはならない。以上のことを決議する。何人たりとも祭司となってはならない。また男であれ女であれ、何人たりとも導師《マギステル》となってはならない。また信徒の何人たりとも公共財産を持つこと、男であれ女であれ、何人たりとも公職に就くことないし公職の資格を持つことは罷りならぬ。都市法務官を訪れて、一〇〇人を下らない数の議員が出席した元老院の見解に従って討議され、裁可されたのでない限りは、今後彼ら同士で謀議すること、仲間内で神々に誓いを立てること、誰であれ仲間内で祈りを捧げること、密儀を行うこと、公共の場であれ私的な場であれ、市域の外であれ祭儀を行うことは罷りならない。以上のことを決議する。前述のようになされた都市法務官と元老院の見解に従ったものでない限りは、何人たりとも五人以上の男女が集まって、あるいは二人以上の男、三人以上の女が参加して祭儀をしてはならない」

かくの如く三市場日以上の期間布告すべし。また、元老院の見解を知るべし。その見解はこれである。「もし前述の布告に反することを為した者があらば、死罪となるべしと決議する」。またこれを青銅板に刻み込み、そしてこれを容易に読み取れる場所に設置するべしと元老院は正しくも決議する。またバッコス祭が行われているならば、前述のように行われたのでない限り、青銅板が送付されてから一〇日以内にこれが解散されるよう取り計らうべし。テウラヌスの地にて》（翻訳：小森瑞江）

22 ポンペローナ Pompelona

これはHPLの勘違い。実在しているのはパンプローナ Pamplonaで、スペインのナバーラ州の州都である。バスク語ではイルーニャと呼ばれ、アメリカ人作家のアーネスト・ヘミングウェイがまさしく同時期の一九二六年、パンプローナが舞台の小説『日はまた昇る』を刊行している。ちなみに、『日はまた昇る』もまた、サン・フェルミン祭という地元の祝祭を背景にした物語である。

ダンウィッチの怪異

The Dunwich Horror

1928

「ゴルゴーン、そしてヒュドラ、そしてキマイラ――ケライノーやハルピュイアにまつわる暗鬱《あんうつ》な伝説の数々――といったものは、迷信深い者の脳裡《のうり》にその姿を顕《あらわ》すかもしれないが――以前からそこに存在していたのである。それらは再現、類型であり――その元型《げんけい》は我らに内在する、永遠のものなのだ。

そうでなくばなぜ、覚醒《かくせい》の意識において虚構と知る物語が、我らの心を動揺させるのだろうか。

我らを肉体的に害しうると考えられる当然の帰結として、恐怖が生じるというのだろうか。

おお、断じて否！　これらの恐怖は、より古い時代から連綿《れんめん》と続いてきたものだ。

肉体に先立つ――あるいは、肉体がなかった頃にも、その本質は同じだったことだろう……。

ここで論じられる類《たぐい》の恐怖は純粋に精神的なもので――全く無目的なものであればあるほど力を増し、我らの無垢《むく》な幼児期において顕著《けんちょ》な恐怖である――、困難なことではあるが、解き明かすことができたならば天地創造以前の状態を洞察《どうさつ》し、少なくとも人類が生まれる以前の幽冥《シャドウランド》の世界を覗《のぞ》き見ることができるだろう」


――チャールズ・ラム[*1]『魔女その他の夜の恐怖』

I

マサチューセッツ州の北部中央を旅行する人間が、ディーンズ・コーナーズ[*2]の少し先にあるエールズベリイ街道[*3]の分かれ道《ジャンクション》で道を間違えると、うらさびれた奇妙な土地に入り込むことになる。

標高が徐々にあがり、茨《いばら》に縁取られた石積みが、曲がりくねった埃《ほこり》っぽい道の轍《わだち》に迫ってくる。

そこらじゅうにある森林地帯の木々は大きすぎるように見えるし、伸び放題の雑草や茨、緑草《りょくそう》も、人里ではあまり見られないほどに鬱蒼《うっそう》と繁《しげ》っているようだった。その一方で、作付けのされた畑は滅多になく、すっかり荒れ果てているようで、まばらに点在している家屋は、その古さ、不潔さ、荒廃の進み具合において、驚くほど似通っていた。ぼろぼろの戸口や岩の散らばる草原の斜面に、痩《や》せこけて四肢《しし》の節くれだった住民が一人でいるのを見かけることもあるが、道を尋《たず》ねようと声をかける気にはならなかった。寡黙《かもく》で人目を避《さ》けるその様子からは、関わりを持たない方が良い、禁断のものに相対《あいたい》しているかのような印象を受けるのだ。

道をあがっていくと、鬱蒼とした森の上に山並みが望まれ、奇妙な不安感が募《つの》ってゆく。いずれの山の頂《いただき》も、あまりにも丸く形が整っている上、似通っているにもほどがあって、心を慰《なぐさ》める自然な感じが全く得られなかった。山々の大半がその頂に戴冠《たいかん》している背の高い石柱の奇妙な円環《えんかん》が、空を背景にしたシルエットとしてくっきりと鮮やかに見えることもあった。

どれほどの深さがあるのかもわからない渓谷や峡谷《きょうこく》が道と交差しているのだが、架けられているのは安全性の疑わしい丸木橋ばかりだった。

道がまた下りになると、本能的な嫌悪感をかきたてる湿原が広がっている。実際の話、姿なき夜鷹《ウィップアーウィル》*4が甲高《かんだか》く囀《さえず》り、異様なほど夥《おびただ》しい数の蛍《ホタル》が現れて、騒がしくも身の毛のよだつ牛蛙《うしがえる》の耳障りな啼《な》き声に合わせて乱舞する夕暮れには、恐ろしさすら漂《ただよ》わせている。

ミスカトニック川*5上流の細くきらめく川面が、そこから川が流れ出しているドーム状の丘陵《きゅうりょう》に沿って曲がりくねる様子は、奇妙にも蛇《へび》の姿を想起させた。

丘陵に近づくと、環状列石を戴《いただ》くてっぺんよりも、木々に覆われた山腹《さんぷく》の方が気になってくる。非常に暗く切り立っているので、距離をおきたくなるのだが、そこから逃れられるような道はない。屋根のある橋の向こう側には、川の流れとラウンド山の垂直な斜面の間に家屋のひしめく、小さな村が目に入る。朽《く》ちかけた駒形切妻《こまがたきりづま》屋根の家々が、近隣の地域よりも古い建築時期を示すことについて、不思議に思う向きもあることだろう。さらにじっくり眺めてみると、家屋のほとんどが無人で廃墟《はいきょ》になりかけていて、尖塔《せんとう》の壊れた教会が今や、この村にただ一箇所のみの小汚い商店の収容施設に成り果てていることがわかって、不安な気持ちにさせられた。

薄暗い橋のトンネルを安心して渡る気にはなれないが、避けて通ることはできなかった。ひとたび渡り終えると、何世紀もかけて黴《かび》が密集し、腐敗が進んだようなかすかな悪臭が、村の通りに漂っているという印象を、どうしても受けてしまうのだった。

その場所から離れて丘陵の麓《ふもと》の狭い道をたどり、平坦な土地を越えてエールズベリイ街道に戻った時には、いつだって安心する。その後になって、ダンウィッチに入り込んだのだと知ることもある。

よそ者がダンウィッチを訪れることは滅多にないし、あの恐怖の時節を経た後は、そこを指し示す標識がことごとく取り外されてしまった。

一般的な美的規準に照らせば、並以上に美しい風景なのだが、芸術家や夏の観光客が押し寄せてくるようなことは絶えてなかった。

魔女の血筋やサタン崇拝、そして奇怪な森林の存在が一笑に付されることのなかった二世紀前には、この地域を避けるに足るもっともな理由があった。しかし、この分別ある時代においても——一九二八年におけるダンウィッチの怪異が、この町や世界の繁栄《はんえい》に心を砕く人々によって隠蔽《いんぺい》されて以来――、はっきりした理由もわからぬままに、人々はそこを避けている。

理由のひとつはたぶん――事情を知らない者には当てはまらないことだが――、ニューイングランド地方の多くの田舎町で見られるように、衰退の一途を辿った古くからの住民たちが、今ではすっかり不愉快なまでに堕落《だらく》してしまったことだろう。

彼らは自分たちだけで一族を形成し、退化と近親結婚の特徴がその心身にはっきりと顕れていた。平均的な彼らの知性は悲惨なほど低く、その記録からは、あからさまな残忍さや半ば隠された殺人、近親相姦《そうかん》、ほとんど名状しがたい暴力的かつ倒錯的な行為の数々が窺《うかが》われた。

一六九二年[*6]にセイラムからやってきた、紋章を有する二、三の古い家系を代表する紳士階級の者たちは、衰退する住民たちの程度をいくぶん上回ってはいた。とはいえ、分家の者たちの多くが卑《いや》しい民衆の中に深く沈み込んで、その家名のみが自ら辱《はずかし》めている出自を示す手がかりとなっていた。

ウェイトリイ家やビショップ家のいくつかの家系は、今なお長男をハーバード大学やミスカトニック大学に進学させていたが、そうした息子たちが、彼らとその先祖が生まれた、朽ちかけた駒形切妻屋根の家に戻ってくることは滅多になかった。

最近の怪異にまつわる事実をよく知る人間すらも、ダンウィッチの何が問題なのか、明確な断言はできなかった。だが、古い伝説には、インディアンたちの不浄《ふじょう》な儀式や秘密の集会についての物語があった。その話によれば、彼らは大きな円丘《えんきゅう》の中から禁断の影の霊《シェイプ》を喚《よ》び出し、騒々しい狂乱の祈りを唱えると、何かが割れたりゴロゴロと転がったりするような大きな音が地の底から返ってきたのだという。

一七四七年、ダンウィッチ村の会衆派教会[*7]に新しく赴任したアバイジャ・ホードリイ師は、ごく間近に感じられるサタンとその小悪魔《インプ》たちについて、多くの者の記憶に残る説教を行った。

その中で、彼はこのように言っている。

「魔物どもの忌まわしい一党の冒瀆《ぼうとく》的な行状の数々が、否定し難い周知の事実であることを、認めなければなりません。アザゼルとバズラエル、ベエルゼバブとベリアル[*8]の呪われた声が地の底から聴こえてくるのを耳にした信頼すべき生き証人たちが、今や二〇人以上になるのです。かくいう私もまた、二週間足らず前に、我が家の背後にある丘の中から、邪霊どもの紛《まぎ》れもない会話をはっきりと耳にしました。この地上のものが決してあげないような、揺さぶるような音、転がるような音、軋《きし》むような音、甲高い耳障りな音、蒸気が吹き出すような音を耳にしました。黒魔術のみが見つけ出し、悪魔のみが開くことのできる洞窟《どうくつ》から聴こえているのに違いないのです」

ホードリイ師は、この説教を行った直後に失踪《しっそう》した。しかし、スプリングフィールド[*9]で印刷されたテキストが現存している。丘陵地の中から聴こえる騒音は毎年のように報告され続けていて、地質学者や地形学者を今なお困惑させている。

別の伝承によれば、丘の頂にある環状列石の近くに悪臭が立ち込め、大峡谷の底の特定の場所、特定の時間帯に、実体を持たない存在が突進する音がかすかに聴こえるという。また、悪魔の舞踏園《デビルズ・ホップ・ヤード》[*10]——木や灌木《かんぼく》、草の生えない荒涼《こうりょう》とした丘陵の斜面——について説明しようとする、他の伝承も存在した。

そしてまた、古くからの地元民たちは、暖かい夜になると声高に啼き立てる夥しい数の夜鷹《ウィップアーウィル》をひどく恐れていた。この鳥は、死にゆく者の魂を待ちわびる霊魂の案内者《サイコポンプ》[*11]であり、瀕死《ひんし》の人間の苦しい息遣いに合わせて不気味な啼き声をあげるのだというのである。

肉体を離れ、逃げてゆく魂を捕まえることができれば、彼らは囀りを魔物めいた笑い声に変えて、ただちに飛び去ってしまう。だが、失敗すると彼らは落胆のあまり、徐々に静まり返っていくという。

こうした物語はもちろん、時代遅れで馬鹿げている。きわめて古い時代に由来するものだからだ。

実際、ダンウィッチは途方もなく古い町である——三十マイル［約四八・三キロメートル］以内に存在するいかなる共同体《コミュニティ》よりも、ずっと古いのだ。

村の南側には、一七〇〇年以前に建てられたビショップ家[*12]の古ぶるしい家屋の地下室の壁と煙突を今なお見ることができる。その一方で、一八〇六年に建てられた滝の水車場の廃墟が、目にすることのできる中で最も新しい建造物なのだった。

この町では産業が発展せず、一九世紀の工場運動も短命に終わったのである。

最も古いのは、丘陵の頂にある粗削りの環状列石群なのだが、これらは入植者というよりもインディアンに帰せられるものだと一般に考えられている。

頭蓋骨《ずがいこつ》や骨といった埋蔵物《まいぞうぶつ》の数々が、こうした環状列石の円内や歩哨の丘《センティネル・ヒル》の大きなテーブルのような岩の周辺から発見されることは、それらの場所がかつてポカムタック族[*13]の埋葬所だったという通説の裏付けとなっている。多くの民族学者たちは、そうした説を馬鹿げたありえないものとして無視し、遺骨は白人《コーカシアン》のものに違いないとあくまでも主張し続けているのだが。[*14]

Ⅱ

ダンウィッチ郡区内ではあるが、村から四マイル〔六・四キロメートル〕離れ、他の家々からも一マイル半離れた丘の斜面を背に建っている、部分的に使用されていない部屋もある大きな農家において、ウィルバー・ウェイトリイは一九一三年二月二日、日曜日の午前五時に生を享《う》けた。

この日付が覚えられていたのは、ダンウィッチの住民たちが別の名前のもとに奇妙なお祝い事をする聖燭節《キャンドルマス》[*15]にあたっていたからで、その前の晩に夜通しで丘の中が鳴動し、この土地にいる全ての犬[*16]が、ひっきりなしに吼《ほ》え続けていたからでもあった。

母親が、ウェイトリイ家の頽廃《たいはい》的な分家の一人であったという事実は、さほど注目されなかった。彼女はやや奇形気味の、器量の良くない三五歳の白子《アルビノ》の女性で、若い時分には魔術にまつわるきわめて恐ろしい噂《うわさ》が囁《ささや》かれていた、半ば正気を喪《うしな》った老齢の父親[*17]と一緒に暮らしていた。ラヴィニア・ウェイトリイの夫の名前は知られていなかったが、地域の慣習に従って、子供の存在を否認したりはしなかった。もう一人の親が誰であるかについて、村人たちは想像をいくらでも膨《ふく》らませることができたし——事実、そうしたのである。

それどころか、彼女は自身の青白い肌や白子《アルビノ》特有のピンク色の目とは対照的に、色黒で山羊に似た幼児を誇りに思っていたようで、その子供の並外れた力やとてつもない未来について、奇妙な予言を数多く呟《つぶや》いているのが聞かれたということだった。

ラヴィニアは、そうしたことを口にしがちな人物だった。彼女は雷雨の最中《さなか》に丘を彷徨《さまよ》ったり、二世紀前のウェイトリイ家から父親が受け継いだ、歳月と虫喰《むしく》いでぼろぼろになった、悪臭を放つ書物の数々を読み耽《ふけ》ったりするような、孤独な女性だったのである。

彼女は学校に通ったことはなかったが、老ウェイトリイに教わった太古の伝承の細切れの断片を頭に詰め込んでいた。人里離れた農家は、老ウェイトリイの黒魔術にまつわる噂によって平素より恐れられてきたのだが、ラヴィニアが一二歳の時、ウェイトリイ夫人が暴行による不可解な死を遂《と》げたことによって、より一層の悪評を得ることになった。

こうした奇妙な環境の影響を受けるままに孤立した結果、ラヴィニアは途方もなく壮大な空想に耽ることと、風変わりな作業に従事することを好むようになった。暇な時間を自宅の家事に割《さ》くようなこともなかったので、ごく普通の秩序や清潔さといったものは、とうの昔に喪われていた。

ウィルバーが生まれた夜、丘の鳴動や犬の吼え声をも凌《しの》ぐ悍《おぞ》ましい叫びが響き渡ったのだが、出産時に医者や産婆《さんば》が立ち会ったかどうかは不明である。

隣人たちが彼の誕生を知ったのは一週間後で、老ウェイトリイが雪の降りしきる中を橇《そり》でダンウィッチ村へと向かい、オズボーンの雑貨店にたむろしていた一団に支離滅裂《しりめつれつ》な話をした時のことだった。

ありふれた家庭内の出来事に狼狽《ろうばい》するような人間ではなかったのだが、老ウェイトリイには変化が見られたらしい——曇《くも》った表情には人目を気にする色が浮かんでいて、人々に恐れられていた彼自身が今は何かを恐れているという、微妙な変化が生じていたのである。

そのような状態ではあったが、後に彼の娘にも認められることになる自尊心の片鱗《へんりん》を彼は示した。

そして、子供の父親について彼が話した内容は、その後何年もの間、それを聞いた者たちに記憶されることになったのである。

「おめえさんがたがどう思おうが、儂《わし》は気にせんとも――ラヴィニーの坊主《ボーイ》は父親に似とって、あんたたちの誰もが予想だにしねえ姿になるだろうよ。ここいらにいるのが、あんたたちだけだと思わねえ方がいい。ラヴィニーはちょいと本を読みかじって、あんたたちのほとんどが話だけでしか知らねえやつらを、実際に目にしとるんだからな。儂ァよ、あいつの旦那《だんな》が、エールズベリイのこっち側で見つかる最高の男だと見込んどるのよ。あんたたちが儂みてえに丘のことをよく知ってるんでなきゃ、教会で結婚式をあげた方がええだの言わんこった。教えといてやるが――おめえさんがたはいつの日にか、ラヴィニーの坊主がセンティネル・ヒルのてっぺんで父親の名前を喚《よ》ぶのを聞くことになるだろうよ！」

誕生から一ヶ月以内にウィルバーを目にしたのは、まだ堕落していないウェイトリイ家の老ゼカライア・ウェイトリイと、アール・ソーヤーの内縁の妻であるマミー・ビショップのみだった。

マミーの訪問は率直に言って好奇心に駆《か》られたもので、彼女は見聞きしたことを後で存分に吹聴《ふいちょう》した。

ゼカライアの方はといえば、老ウェイトリイが彼の息子であるカーティスから購入したオールダニー種の乳牛を二頭、届けにやってきたのだった。幼いウィルバーの一家は、これをきっかけに牛を購入するようになり、ダンウィッチの怪異が出没した一九二八年をもって終了した。だが、今にも壊れそうなウェイトリイ家の納屋が家畜でひしめいていたことは、絶えてなかったようである。

好奇心を募らせた人々がこっそりやってきて、古びた農家を見下ろす険しい丘の斜面で危なっかしく草を食《は》んでいる牛の数を数えてみるような時期もあったが、目にすることができたのは十頭ないしは十二頭を超えることのない、生気を欠いた血色の悪い牛ばかりであったという。

どうやら、有害な放牧地ないしは病気にかかった菌類《きんるい》、不潔な納屋の木材から生じた疫病やジステンパーか何かに冒《おか》されたものらしく、ウェイトリイ家の動物たちの死因の最たるものとなっていた。視認できた畜牛は、切り裂かれでもしたかのような奇妙な傷や爛《ただ》れに苦しんでいたようなのだが、それ以前の数ヶ月間の訪問者たちの中には、灰色の無精髭《ぶしょうひげ》の老人と、縮《ちぢ》れ髪をだらしなくのばした白子《アルビノ》の娘の喉《のど》のあたりにも、似たような爛れを一、二度目にしたように思った者もいたということである。

ウィルバーが生まれて最初の春、左右で長さの異なる腕に浅黒い幼子を抱き上げたラヴィニアは、再び丘陵地を彷徨い歩くようになった。大部分の村人たちが赤ん坊を目にしてからは、ウェイトリイ家への人々の関心も収まり、新生児が日々示している速やかな成長を取り沙汰する者も現れなかった。

ウィルバーの発育はまったく驚くべきもので、生後三ヶ月も経たないうちに、満一歳児にすら滅多に見られない体格と膂力《りょりょく》に達していた。動作や発声すらも、幼い子供としてはいささか奇妙な具合の、抑制と慎重を示していた。

誰もが予想だにしていなかったのだが、彼は七ヶ月目にして、よろめきながらではあったものの独力で歩きはじめ、さらに一ヶ月も経過する頃にはしっかりした足取りになっていた。

少し時間が経過し――万聖節《ばんせいせつ》の前夜のことである――、太古の骨が埋《う》まっている墳丘の只中《ただなか》に、古びたテーブル状の石があるセンティネル・ヒルの頂きで、真夜中に大きな焔《ほのお》が燃え盛るのが目撃された。サイラス・ビショップ――まだ堕落していないビショップ家の者――が、焔が視認される一時間前に、少年が母親を先導して丘を元気に駆け上がっていくのを見たと話し、多くの議論が巻き起こった。群れからはぐれた雌牛《めうし》をかき集めていたサイラスは、角燈《ランタン》の薄暗い灯りの中で二人の姿を垣間見た時、危うく自分の仕事をすっかり忘れてしまうところだった。彼らはほとんど物音を立てずに下生《したば》えの中を駆け抜けていったのだが、驚いた目撃者《サイラス》の目には、彼らが丸裸《まるはだか》だったように思えたのである。後になってから、サイラスは少年の格好については確言を避け、房《ふさ》飾りのついたベルトのようなものと、黒いトランクスないしはズボンを身に着けていたかもしれないと話していた。

その後、ウィルバーは生きている間中ずっと、人目のある場所では必ず全身のボタンを固くとめた服装に身を包み、それを乱されたり乱されそうになるといつも、怒りと警戒を全身で示すのだった。この点について、みすぼらしい服装をしていた彼の母親や祖父とは実に対照的だと思われていたが、それも、一九二八年の怪異が大いに納得の行く理由をほのめかすまでのことだった。

翌年一月には、「ラヴィニーの黒い小僧」がわずか一一ヶ月目にして口をきき始めた事実が、ゴシップとして人々の興味をわずかに引いた。その話しぶりも、少々非凡だった。この地域の通常の訛《なま》りとは異なっていた上、三つや四つの子供たちの多くが誇らしく思うような、幼児特有の舌足らずの言葉遣いと無縁の口調だったのである。少年はおしゃべりというわけではなかったが、いざしゃべり始めると、ダンウィッチとその住民たちとは全く無関係の、いわくいい難い何かを感じさせたという。

その奇妙さは、彼が話した内容でもなければ、彼が用いた簡素な方言ですらなかった。そのイントネーションや、声を出す発声器官の方にこそ、漠然《ばくぜん》と結びついているように思われたのである。彼の顔立ちにしても、驚くほど大人びていた。母親や祖父と同様に貧相な顎《あご》をしていたが、しっかりと形の整った早熟な鼻は、大きくて黒い、ラテン系と言ってしまっても良さそうな目の表情と相まって、大人びた、ひどく並外れて知性的な雰囲気を彼に纏《まと》わせていた。

だが、聡明な見かけにもかかわらず、彼は甚《はなは》だ醜《みにく》かった。彼の分厚い唇や、大きな毛穴のある黄ばんだ肌、ごわごわと縮れた髪、妙に細長い耳には、ひどく山羊《やぎ》や獣じみたところがあったのである。間もなく、彼は母親や祖父よりも遥《はる》かに嫌われるようになった。

老ウェイトリイの往年の魔術にまつわる言及や、環状列石の中央で大きな書物を両腕で広げた彼が、ヨグ＝ソトースの恐るべき名前を叫んだ時、丘が大きく一度揺れ動いたというような話が、彼に対するあらゆる憶測に彩りを添えるようになったのである。

犬たちは少年《ウィルバー》を忌み嫌ったので、彼は常日頃から、吼えたてる脅威から様々な手段で我が身を護《まも》らなければならなかった。

Ⅲ

一方その頃、老ウェイトリイは牛を購入し続けていたが、群れの数が増える様子はなかった。

彼はまた立木を伐採し、自宅の使っていなかった部分の修復に手をつけた。後端が岩の多い斜面にすっかり埋まった状態になっている、尖《とが》った屋根のある広々とした物件で、彼とその娘が暮らしていく分には、一階にある最も荒廃の進んでいない三部屋だけで十分だったのである。

これほどの重労働をなしとげたからには、老人には桁外れな体力が蓄えられていたに違いない。

その後も、常軌を逸《いっ》したことを口走ることはあったが、彼の大工仕事の出来栄えは、しっかりした計算能力の上に成り立っているものと思われた。着工はウィルバーが生まれてすぐのことで、たくさんある物置小屋のひとつが急に整理され、下見板が張られて、堅固《けんこ》な新品の錠《じょう》が取り付けられた。

放棄されていた上階の修復の段になると、彼は熟練工そのものの腕前を発揮した。唯一、偏執狂《へんしゅうきょう》じみていたのは、修復箇所の窓という窓を木板でがっちりと覆ったことくらいのものだった――そもそも、修繕《しゅうぜん》について気にすること自体が気違《きち》いじみているというのが、多くの者たちの意見だったわけだが。

新しく生まれた孫にあてがわれた、改装された階下の部屋には別段おかしなところはなく、何人かの訪問者が目にしたこともあった――だが、厳重に密閉された上階に通された者は皆無だった。

彼《ウェイトリイ》は、この寝室に背の高いがっしりした造りの棚を並べると、以前はあちこちの部屋の片隅に雑然と積み上げられていた、腐りかけの古びた書物や書物の一部といったものを全て、どうやら入念な順番で徐々に収めていった。

「儂もちったあこいつらを使ったもんだがよ」

錆《さ》びついた台所用ストーブで糊《のり》を用意し、破れたひげ文字体《ブラックレター》のページの修復を試みながら、彼は話したものだった。

「坊主《ボーイ》ならもっとうまく使うじゃろうて。こん中から学べることが全部なんじゃから、できる限り身につけとくべきなんじゃ」

ウィルバーが一歳七ヶ月になった頃――一九一四年九月のことだ――、彼の体格と能力は他人に警戒心を抱かせかねないほどのものとなっていた。四歳児並の大きさに成長し、その話しぶりも流暢《りゅうちょう》で、信じられないほど知的だった。野原や丘陵を自由に駆け回り、徘徊《はいかい》する母親にいつもついて回っていた。自宅にいる時は、祖父の書物に載《の》っている奇妙な絵や図表を熱心に眺め、老ウェイトリイの方も、静かで長い午後の間中、孫にあれこれ教えたり問いかけたりして過ごした。

この頃、家の修復はもう終わっていたのだが、目にした者は上階の窓のひとつが厚い一枚板の扉に造り変えられたことを、不思議に思ったものだった。丘の斜面に迫る、東側の切妻屋根の背後にある窓のことで、地面からそこに向かう木製の傾斜路が造られた理由となると、想像もつかなかった。

作業が完了した頃、ウィルバーが生まれた時から厳重に錠がかけられ、窓も板張りされていた古い物置小屋が再び放棄されたことに、人々は気がついた。

開け放たれた扉が気怠《けだる》げに揺れていて、ある時、老ウェイトリイに牛を売った後でアール・ソーヤーが中に入ってみたところ、奇妙な臭《しゅう》気《き》を嗅《か》いでひどく動揺してしまったということである――ああいう悪臭は、丘陵地帯のインディアンの環状列石《サークル》の近くを除けば一度として嗅いだことがなく、およそ正気であるか、地上世界《このせ》に属すかしているいかなるものから発したものではないと、彼は断言した。

しかし、当時のダンウィッチ住民たちの家屋敷《いえやしき》や小屋が、臭《にお》いの面において著しく清潔だったのかというと、そのようなことは決してなかったのである。

続く数ヶ月の間、目に見える出来事は何も起きなかったとはいえ、丘から聴こえてくる謎めいた騒音がゆるやかに、しかし着実に数を増していることを、人々は口を揃えて断言した。一九一五年の五月祭前夜《メイ＝イブ》［四月三〇日の夜］には、エールズベリイの住民すらも感じるほどの震動が複数回起き、続く万聖節前夜《ハロウィーン》［一〇月三一日の夜］には、センティネル・ヒルの頂から――「ウェイトリイの魔法使《ウィッチ》いどものしわざ」と言われる――焰が噴き上がったのに合わせて、何かがゴロゴロと転がるような怪音が地下から響き渡った。

ウィルバーは気味悪いほど成長していて、四歳になった時にはまるで一〇歳の少年のようだった。彼は今や独力で熱心に本を読み漁っていたが、以前よりもずっと口数が少なくなった。

彼は頑固《がんこ》なまでに寡黙《かもく》を貫《つらぬ》き、人々はこの頃に初めて、彼の山羊じみた顔立ちに邪悪な表情が現れ始めたという話をはっきりと口にするようになった。

時に、耳慣れない専門用語を低い声で呟いていることもあれば、耳にした者に説明のつかない寒々とした恐怖心を抱かせる、奇怪なリズムの詠唱《えいしょう》を口にしていることもあった。

犬たちが彼を忌み嫌っていることについては、今では広く知れ渡っていて、彼は田舎道を安全に通り抜けるために拳銃《ピストル》を携行しなければならなかった。しばしばその武器を使用するものだから、番犬の飼い主たちの間でも彼の評判はよろしくなかった。

家を訪問したわずかな者は、ラヴィニアが一階に一人きりでいる間、窓が塞《ふさ》がれた二階で奇妙な叫び声や足音が響くことにしばしば気がついた。彼女は、父親と息子がそこで何をしているのか決して口にしなかったが、ある時、おどけ者の魚売りが階段に通じる鍵《かぎ》のかかった扉を開けようとした時には真っ青になり、異常なほどの恐怖を示した。件《くだん》の魚売りが、ダンウィッチ村の商店にたむろする者たちに話したことによれば、彼は上階で馬が足を踏み鳴らすような音を聞いたように思ったという。

彼らが真っ先に思い起こしたのは、扉と傾斜路のことや、速やかに消え失せる牛のことだった。それから、老ウェイトリイが若かった頃の噂話や、しかるべき時期に雄の子牛をある種の異教の神々に生贄《いけにえ》として捧げると、地の底から喚び起こされるという奇怪な存在《シングス》のことを思い出して、身震いを覚えた。犬たちが幼いウィルバー個人を嫌ったり恐れたりするのと同じくらい激しく、ウェイトリイ家の土地全体を嫌ったり恐れたりするようになっていることが判明したのは、それから間もなくのことである。

一九一七年に戦争が勃発《ぼっぱつ》すると、地元の徴兵委員会の委員長だった地主のソーヤー・ウェイトリイは、訓練キャンプに送り込むのに適したダンウィッチの若者たちの割当人数を揃えることにすら苦労した。この地域全体に見られる頽廃の徴候《ちょうこう》を懸念した政府は、数名の役人と医療専門家を調査目的で送り込み、ニューイングランドの新聞読者であれば今も記憶にとどめているかもしれない調査を実施した。この調査にまつわる公式発表がきっかけとなって、記者たちがウェイトリイ一家の事跡を調べ上げ、〈ボストン・グローブ〉紙*18と〈アーカム・アドヴァタイザー〉紙*19のどぎつい日曜版に、幼いウィルバーの早熟ぶりや老人ウェイトリイの黒魔術、奇妙な書物が並ぶ棚、古さびた農家の密封された二階、地域全体の不気味さと丘鳴りについての記事が印刷されることになったのである。

当時、ウィルバーは四つ半だったが、一五歳の若者のように見えた。粗い黒々とした柔毛《じゅうもう》に唇と頬《ほお》が覆い隠されていて、声変わりが始まっていた。

記者とカメラマンの一団を従えてウェイトリイ家の屋敷に赴《おもむ》いたアール・ソーヤーは、今まさに密封された上階から流れてくるらしい奇妙な悪臭に、彼らの注意を向けさせた。彼の言い分では、それは家の修理の完了時に放棄された物置小屋で彼が嗅いだのと全く同じ臭いであり、山々の環状列石の近くで時折、嗅ぎ取ったように思うかすかな臭気にも似ているということだった。

これらの記事が掲載された時、ダンウィッチの住民たちは、あからさまな誤りを見つけ出してはほくそ笑んだ。同時にまた、老ウェイトリイが牛の代金をいつもきわめて古い時代の金貨で支払うという事実を記者が重視していることについて、不思議に思いもした。

ウェイトリイ家の人々は、訪問者を迎えるにあたって嫌悪感を隠しきれなかったが、激しい拒絶や対話の拒否によって悪評をさらに高めようとまではしなかった。

Ⅳ

その後一〇年の間、ウェイトリイ家の年譜は、彼らの風変わりな行状にすっかり慣れてしまった陰鬱《いんうつ》な地域共同体のありふれた生活の中に、見分けがつかないほど深く埋没していた。五月祭前夜《メイ＝イブ》と万聖節前夜《ハロウィーン》における彼らの乱痴気《らんちき》騒ぎについても、人々は関心を喪っていた。

一年に二回、ウェイトリイ家の者たちはセンティネル・ヒルの頂に火を点《とも》し、山の轟音《ごうおん》は回を重ねる毎にいよいよその激しさを増していった。その一方で、人里離れた農家では、奇妙かつ不吉なことが一年を通して行われていた。

その頃になると、訪問者たちは家族全員が階下にいる時ですら上階から物音が聞こえていたと公言し、雌牛や雄の子牛がどのくらい素早く、あるいは時間をかけて屠《ほふ》られているのだろうかと訝《いぶか》しんだ。

動物虐待防止協会に苦情を申し立てようという話もあったが、ダンウィッチの住民たちは外界の興味を惹《ひ》きたいとは思わなかったので、結局、実行には移されなかった。

ウィルバーが一〇歳の少年になり、知力、声、背丈、そして髭の生えた顔立ち[20]がすっかり大人びた印象を与えるようになった一九二三年頃、古い家屋において二度目の大工事が行われた。密封された上階の内部全体が対象で、人々は棄《す》てられた廃材の切れ端から、若者とその祖父が全ての部屋仕切りのみならず、屋根裏部屋の床をも取り払い、一階と尖り屋根に挟まれた広大な空間を造ったと結論づけた。

彼らは家の中央にあった大きな煙突も取り壊し、ブリキ製の貧弱な煙突が外部に備わっている、錆びついたレンジを取り付けた。

この出来事の翌年の春、老ウェイトリイはコールド・スプリング峡谷[21]からやってきて、夜になると彼の家の軒下で甲高く囀る夜鷹《ウィップアーウィル》の数が増えつつあることに気づいた。

彼は、そうした状況に重大な意味があると考えていたようで、オズボーンの店にたむろしている者たちに、そろそろ自分の死期がやってきそうだと話したものだった。

「今となっちゃ、あやつらは儂の息遣いに合わせてぴいぴいと囀りおるのよ」と、彼は言った。

「儂の魂を捕まえる準備がすっかりできとるんじゃろうて。そいつが出てくる頃合いだと知っておって、逃すまいとしとるのさ。儂が逝っちまった後、あやつらが儂を捕まえたかどうかは、おめえさんがたにもいずれわかることじゃろうよ、お若いの。儂を捕まえることができたなら、あやつらはそれこそ夜が明けるまでさんざんに歌ったり笑ったりすることじゃろうからな。捕まえられなかったら、黙りこくってしまうのよ。何が起きるかはわかっておるし、あやつらが狙っとる魂っちゅうもんは、時にはどえらく激しい戦いをすることもあるのよ」

一九二四年の収穫祭［八月一日］の夜、エールズベリイのホートン医師が、ウィルバー・ウェイトリイによって慌ただしく呼び出された。彼は一頭だけ残っていた馬を駆り立てて闇の中を走り抜け、村のオズボーンの店から電話をかけたのである。

医師《かれ》は、心臓の動きとゼイゼイした息遣いの呼吸からして、老ウェイトリイがきわめて重篤《じゅうとく》の状態であることを看《み》て取ると、遠からず死に至るだろうと伝えた。

不格好《ぶかっこう》な白子《アルビノ》の娘と、妙な具合に髭の生えた孫がベッドの傍らに立つ一方で、頭上の虚《うつ》ろな深淵《しんえん》からは、ある程度の間隔をおいて浜辺に寄せてくる波のように、リズミカルにうねり、波打つ何とも不穏な音が聴こえていた。しかし、医師を特に困惑させたのは、外で囀る夜の鳥たちの声だった。一見した限り、いったいどれほどの数がいるとも知れない夜鷹《ウィップアーウィル》の群れが、何とも悪魔的なことに死に瀕《ひん》した男の喘鳴《ぜんめい》に合わせて、終わりなきメッセージを繰り返し啼《な》き続けたのである。

緊急の呼び出しに応じて、実に不本意ながら入り込んだこの地域全体のように――もうたくさんだ、とホートン医師は思ったものだ――、不気味で不自然なことだった。

老ウェイトリイは一時近くに意識を取り戻し、喘鳴に詰まりながらも孫にいくつかの言葉を告げた。

「もっと広くするんじゃ、ウィリー、すぐにもっと広くするんじゃ。お前も大きくなるが——あやつはさらに早く大きくなるじゃろうて。あやつもじきに、お前の役に立つことになるじゃろう、坊主よ。完全な版の七五一ページで見つかる長い詠唱で、ヨグ＝ソトースのために門を開いた後、牢獄《ろうごく》に火をつけるのじゃ。あれが、地上の火で燃えてしまうようなことは決してないからの」

彼は明らかに狂い果てていた。わずかに休みを挟んだ間にも、夜鷹《ウィップアーウィル》の群れが啼き声の調子を変化させる一方で、奇妙な丘鳴りらしき音が遠くから聴こえてきた。

彼はさらに、いくつかの言葉を口にした。

「欠かさず食事を与えるのじゃぞ、ウィリー、量に気をつけてな。じゃが、あまり早く大きくしちまってもいかん、あそこでは足りんようになるからの。お前がヨグ＝ソトースを解き放つ前に、あいつが居場所をぶち破ったり、外に出ちまったりしたら、何んもかもがおしまいで、無駄になっちまうからな。彼方からやってくる奴らだけが、あれを増やして働かせることができるのよ……戻って来たがってる、〈古きものども《オールド・ウンズ》〉だけがな……」

しかし、喘《あえ》ぎで言葉が途切れたのに続いて、夜鷹《ウィップアーウィル》の声の調子が変化し、ラヴィニアが悲鳴をあげた。最後に大きく喉を鳴らして息を引き取るまで、一時間以上その状態が続いていた。

ホートン医師は、何かをじっと見つめているような灰色の目をしなびた瞼《まぶた》で覆ってやったのだが、その頃にはいつの間にか、鳥どもの喧騒《けんそう》はすっかり静まり返っていた。

ラヴィニアはすすり泣いていたが、ウィルバーは含み笑いをしたのみで、丘鳴りがかすかに響いた。

「奴ら、あの人を捕まえそこねたんだ」

低く重々しい声で、彼はつぶやいた。

この時、ウィルバーは独自の偏《かたよ》ったやり方ではあったが、実に途方もない学識を備えた学者になっていて、昔の稀覯《きこう》書や禁断の書物を所蔵する遠方の図書館員たちとの手紙のやりとりを通して、知る人ぞ知る人物となっていた。

若者たちの失踪に関わっているという漠然とした嫌疑《けんぎ》が彼にかけられたことで、ダンウィッチの周囲ではいよいよ嫌悪され、恐れられるようになっていた。しかし、彼は自分に対する恐怖と、祖父の生前と同様、定期的かついよいよ数を増しての牛の購入のために用いていた、昔の時代の金貨という資金に物を言わせて、彼は常に質問者を黙らせることができたのである。

今や彼は驚くほど大人びた容貌《ようぼう》になっていて、既に通常の成人の成長限界に達していた背丈は、このさきもぐんぐんと伸びていきそうな塩梅《あんばい》だった。

一九二五年、文通をしていたミスカトニック大学の学者がある日、彼のもとを訪問し、蒼白になって困惑しながら立ち去ることになったのだが、この時、彼の身長は優《ゆう》に六・七五フィート［約二〇六センチメートル］に達していた。

もう何年も前から、ウィルバーは半ば奇形で白子《アルビノ》の母親を、いよいよ軽侮《けいぶ》の念をもって扱うようになっていたのだが、ついには五月祭前夜《メイ＝イブ》と万聖節前夜《ハロウィーン》に彼女が丘に同行するのを禁止した。

一九二六年には、この哀《あわ》れな人物《クリーチャー》は息子への恐怖について、マミー・ビショップにこぼしていた。

「あの子《かれ》については、知っとっても話せないことがあるのよ、マミー」と、彼女は言った。

「神賭《か》けて言うけんど、彼が何をしてえのか、何をしようとしてるのかあたしにはわからねえんだ」

その年の万聖節前夜《ハロウィーン》には、丘鳴りがいつにも増して大きく響き、センティネル・ヒルでは例の如《ごと》く火が燃え盛っていた。だが、住民たちはそれよりも、不自然にも時季《じき》はずれの夜鷹《ウィップアーウィル》の大群が、灯《あか》りの落ちたウェイトリイ家の農家の近くに集まり、リズミカルな啼き声をあげていることに注意を払った。午前零時《まよなか》を過ぎると、彼らの甲高い啼き声は悪魔的な哄笑《こうしょう》の域にまで高まって、田舎中に響き渡り、夜明け前にようやく静かになった。

彼らはやがて姿を消し、実に一ヶ月遅れで慌ただしく南へと飛び去った。このことが何を意味するのか、だいぶ後になるまではっきりしたことは何もわからなかった。亡くなった地元住民は誰もいなかったのだが——哀れなラヴィニア・ウェイトリイ、体の歪《ゆが》んだ白子《アルビノ》の女性は、二度と再び姿を見られることがなかったのである。

一九二七年の夏、ウィルバーは農場の敷地内にある二棟の倉庫を修理し、書物や所有物などをそちらに移し始めた。アール・ソーヤーが、オズボーンの店にたむろする者たちに、ウェイトリイの農家でさらなる大工仕事が行われていることを話したのは、そのすぐ後のことである。ウィルバーは一階の扉や窓を全て閉ざしていた。どうやら、彼とその祖父が四年前に上階で行ったように、部屋仕切りを取り去っているものらしかった。彼自身は小屋のひとつで暮らしていたのだが、ソーヤーにはウィルバーが異様なほど苛立《いらだ》ち、怯《おび》えているように思えた。

多くの人々は、母親の失踪について彼が何か知っているに違いないとの疑念を抱き、今となっては彼の家に近寄ろうとすらしなくなっていた。

V

彼《ウィルバー》の身長は七フィート［約二・一メートル］を超えていたが、成長が止まりそうな気配は見られなかった。

次の冬に起きた奇妙な出来事といえば、ウィルバーが初めてダンウィッチの外へ旅行に出かけたことをおいて他にはなかった。彼は切望する本の貸し出しを求めて、ハーバード大学のワイドナー図書館、パリ国立図書館、大英博物館、ブエノスアイレス大学、アーカムのミスカトニック大学附属図書館との手紙のやり取りを続けていたのだが、失敗に終わったのである。

それで最終的に、彼は地理的に最も近いミスカトニック大学で写本を閲覧《えつらん》するべく、着古した薄汚い服装で、顎鬚を伸ばしたまま、垢抜《あかぬ》けないお国訛りも丸出しに、自ら出向くことにしたのだった。

身長およそ八フィート［約二・四メートル］、オズボーンの雑貨店で買った新品の安っぽい旅行用手提《さ》げ鞄《かばん》を持った、この色黒の山羊じみた怪物《ガーゴイル》は、大学図書館でしっかり鍵をかけて厳重に保管されている恐るべき書物を求めてある日、アーカムに姿を現したのである――その書物とは即《すなわ》ち、狂えるアラブ人アブドゥル・アルハズレッドの悍ましい『ネクロノミコン』のオラウス・ウォルミウスによるラテン語版で、一七世紀にスペインで印刷に付されたものである。

ウィルバーがその都邑《まち》を目にしたのは初めてだったが、大学構内へと向かう道を見つけることしか頭になかった。実際、不注意にも白い牙を持つ大柄な番犬のすぐ近くを通ってしまったので、その番犬は不自然に見えるほどの激怒と敵意を見せて吼えかかり、頑丈な鎖を半狂乱で引っ張ったのだった。

ウィルバーは、祖父に遺贈されたディー博士による英語版の、貴重ではあるが不完全な写本を携《たずさ》えていた。ラテン語版写本の閲覧許可を得ると、彼はただちに二冊の本のテキストを突き合わせて、自分の本には欠けている七五一ページの特定の節を探し始めた。

こうした目的について、司書[*22]に話すのを控えるというわけにはいかなかった——ヘンリー・アーミティッジ(ミスカトニック大学文学修士、プリンストン大学哲学博士、ジョンズ・ホプキンス大学文学博士)は、かつて農場を訪問した時と同じく学識豊かな人物で、この時も礼儀正しく様々な質問をした。

彼《ウィルバー》は、自らそう認めているように、ヨグ＝ソトースという恐るべき名前を含むある種の式文ないしは呪文を探していたのだが、矛盾点や重複箇所、安易に断定することのできない曖昧な点がいくつも見つかって、途方にくれていた。

ようやく選びだした式文を彼が書き写していたので、アーミティッジ博士は彼の肩ごしに何気なく開かれていたページを覗《のぞ》き込んだのだが、左側に開かれたラテン語版には、世界の平穏と正気を脅《おびや》かす、途方もなく邪悪な内容が記されていた。

アーミティッジが頭の中で翻訳したのは、次のような文章である。

「最古最後の何《いづ》れなりとも、人を地上の支配者とは思うべからず。生命と物質より成る尋常の肉体のみ生あるとも思うべからず。〈古きものども《オールド・ワンズ》〉かつて在り、〈古きものども〉今在り、〈古きものども〉未来にも在ればなり。我らの知悉したる空間にあらず、その狭間にて彼等晴れやかに原初の儘《まま》次元に囚わるることなく闊歩《かっぽ》すれども、我等その姿を見ること能わず。ヨグ＝ソトース門を知る。ヨグ＝ソトースこそ門なり。ヨグ＝ソトースは門の鍵にして守護者なり。過去現在未来の総てヨグ＝ソトースの内にて一なり。彼のもの、〈古きものども〉のかつて侵入せし処《ところ》、やがて復《ふたた》び侵入せんとする処を知る。彼のもの、彼等地上の如何なる処を蹂躙せしか、如何なる処を今尚踏み躙《にじ》るか、いかなれば彼等の蹂躙を見ること能わぬかを知る。人〈古きものども〉の臭気によりて彼らの近隣に在ることを悟れども、人との間に儲けたる者共の特徴あらざれば、彼等の姿を窺い知る術《すべ》なし。それとても数多《あまた》の類あれば、人の真なる理想像《エイドロン》より、見ること能う姿や物質の肉体持たざる〈古きものども〉の如き形態なすもの迄、千差万別なり。彼等見えざる姿で腐臭を放ちつつ、その力のいや増す〈時節〉の間、〈御言葉〉唱えられ、〈儀式〉の騒擾巻き起こる辺地を跋扈す。彼のものども声に因りて風狂騒し、彼のものどもの意識に因りて大地鳴動す。彼のものども森を撓《たわ》め、都邑《まち》を砕くも、森と都邑の襲い来たる手を見ること能わず。凍てつく曠野《こうや》の只中なるカダスは彼のもの識れど、誰がカダスを識ることあらんや。南方の氷の荒野、或いは大洋に沈みし島々に、彼のものどもの印形彫り込まれし石の在れど、深々と凍てつきたる都邑、或いは海藻と藤壺とに緘《かん》されたる塔を誰が見ることあらんや。大いなるクトゥルー彼のものの縁者なれども、彼のものに就いて朧に窺い知るばかりなり。いあ！　しゅぶ＝にぐらす[*23]！　汝その汚穢《おわい》によりて彼のものを知るべし。彼のものどもの手汝が喉頸《のどくび》にかかりたれども、汝が眼に彼のものどもの映ることあらじ。而して彼のものどもの棲家こそ、汝の防護せる戸口に他ならず。ヨグ＝ソトースは球体《スフィア》の相集いたる門の鍵なり。いま人の統ぶる処、かつて彼のものどもの統ぶる処なり。彼のものどももやがては人の今統ぶる処を統ぶるべし。夏の後には冬来たり、冬の後には夏来らん。彼のものども今ひとたびこの地を治むるべく、弛《たゆ》まずして力を蓄え待ち続けん」

彼が読んだものと、ダンウィッチとその地にわだかまる存在、そしてウィルバー・ウェイトリイ本人と、彼の胡乱《うろん》な出生から母親殺しのぼんやりした疑惑へと至る、薄暗く悍ましい妖気《オーラ》について耳にしたことを考え合わせ、アーミティッジ博士は墓場を吹き抜ける冷たくじっとりした風にも似た、具体的な恐怖の感情が沸《わ》き上がってくるのを感じていた。

眼前で身をかがめている山羊じみた巨漢が、あたかも別の惑星や次元の落とし子で、人類の要素はごく一部分に過ぎず、力と物質、空間と時間のあらゆる領域《スフィア》を超えて広がる巨大な幻影《タイタン・ファンタズム》の如き、本質と実体の黒々とした深淵に繋《つな》がっているように思われたのである。

ほどなくウィルバーは頭を上げて、発声器官が人類のものとは異なっていることをほのめかす、あの奇妙に響きわたる声で話し始めた。

「アーミティッジさん」と、彼は言った。「どうも、この本を持ち帰らんといかんようです。ここではできない、特定の条件のもとで試さなきゃならねえことがあれこれあるもんだからよ。お役所の規則なんかで俺の邪魔をするなんてことになりゃ、大罪ものですぜ。持ってかせてくだせえよ、先生《サー》、誓《ちか》って言うが、なくなったことなんざ誰にもわかりゃしませんよ。俺がこいつを大事にするこたあ、言うまでもありませんやね。ディーの写本をこんなアリサマにしたのは、俺じゃねえんだから……」

司書の顔に固い拒絶の色を読み取ると、彼は言葉を止め、山羊じみた顔に狡猾《こうかつ》な表情を浮かべた。アーミティッジは、必要な部分を写し取っても構わないと言いかけたのだが、起こり得る結果について俄《にわか》に思い至り、思いとどまった。このような存在に、かくも冒瀆的な外部領域への鍵を与えるなどというリスクを冒すわけにはいかなかったのである。

ウェイトリイは状況を察すると、つとめて軽い調子で応じた。

「ええ、わかりましたとも。あんたが、そんな風に思っておりなさるならね。まあ、ハーバードの方は、あんたみたいに小うるさくこだわったりはせんでしょうよ」

それ以上は口にせず、彼は立ち上がると扉を通るごとに身をかがめ、建物から大股《おおまた》に出ていった。

アーミティッジは大柄な番犬が激しく吼えたてるのを耳にすると、窓から見えるキャンパスの一画を、ウェイトリイがゴリラのような足取りで横切っていくのをじっと眺めた。

彼は、以前に聞いたことのある途方もない噂話のことを考え、〈アドヴァタイザー〉紙の古い日曜版に載っていた記事のことを思い出した。こうした話に加えて、かつて彼が一度、ダンウィッチを訪れた折に、そこの田舎者や村人たちから採取した伝承についても。地球のものではない——少なくとも、三次元の地球のものではない——、不可視の存在が、悪臭と恐怖を撒《ま》き散らしながらニューイングランドの峡谷《きょうこく》を奔《はし》り抜け、忌まわしくも山の頂きにわだかまっているという伝承である。

こうしたことについて、彼は随分と昔から確信を覚えていた。今まさに、彼は侵入する恐怖の慄然《りつぜん》たる片鱗のような実体を、間近に感知したらしかった。そして、ひとたびは休止していた古《いにしえ》の悪夢の黒々とした権勢の、地獄めいた進展を垣間見たように思ったのである。

彼は嫌悪感に体を震わせながら、『ネクロノミコン』を鍵のかかる場所にしまいこんだ。しかし、部屋には相変わらず不浄で、得体の知れない悪臭が漂っていた。

「汝はその汚穢《おわい》をもって、彼のものどものことを知るだろう」と、彼は引用した。

そうだ——この臭気はかれこれ三年前に、ウェイトリイ家の農家で彼に吐き気を催《もよお》させた、あの臭いと同じものではないか。彼は、山羊じみた不吉なウィルバーについて改めて思いを巡《めぐ》らし、彼の親にまつわる村の噂話をせせら笑った。

「近親相姦だって？」と、アーミティッジは半ば声に出してひとりごちた。「まったく、何と莫迦《ばか》げた奴らだ。アーサー・マッケンの「パンの大神」[*24]を読ませたところで、連中はダンウィッチではごくありふれたスキャンダルだと思うことだろうさ！　だが、ウィルバー・ウェイトリイの父親は一体何者なのだろう——この三次元空間の地球のものであろうがなかろうが、何と呪わしい無形《むけい》の霊力であることか。聖燭節《キャンドルマス》に生まれたということだったな——奇怪な地鳴りの話がアーカムにまではっきり伝わった、一九一二年の五月祭前夜《メイ＝イブ》の九ヶ月後だ。五月祭の夜《メイ＝ナイト》に、山々を闊歩したのは何物なのか。いかなる聖十字架発見日《ルードマス》[*25]の怪異が、半ば人間の血肉の裡《うち》にその身を固着させたというのだろうか」

続く数週間、アーミティッジ博士はウィルバー・ウェイトリイおよびダンウィッチ周辺に跋扈する無形の存在について、可能な限り多くの資料を網羅《もうら》的に蒐集《しゅうしゅう》した。

彼は老ウェイトリイの臨終に立ち会ったエールズベリイのホートン医師とも連絡を取り合ったのだが、医師が引用したウィルバーの祖父の最後の言葉には、深く考えさせられるものがあった。

ダンウィッチを訪れてみたものの、さほど目新しい情報は得られなかった。

しかし、『ネクロノミコン』を仔細《しさい》に調べてみたところ、ウィルバーがとりわけ熱心に目を通していた部分において、この惑星を漠然と脅かしている奇異にして邪悪な存在の性質、手段、欲望について、慄然たる手がかりが新たに得られたように思われた。

ボストンで古《いにしえ》の伝説の研究者たちから聞いた話や、他の多くの者たちと取り交わした手紙も彼の狼狽を募らせ、ゆっくりと段階的に脅威を高め、ついには真に激烈な精神的恐慌に達したのである。夏が近づく頃には、ミスカトニック川上流の峡谷に潜《ひそ》む恐怖と、人間社会ではウィルバー・ウェイトリイとして知られる怪物的な存在に対して何かしら手を打たねばならないと、彼は漠然と感じていた。

Ⅵ

ダンウィッチの怪異そのものは、一九二八年の収穫祭《ラマス》〔八月一日〕と秋分〔一九二八年の秋分は九月二三日〕の間に到来し、アーミティッジ博士はその悍ましい先触《さきぶ》れを目撃した一人だった。

その頃までに、彼はウェイトリイのケンブリッジへの不気味な旅路と、ワイドナー図書館から『ネクロノミコン』を借り出すか筆写するかしようと、ウェイトリイが奮闘《ふんとう》したことを耳にしていた。そうした努力が無為《むい》に終わったのは、その恐るべき書物を所蔵している全ての図書館の司書たちに向けて、アーミティッジがきわめて強い警告を発しておいたからだった。

ケンブリッジで、ウィルバーはひどく苛立っていた。本を切望するのと同じくらい、家に帰りたがってもいるようだった。まるで、彼が長く家を空けることで生じる結果を、恐れてでもいるかのように。

半ば予期されていた事態が発生したのは、八月初旬のことだった。三日の未明、獰猛な番犬[*26]が大学キャンパス内で激しく吼えたてる声に、アーミティッジ博士は叩き起こされたのである。

低く恐ろしい唸《うな》り声と、半狂乱の咆吼と吠《ほ》え声が続き、次第に強くなっていったが、悍ましくも意味ありげに中断することがあった。やがて、犬とは全く違う何物かが絶叫をあげたのだが――アーカムの眠っていた住民たちの半数がそれを聞いて目を覚まし、その後も悪夢に悩まされることになった――、その絶叫たるやおよそ地球に生まれた存在があげるはずのない、全くもってこの世ならぬものだった。アーミティッジが慌ただしく衣服を身につけ、大学の建物を目指して急ぎ足で通りと芝生《しばふ》を横切ると、何人かの者が彼よりも先行しているのが見えると共に、今なお図書館で甲高い音を立てている盗難防止警報の響きを耳にした。

窓がひとつ開け放たれ、月明かりの中で黒々とした口を開いているのが見えた。やってきたものは、首尾よく侵入してのけたようだ。というのも、吠え声と絶叫が急速に衰えて、低い唸りと呻《うめ》きが混じり合ったものとなっていたのだが、間違いなく内部から聴こえていたのである。何か本能のようなものが、心の準備ができていない者に現場を見せるべきではないとアーミティッジに警告したので、彼は自らの権限で群衆を後ろに下がらせてから、入口ホールの扉の鍵を開けた。やってきた者たちの中には、彼が推測や不安をいくらか打ち明けていたウォーレン・ライス教授とフランシス・モーガン博士がいたので、自分と一緒に中に入るよう二人に合図した。

この頃になると、内部から聴こえる音は、番犬の唸り声を除くと、すっかり静まり返っていた。だが、植え込みの中にいる夜鷹《ウィップアーウィル》の騒々しい啼き声が、まるで瀕死の男の最後の呼吸に合わせているかのような忌まわしいリズムを取り始めたことに、アーミティッジは不意に気がついた。

アーミティッジがよく知る恐ろしい悪臭が建物に充満する中、三人は入口ホールを急ぎ足で横切り、唸り声が聴こえてくる小さな系譜学の読書ルームへと向かった。つかの間、灯りをつけることを誰もが躊躇《ためら》った後、アーミティッジが勇気を奮い起こしてスイッチをいれた。

ちらかったテーブルと転倒した椅子の間に、大の字に横たわっているものを見て、三人のうちの一人――誰なのかはよくわからない――が大きな悲鳴をあげた。ライス教授は後になって、よろめいたり倒れたりこそしなかったものの、一瞬、完全に気を失ってしまったと証言している。

体を半ば折り曲げ、緑がかった黄色の膿汁《のうじゅう》ないしはタール状の粘液《ねんえき》の、悪臭漂うプールの中に横たわっていたものは、身長およそ九フィート［約二・七メートル］ほどで、身につけていた全ての衣服と一部の皮膚《ひふ》が犬に引き裂かれていた。辛《かろ》うじて息はあったが、音もなく体を痙攣《けいれん》させ、外で待ち受けている夜鷹《ウイップアーウイル》の狂おしい啼き声に悍ましくも合わせるように、胸を上下させていた。

ちぎれた靴紐《くつひも》や衣服の切れ端《はし》が部屋のそこかしこに散らばっていて、窓のすぐ内側には、外から投げ込まれたらしい空っぽのキャンバス袋があった。

部屋の中央にある机の近くには、回転式拳銃《リボルバー》が落ちていた。薬莢《やっきょう》には打撃痕《だげきこん》があるものの発火はしなかったようで、それが発砲されなかった理由なのだろう。

しかし、横たわっていたものそれ自体が、他のあらゆる印象を脇《わき》に押しのけてしまった。人間のペンではそれを描写することができない、という表現は陳腐《ちんぷ》である上に正確さも欠いているかもしれない。とはいえ、事物の外観や輪郭《りんかく》についての考え方が、この惑星や既知の三次元の一般的な生命形態に強く囚われている者には、決して真に迫った視覚的描写ができないとは言えるだろう。

それは、部分的には間違いなく人間で、人間じみた手と頭部、そして山羊じみた顎のない顔にはウェイトリイ家の者の特徴が備わっていた。しかし、胴体と下半身は奇形も甚だしく、身綺麗な衣服を着用していて初めて、見咎《みとが》められも排撃《はいげき》もされずに地球上を歩くことができるような代物《しろもの》だった。

腰から上はある程度人間に似ているものの、犬が今なお用心深く脚《あし》を置いていた胸部は、クロコダイルないしはアリゲーターのように堅い、網目状の皮膚を備えていた。背中は黄色と黒の斑《まだら》模様で、ある種の蛇のような鱗《うろこ》に覆われた皮膚を漠然と思わせた。

しかし、腰から下は最悪だった。人間とわずかにも似通った部分がなくなり、全き幻想に足を踏み入れていたのである。皮膚は黒くごわごわした毛皮でびっしりと覆われ、腹部からは緑がかった灰色の触《しょく》手《しゅ》が長く伸びていて、赤い吸引口《きゅういんこう》がぐにゃりと突き出ていた。それらの奇妙な配置は、地球や太陽系においては未知の、何か宇宙的な幾何学《きかがく》の対称性に則《のっと》っているように思われた。

両の臀部《でんぶ》には、未発達の目のようにも見える、ピンクがかった繊毛《せんもう》の生えた球体が深く埋まっていた。また、紫色の環状模様がついていて、未発達の口や喉と思しい根拠が数多く存在する、象の鼻ないしは触鬚《しょくしゅ》のようなものが、尾の代わりに垂《た》れ下がっていた。

両脚は、黒い毛皮に覆われていることを除けば、先史時代の地球の巨大な蜥蜴《とかげ》の後肢《こうし》にざっくりと似ていて、先端は蹄《ひづめ》でも鉤爪《かぎづめ》でもなく、筋の盛り上がった肉趾《にくし》になっていた。

そいつが呼吸をすると、人間ではない側の祖先にとってはごく正常な、何かしらの循環作用であるかのように、尾と触手の色がリズミカルに変化した。触手において、その様子は緑がかった色合いが深みを増すことで観察されるのだが、尻尾《しっぽ》においては、紫色のリングに挟まれた部分が、黄色がかった色と病的な灰白色《かいはくしょく》に交互に変わるという、外観上の変化として顕《あらわ》れた。

純粋な血液は全く流れておらず、ペンキ塗《ぬ》りの床に滴《したた》り落ちてねっとりと広がり、奇妙に変色した部分を残している、緑がかった黄色の悪臭を放つ膿汁があるだけだった。

　三人の存在が瀕死の男の意識を引き戻したらしく、それは頭を回しもあげもせずに、何事かを呟き始めた。アーミティッジ博士はその言葉を書きとめてはいなかったのだが、英語の発言ではなかったと、自信ありげに主張していた。最初の方の言葉は、およそ地球上に存在するあらゆる言語を無視したものだったが、おしまいの方では、そいつが探し求めた挙《あ》げ句《く》に身を滅ぼすこととなった、あの悍ましくも冒瀆的な『ネクロノミコン』からの引用に相違《そうい》ない断片が、とぎれがちに口にされた。

　これらの断片は、アーミティッジの記憶によれば「んがい、んぐあぐああ、ばぐ＝しょごぐ、いはあ、よぉぐ＝そとおす、よぉぐ＝そとおす……」というものだった。

　そうした呟きも、夜鷹《ウィップアーウィル》が不浄な期待と共に啼き声をリズミカルに高めていくにつれ、次第に小さくなっていった。

　やがて喘鳴が止まり、犬が頭《こうべ》をあげて長く、陰鬱な遠吼えをした。横たわったものの黄色い、山羊じみた顔に変化が生じ、大きな黒い双眼がぞっとするほど眼窩《がんか》に落ち込んだ。

　窓の外では突如《とつじょ》、夜鷹《ウィップアーウィル》が啼きやんで、集まっている群衆がざわついているのを尻目に、激しい恐れに囚われたような状態でばたばたと羽ばたく音が聴こえてきた。餌食《えじき》だと思いみなした存在の正体に半狂乱となり、翼ある監視者《ウィップアーウィル》たちの群れは月を背にした巨大な雲の如く舞い上がり、たちまち視界から消え去った。

　犬が突然立ち上がって怯えたように一声吼え、入ってきた窓から不安げに飛び出していったのは、まさにその瞬間のことである。群衆が叫びをあげたので、アーミティッジ博士は警官か監察医が来るまで誰も入ってはならないと大声で怒鳴り返した。窓が高い位置にあって、中を覗き見することができないことをありがたく思いながら、彼は全ての窓に用心深く黒いカーテンをひいた。

その頃、警官が二人やってきたので、モーガン博士が玄関ホールで迎え、監察医が到着して横たわっているものを覆い隠すまで、悪臭漂う読書ルームに入らないのが身のためだと強い調子で説得した。

その間にも、床の上では恐るべき変化が起こっていた。アーミティッジとライス教授の眼前で発生した収縮と崩壊について、その種類と度合いをことさら説明する必要はない。しかし、顔や手の外見は別にして、ウィルバー・ウェイトリイの真に人間的な要素がきわめて小さかったことについては、伝えておいても良いだろう。

監察医が到着した時、ペンキ塗りの床板の上にはねばついた白っぽい塊《かたまり》があるのみで、悍ましい悪臭もおおかた消え失せていた。ウェイトリイはどうやら、文字通りそのままの意味において、頭蓋骨や骨格といったものを備えていないようだった。

彼は、知られざる父親に、多少なりとも似ていたのである。

Ⅶ

しかし、こうしたことの全ては、真なるダンウィッチの怪異の幕開けに過ぎなかったのである。

役人たちは当惑気味に形式的な調査を行い、異常な細目は当然、報道機関と公衆には伏せられた。

ウィルバー・ウェイトリイの資産について確認し、相続人がいるのであればそのことを通知するべく、ダンウィッチとエールズベリイに人員が派遣されたのだが、彼らは村の住人たちが二つのことで激しく動揺していることを知った。ドーム状の丘が連なる丘陵地帯における地の底の鳴動が次第に強くなってきたのみならず、板を打ち付けられたウェイトリイ家のがらんどうの農家でも、異様な悪臭と何かがうねり、ぴちゃぴちゃと波打つような音がいや増しになってきたのである。

ウィルバーのいない間、馬と牛の世話をしていたアール・ソーヤーは、痛ましいほどに神経を病んでしまっていた。役人たちは、様々な口実を設けて悪臭が漂う板張りの家屋に立ち入ろうとせず、故人の住居の調査については新しく修理された倉庫を一度訪れるのみにとどめ、それで良しとした。

彼らはエールズベリイの裁判所に冗長な報告書を提出したのだが、堕落しているや否やにかかわらず、ミスカトニック川上流の峡谷に居住している夥しい数のウェイトリイ家の者たちの間で、相続にまつわる訴訟が今なお進行中であるという。

大きな台帳に書き記され、行間の空け方やインクや筆跡の種類が異なっていることから、ある種の日記だろうと推測される、奇妙な文字が延々と綴《つづ》られた手記が、所有者が机として使っていた古い衣装簞《だん》笥《す》の上で発見され、発見者にしてみれば困惑させられる謎でしかなかった。

一週間にわたる議論の後、調査と、可能なれば翻訳してもらうという目的のもと、その手記は故人の奇怪な書物のコレクションと共に、ミスカトニック大学に送付された。

だが、最高の言語学者たちであっても容易に解読できないものであることが、すぐに判明した。

ウィルバーと老ウェイトリイが常々支払いに用いた古代の金貨の痕跡も、まだ見つかっていなかった。

怪異が解き放たれたのは、九月九日の夜のことだった。

夜の間中、丘鳴りが非常に大きく響き渡り、犬たちが夜通し吼え続けていた。

一〇日の早朝に目を覚ました者たちは、大気中に独特の悪臭を嗅ぎ取った。

コールド・スプリング峡谷と村の中間に位置するジョージ・コーリイ[*27]の家で雇《やと》われている少年、ルーサー・ブラウンは、朝のお勤《つと》めでテン・エーカー牧草地へと牛たちを連れていったのだが、午前七時頃、半狂乱になって駆け戻ってきた。よろめきながらキッチンに入ってきた時、彼は恐怖のあまり今にも痙攣しかねない状態だった。外の庭では、少年と同じくパニックに陥《おちい》ってその背中を追ってきた、怯えきった様子の牛の群れが、哀れっぽく足で地面を引っかいたり、鳴き声をあげたりしていた。

ルーサーはぜいぜいと息を喘がせながら、コーリイ夫人に自分の見たことを伝えようとした。

「谷の向こうの道にいたんですよ、コーリイの奥様――確かに、あそこにいたんです。雷みてえな臭いがして、下生えや背の低い木がみんな、まるで家を引っ張りでもしたみてえに、道とは反対側に倒れちまってました。そんなのより、もっとひでえこともあったんだ。道にね、足跡があったんですよ、コーリイの奥様――樽《たる》の蓋《ふた》みてえな丸くてでっかい足跡がね。象の足跡みてえに深くめり込んでたんだけど、四本の足でつけたみたいにはとてもじゃないけど見えませんでしたよ！　逃げ出す前にもひとつかふたつ見たんですけど、まるで椰子《やし》の葉っぱで作った大きな扇を――二倍か三倍くらいでっけえやつですけどね――、頭を下にして道に叩きつけたみてえに、一箇所から周り中に線がいっぱい広がってましたよ。それに、ひでえ臭いがしたんですよ。まるで、魔法使いのウェイトリイの古い屋敷みてえな……」

ここまで話して彼は口ごもり、逃げ帰った時の恐怖を思い出したのか、改めてガタガタと震え出した。

コーリイ夫人は、それ以上の情報を引き出すことができなかったので、隣人に電話をかけ始めた。大きな恐怖の先触れとなるパニックの序曲は、このようにして開演したのだった。

ウェイトリイの家に一番近い、セス・ビショップの家の家政婦であるサリー・ソーヤーに電話をかけた彼女は、代わりに話を聞かされる側になった。サリーの息子チャンシーが、昨晩寝付けなかったのでウェイトリイ家の方角に丘をあがっていったのだが、ウェイトリイの農家と、ビショップ家の牛が一晩中放されていた牧草地を一目見た途端、怯えきった様子で駆け戻ってきたというのである。

「そうなんですよ、コーリイの奥様」

サリーのびくついた声が、共同加入線越しに伝わってきた。

「チャンシーがね、あの子がちょうど息せき切って戻ってきたところなんですけど、怯えちゃって何も話せないんですよ。何でも、ウェイトリイ爺《じい》さんの家がすっかり吹き飛んじまったって話でね。中にダイナマイトを仕掛けられたみたいに、木材がそこらじゅうに散らばっていたそうですよ。一番したの階の床だけは残ってたみたいなんだけど、何もかもがひどい臭いのするタールみたいなもので覆われてて、壁の木材が吹き飛んだところから地面にしたたり落ちているっていうんですよ。それと、庭にはおっそろしい足跡みたいなものがあって――大樽《ホグズヘッド》よりも大きな丸い足跡でね、吹き飛んだ家にあったもんみたいに、ねばっこいものに塗《まみ》れてたって話ですよ。チャンシーが言うにはね、足跡は牧草地まで続いてるんだけど、そこじゃ納屋よりも広い牧草地が圧《お》し潰されていて、それが続いているところはどこも、石垣が崩れちまってるっていうんです」

「あの子はね、こんなことも言うんです。ええ、こう言ったんですよ、コーリイの奥様。びくびくしながら、ともかくもセスの牛を探し始めたそうなんですけどね、悪魔の舞踏園《デビルズ・ホップ・ヤード》の近くの牧草地で、そりゃもうひどい有様になってたそうなんですよ。半分はきれいさっぱりいなくなっちまって、残ってた牛たちもすっかり血を吸われた絞《しぼ》りかすになってて、ラヴィニーの黒い小僧が生まれてからずっと買い込んでたウェイトリイ家の牛にあったみたいな傷がついてたんですって。セスの旦那《だんな》ご自身が今、様子を見に行ってますけど、あの魔法使いのウェイトリイの土地にはあまり近づき過ぎないようにすることでしょうよ！　牧草の圧し潰された大きな跡が、牧草地から離れた後にどっちへ向かったかについては、チャンシーはじっくりと眺めたわけじゃないんですけど、あの子の言うにはね、村に通じる峡谷の道に向かってるみたいだって話ですよ」

「まったくねえ、コーリイの奥様。外に出しちゃいけないもんが出てきちまってるみたいですけど、報《むく》いを受けてひどい死に方をした、あの黒んぼのウィルバー・ウェイトリイが、そいつを育ててた諸悪の根源なんでしょうねえ。あたしはいつも言ってましたでしょ、あん人は人間なんかじゃないって。それに、あん人とウェイトリイの爺さまがあんな釘付けにした家の中で育ててたもんは、あん人よりももっと人間離れしてたんじゃないですかね。ダンウィッチのあたりには、人間じゃないし、人間にとって良いもんでもない、目に見えない――だけど、生きてるもんがいるんですよ」

「昨夜《ゆうべ》は丘鳴りがしてましたし、明け方近くにはコールド・スプリング峡谷の夜鷹《ウィップアーウィル》がひどく騒いでたもんですから、チャンシーは寝付けなかったそうでしてね。それに、魔法使いのウェイトリイの家がある方から、別の音がかすかに聴こえてくるみたいな気がしたっていうんですよ――遠くて大きな箱か何かがこじ開けられてるみたいな、木が裂けるかむしられるかしている音がね。それやこれやで、あの子は日が昇るまで全然眠れなくなったんで、朝になるとすぐに起き出して、ウェイトリイのとこに出かけていって、何があったのか見てきたってわけなんです。まったくねえ、あの子は見過ぎちまったんですよ、コーリイの奥様。役に立たないなんてこたないでしょうから、男衆が団結して、何とかしなきゃいけないと思うんですよ。おっそろしいことが起きて、あたしもこれでおしまいって気がするんですけど、それが何なのかは神様だけが御存知《ごぞんじ》でしょうね」

「奥様のとこのルーサーは、大きな足跡がどっちに続いてたか気がつきましたかね。気がつきませんでしたか。だったらねえ、コーリイの奥様。足跡が谷の側の道についていて、まだあんたの家に来てないってことは、谷の方に向かったってことなんでしょうよ。そうに違いないですって。いつも言ってましたけど、コールド・スプリング峡谷は健全でもまっとうでもない場所ですからね。あすこの夜鷹《ウィップアーウィル》も蛍《ほたる》も、神様がお造りになったものみてえには振る舞いませんし、ロック・フォールズとベアーズ・デン[*28]の間にある、しかるべき場所に立ってると、何かが走り抜けるような音や空中で誰かが話してるみたいな声が聴こえてくるっていいますものね」

その日の正午までに、ダンウィッチに住む男性と少年の四分の三が、ウェイトリイ家の出来たての廃墟とコールド・スプリング峡谷の間にある道や牧草地に繰り出して、巨大な怪物じみた足跡や、ひどく傷つけられたビショップ家の牛たち、奇怪な悪臭の漂う農家の残骸《ざんがい》、野原や道端《みちばた》でぎゅっと圧《お》し潰された植物といったものを、おっかなびっくり調べて回っていた。

この世に解き放たれたものが何であれ、そいつが凶々《まがまが》しい大渓谷に降りていったことは確かだった。

土手の木々が全て曲がったり折れたりしていた上に、崖下の斜面にへばりついている藪《やぶ》に、大きな道が穿《うが》たれていたのである。その様子はまるで、雪崩に押し流された家屋が、ほぼ垂直の斜面の絡み合う下生えの上を滑《すべ》り落ちていったかのようだった。

下方からは物音一つ聴こえず、得体の知れない悪臭が遠くから漂ってくるのみだったが、男たちが下に降りていって未知なる巨大《キュクローピアン》な怪異に挑まず、崖っぷちにとどまることを選んでも無理はなかった。同行していた三匹の犬は、最初のうちこそ激しく吼え立てていたが、峡谷の近くに来る頃には怯えて尻込みする様子を見せていた。〈エールズベリイ・トランスクリプト〉紙[*29]に電話で一報を入れた者もいたが、ダンウィッチからもたらされる野放図《のほうず》な話に慣れっこになっていた編集者は、短めのユーモラスな記事をでっちあげるにとどめ、その記事はAP通信によってただちに各紙に転載された。

その夜はみんな帰宅して、家という家、納屋《なや》という納屋になるたけ頑丈なバリケードが築かれた。言うまでもなく、屋外の放牧地に残された牛は一頭たりともいなかった。

午前二時頃、コールド・スプリング峡谷の東の端に住んでいたエルマー・フライとその家族は、恐ろしい悪臭と激しい犬の吼え声で目を覚まし、外のどこかからひゅうひゅう、ごぼごぼいうくぐもった音が聴こえてくるのを全員が耳にした。フライ夫人は隣人たちに電話をかけようと提案し、エルマーもそれに同意しかけたのだが、まさにその時、木が裂ける大きな音が彼らの会話に割って入った。納屋からの音らしく、牛たちのあげる悍ましい悲鳴と足踏みする音がすぐ後に聴こえてきた。犬たちは怯えて、恐怖で身動きのできない家族たちの足下にうずくまっていた。いつもの癖《くせ》で角燈《ランタン》に灯りを点してはみたものの、暗い農場に出ていけば確実に死ぬのだと、フライは理解していた。

女子供はすすり泣いていたが、彼らの生存が沈黙にかかっているという、何かおぼろげな防衛本能の名残《なごり》によって、悲鳴をあげるのをこらえていた。

牛たちの立てる激しい音が、ようやく哀れっぽい呻き声になり、へし折れたり、砕けたり、割れたりする大きな音が後に続いた。フライの一家は居間で互いに体を寄せ合って、コールド・スプリング峡谷の奥深くに残響が消え去っていくまでの間、じっと身動きをしなかった。

それから、牛小屋からは痛ましい呻き声が、峡谷からは時季はずれの夜鷹《ウィップアーウィル》のあげる悪魔《デーモン》の如き啼き声が聴こえてくる中、セリーナ・フライはおぼつかない足取りで電話に向かい、怪異の第二の局面について、彼女に伝えられる全てのニュースを広めたのだった。


翌日は、村中がパニックに陥っていた。怯えきって会話もままならない人々が、凶事《きょうじ》の現場にやってきては立ち去っていった。巨大なものがなぎ倒したような破壊の跡が、峡谷からフライの農場に向かって伸びていた。怪物じみた悍ましい足跡が裸の地面のそこかしこにあって、赤く塗装《とそう》された古い納屋は、片側がすっかり内側に向けて崩されていた。

見つけることができて、確認された牛は、四分の一に過ぎなかった。数頭は異様に引き裂かれていて、生き残っていたものについても全て撃ち殺さなければならなかった。

アール・ソーヤーはエールズベリイやアーカムに救援を求めようと主張したが、他の者たちはそんなことをしても無駄だと頑《かたく》なに言い張った。

まっとうとは言い難く、堕落しているとも言い切れない分家の一員である老ゼブロン・ウェイトリイに至っては、丘の頂きで儀式を行うべきだという、暗澹たる途方もない主張を行った。彼は伝統を根強く残している一族の出身で、ウィルバーおよび彼の祖父とは全く無関係に、巨大な環状列石の中で聖句を詠唱したという記憶を保持していたのである。

消極的に過ぎるあまり、まともな自衛手段も取ることのできない手負いの村に、闇がたれこめた。血の繋がりが強い家族同士がより集まって、ひとつ屋根の下の薄闇の中で待ち構えるという例もあったが、大多数は前夜のようなバリケード構築を繰り返したのみで、マスケット銃に弾丸をこめたり、干し草用のフォークを手近に置いたりといった、効果の望めない無駄なジェスチャーばかりが行われた。しかし、丘鳴り以外は何も起こらなかったので、夜が明けた時、この新しい怪異は始まった時と同様、速やかに終わったのだろうと数多くの者たちが期待した。

峡谷への攻撃的な遠征を主張する大胆な者たちも現れたほどだったが、大多数の者たちは消極的だったので、敢《あ》えて手本を示そうとする者も現れなかった。

また夜がやってきて、バリケードが再構築されたものの、家族同士の団結は数を減らしていた。朝になって、フライ家とセス・ビショップの一家の者たちが、犬たちの興奮や、遠くからおぼろげな音が聴こえたり、悪臭が漂ってきたことを報告する一方で、早起きした探索者たちがセンティネル・ヒルの裾を通る道に、真新しい一連の怪物じみた足跡を発見し、ちぢみあがっていた。

以前と同様、道の両側には、冒瀆的なまでに巨大な体軀《たいく》を備えた怪異が通ったらしい痕跡があった。

足跡の並びからして、あたかも動く山がコールド・スプリング峡谷からやって来て、同じ道を戻っていったかのような、二つの方向に進んだようだった。

丘の麓では、三〇フィート［約九・一メートル］にわたって若い低木がなぎ倒された帯状の跡が、俄に険しい斜面を上っていった。探索者たちは、最もきりたった場所でさえも断固たる前進を妨《ふせ》げなかったことを知って、驚きで息を呑《の》んだ。

怪異の正体がどんなものであれ、そいつはほぼ完全に垂直な岩壁をよじのぼることができるのだ。探索者たちが、より安全なルートで丘の頂きに登ってみると、痕跡はそこで途絶えていた――厳密に言えば、そこから逆行していたのである。

その場所こそは、ウェイトリイ家の者たちが、五月祭前夜《メイ＝イブ》と万聖節前夜《ハロウィーン》に地獄めいた焔を焚《た》き上げ、テーブル状の石の近くで地獄めいた儀式の祈りを唱えたところだった。

今、その石は巨大な怪異がのたうちまわった広大な空間の中心になっている一方で、わずかに凹《へこ》んだ石の表面には、怪異が遁《のが》れ去った際、廃墟と化したウェイトリイ家の農家の床に認められたのと同じ、タール状でどろどろとねばついた悪臭を放つものが付着していた。

男たちは互いに顔を見合わせ、あれこれ呟いた。

彼らはそれから、丘の麓を見下ろした。怪異はどうやら、登ってきた時と同じ経路で降りていったものらしい。推測してみても、無意味だった。そいつの動機について、道理や論理、普通の考えを巡らせてみたところで、混乱させられるだけだった。同行していなかった老ゼブロンであれば、その状況を正しく読み取ったり、もっともらしい説明をしてくれたかもしれないのだが。

木曜日の夜は、他の日と同じように始まったのだが、幸福の裡《うち》には終わらなかった。峡谷の夜鷹《ウィップアーウィル》がいつになく執拗《しつよう》に啼き騒いで、多くの者たちが寝付けなかったのだが、午前三時頃、共同加入線の全ての電話機がけたたましく鳴り始めた。受話器をとった者たちは、「助けて、ああ神様……!」という、恐ろしくも狂おしい叫び声を聞き、絶叫がぷっつりと途切れたのに続き、何かが砕けるような音を耳にしたように思った者もいた。それ以上はもう、何も聴こえてこなかった。敢えて何かをしようとする者はおらず、どこから電話がかかってきたかについても、朝が来るまで誰にもわからなかった。

そうして朝になり、悲鳴を聞いた者たちは、回線に繋がっている全員に呼びかけて、フライ家だけが応答しないことがわかった。真相が明らかになったのは、武装した者たちが慌ただしく集結し、峡谷を見下ろす位置にあるフライの土地に徒歩で向かった一時間後のことだった。

恐ろしくはあったが、予期されていたことではあった。

なぎ倒された跡や怪物じみた足跡は数多く見つかったものの、もはやそこに家はなかった。卵の殻《から》のように潰されていて、生きている者も死んでいる者も、廃墟の中には見つからなかった。ただ、悪臭を放つタール状の粘液が残されているのみだった。

エルマー・フライとその家族は、ダンウィッチから消し去られてしまったのである。

そうこうしている間にも、アーカムにおいては、書架《しょか》が立ち並ぶドアの閉ざされた部屋の中で、静かではあったが、霊的にはより恐怖の核心に肉薄《にくはく》した局面が、その暗澹たる姿を暴《あば》かれつつあった。翻訳目的でミスカトニック大学に届けられた、奇怪な手書きの草稿《そうこう》あるいはウィルバー・ウェイトリイの日記は、古代と現代双方の言語の専門家たちの間で、大いに苦悩と困惑を巻き起こしていた。使用されているアルファベットにしてからが、メソポタミアで用いられていた陰影の濃いアラブ文字［アラム文字か］に概《おお》ね似ているものの、照会できたあらゆる権威が、全く未知の文字だと断じたのである。

言語学者たちの最終的な結論は、テキストは人工のアルファベットで記述され、暗号を構成しているというものだったが、通常の暗号解読法を用いた限りでは、書き手が用いた可能性のあるあらゆる言語をベースとして適用してみても、何ら手がかりが得られそうになかった。

ウェイトリイ家の住居から持ち出された古い書物も、きわめて興味深く、哲学者や科学者に新しくも恐ろしい研究分野の進展を約束する事例がありはしたものの、この問題では何の役に立たなかった。

書物の中の一冊で、鉄製の留《と》め金《がね》がついた分厚い大冊《たいさつ》は、さらに別種の未知のアルファベットで記述されていた——まったくもって異質なもので、最もよく似ているのはサンスクリットの文字だった。

結局、古びた台帳については、ウェイトリイ問題への強い関心と、広範な言語学的素養《そよう》と古代・中世の密儀についての専門的な知識によって、アーミティッジ博士に一任されることになったのである。

そのアルファベットは太古から連綿と継続し、サラセン［イスラム教徒のこと］世界の魔術師から多くの流儀と伝統を受け継いできた、ある種の禁断の教派の数々が、何かしら宗教的な用途で使ったものではないかと、アーミティッジは考えていた。しかし、そうした疑問自体は、さして重要な問題ではなかった。彼が疑っているように、現代語の暗号としてその表象《シンボル》が使用されているのであれば、別段、その起源を知る必要はないからである。

台帳に記述されているテキストの膨大な量に鑑《かんが》みて、おそらく特別な式文や呪文は別として、書き手自身が普段使用していない言語をわざわざ用いるとは思えないというのが、彼《アーミティッジ》の考えだった。したがって彼は、大部分が英語だという前提のもとに、草稿の解読に取り組んだのである。アーミティッジ博士は、同僚たちが繰り返した失敗から、この謎は深く入り組んだものであって、単純な解読法などは試すまでもないことをよく理解していた。

八月下旬いっぱいを費やして、彼は蔵書を最大限に活用すると共に、トリテミウス[*30]の『多重暗号法《ポリグラフィア》』、ジャンバッティスタ・ポルタ[*31]の『秘密の書記法』、ド・ヴィジュネル[*32]の『暗号概論』、フォークナー[*33]の『暴かれた秘密通信《クリプトメニシス・パテファクタ》』、デーヴィス[*34]やシックネス[*35]らによる一八世紀の論文、そしてブレア[*36]やフォン・マーテン[*37]、クリューベル[*38]の『暗号化』のような近代の権威たちの手になるものを含む奥義《おうぎ》書の数々を夜毎《よごと》に読みふけって、暗号解読にまつわる膨大な知識を自家薬籠中《じかやくろうちゅう》の物としたのである。

草稿の解読と並行してこうした書物の研究を進める内に、彼はやがて、多数の対応する別個の文字のリストが乗算表のように配置され、秘儀を伝承された者のみが知る任意のキーワードによって文面が構築される、自分が最も繊細《せんさい》かつ独創的な暗号文に直面しているのだと確信した。古《いにしえ》の権威の方が、より新しい権威よりも遥かに役立つようだったので、草稿で用いられている暗号方式は非常に古いもののひとつで、連綿と続いてきた秘儀の実践者たちによって伝えられてきたに違いあるまいと、アーミティッジは結論した。

幾度も光明を摑《つか》んだかに見えたが、その度に必ず、予期せぬ障害によって後退した。そうして九月に差し掛かる頃、ようやく暗雲が晴れ始めた。草稿の特定の部分で用いられていたある種の文字が、明確に疑いようもなく解読されて、事実、そのテキストが英語で書かれていることが判明したのである。

九月二日の夕方、最後にして最大の障壁が克服され、アーミティッジ博士はウィルバー・ウェイトリイの年譜《ねんぷ》の連続した文章を、初めて読み通すことができたのである。

皆が考えていた通り、それはまさしく日記であり、それを著《しる》した奇怪な存在の隠秘学《オカルト》における博識と、普遍的な学識の欠如という相反する性質を、如実《にょじつ》に示していた。

アーミティッジが最初に解読したと言って良い長い文章は、一九一六年一一月二六日付の記録《エントリ》で、実に驚くべき不穏な事実を裏付けるものだった。何しろ、アーミティッジは覚えていたのだが、それは一二歳ないしは一三歳の若者のように見える、三歳半の幼児によって書かれたのだ。

「今日は、万軍の主《サバオト》のためのアクロ[39]を学んだ。あれが空ではなく丘から応答するのは、好きではなかった。上の階にいるやつは、思っていた以上に、僕よりも有利な立場にあるみたいで、地球上の生き物らしい脳はあまりないらしい。僕に噛《か》みつこうとしたんで、エラム・ハッチンスのコリー犬のジャックを撃ってやったら、エラムは生意気にも僕を殺してやると言ってきた。そんなことができるもんか。昨夜《ゆうべ》は、爺さまの言いつけでずっとドゥホゥ[40]の式文を唱えていたら、二つの磁極の中心にある都市が見えたように思う。義務を果たすべき時に、僕がドゥホゥ＝フナの式文で突破できないと、地上が一掃《いっそう》されたら僕はあの極に行くことになるんだと思う。魔宴《サバト》の時に、空からやってくるものたちが言うには、僕が地上を一掃できるようになるまではまだ何年もかかるという話なのだけど、その時には爺さまも死んじゃっているだろう。だから僕は、平面のあらゆる角度と、イルとヌフングルの間のあらゆる式文を学んでおかないといけない。外側からやってくるものたちは手助けをしてくれるだろうけど、あいつらは人間の血がないと体を持てないんだ。上の階のやつは、いつか本来の形を取り戻すことになるんだろう。僕がヴーア[41]の印《サイン》を結んだり、イブン・ガズィのパウダーを吹きつけると、ちらりと姿を見ることができる。あいつは、五月祭前夜《メイ＝イブ》に丘の頂きに現れるやつらに似てる。もうひとつある顔は、いずれ消えてしまうのかもしれない。地上が一掃されて、生きているものがみんないなくなった時、僕はどんな姿になっているんだろう。アクロの神様《サバオト》と一緒にやってきた彼は、外側のものが大きな影響を与えているので、僕は変身するかもしれないと言っていた」

夜が明けた時、アーミティッジ博士は恐怖のあまり冷たい汗をかき、一睡《いっすい》もせずに作業に集中していたことによる興奮状態に陥っていた。一晩中、草稿を手放さず、電灯に照らされたテーブルについて、震える手でページをめくっては、あらん限りの速度で秘《かく》されたテキストを解読し続けていたのである。彼は神経を昂《たか》ぶらせて妻に電話をかけ、家には帰らないだろうと伝えていた。妻が家から朝食を運んできてくれた時にも、ほとんど一口しか食べられなかった。

その日は一日中読み続け、複雑なキーワードを改めて当てはめなければならなくなる度に、苛立ちながら中断した。昼食と夜食が差し入れられたものの、どちらもわずかに口にしただけだった。

真夜中に差し掛かる頃、彼は椅子に座ったまま微睡《まどろ》んでいた。しかし、彼がそれまでに暴き出した真実と、人間存在に対する脅威と同じくらい悍ましい悪夢に苛《さいな》まれて、すぐに目を覚ましたのだった。

九月四日の朝、ライス教授とモーガン博士の強い願いで短めの会合が持たれたのだが、彼らは身を震わせながら、顔色を蒼白にして立ち去った。

その夜、彼はベッドで休んだものの、その眠りは断続的で、しょっちゅう目が覚めてしまった。

水曜日――翌日のことである――、彼は改めて草稿を紐解《ひもと》いて、今現在解読している箇所と、既に解読し終えた箇所の双方から、夥しい数のメモを取り始めた。夜半のわずかな時間を使って、彼は執務室の安楽椅子で短めの睡眠をとりはしたのだが、夜が開ける前に再び草稿に取り組んだ。

正午少し前に、彼の主治医であるハートウェル医師が会いにやってきて、仕事を中断すべきだとしきりに説《と》いた。彼は、この日記を読み終えることが何にも増して重要なのだとほのめかしてこれを拒絶したが、いずれ事情を説明すると約束した。

その日の夕方、ちょうど黄昏《たそがれ》が垂れ込めた頃、彼は慄然たる読書を完遂《かんすい》し、疲労困憊《ひろうこんぱい》の有様で椅子に深く体を沈めた。彼の妻が夕食を運んできた時には、半ば昏睡状態に陥っていたが、彼女の目がメモの方に彷徨うのを見た時、鋭い叫びをあげて警告する程度の意識は保っていた。弱々しく立ち上がると、彼は書き溜《た》めた紙をかき集め、大きな封筒の中にまとめて入れて封印すると、そのまま上着の内ポケットに収めた。

家に帰れる程度の体力を残してはいたが、医学的な手当が必要なのは明らかだったので、早速、ハートウェル医師が呼び出された。医師にベッドに寝かしつけられながら、彼は「だが、神の名において、一体我々に何ができるというのだ」と繰り返し呟くばかりであった。

アーミティッジ博士は眠りについたものの、翌日は多少の譫妄《せんもう》状態に陥っていた。ハートウェルには何も説明しなかったが、つかの間、落ち着きを取り戻した時には、ライスとモーガンとじっくり話し合う必要があると口にした。

野放図な譫言《うわごと》の内容は実に驚くべきもので、板が打ち付けられた農家の中にあるものを破壊するよう半狂乱で訴えたかと思えば、別の次元からやってきた何か慄然たる旧《ふる》き種族による、人類全体はもちろん、あらゆる動植物の生命を地球上から根絶する企《たくら》みについてのあられもない空想を口にした。

彼は、〈旧きものども《エルダー・シングス》〉が、太陽系および物質的な宇宙から引き剝《は》がして、かつて永劫《えいごう》の太古に落ち込んでいた、異なる平面《プレーン》ないしは形相《フェーズ》のようなものの中に引きずり込もうと望んでいることで、世界が危機に瀕していると叫んでいた。

彼はまた、危機を食い止める式文か何かが見つかることを期待しているのか、恐るべき『ネクロノミコン』とレミギウスの『悪魔崇拝』を持ってきて欲しいと幾度かあった。

「あいつらを止めろ、止めるんだ！」と、彼は叫びをあげた。「ウェイトリイの連中はあいつらを招き入れるつもりだった上に、最も最悪のものが残っておる！　ライスとモーガンに、我らが何とかせねばならんと伝えてくれ──ぶっつけ本番ではあるが、粉の製法はわかっておる……ウィルバーがここにやってきて、命を落とした八月二日から、あいつは食事を与えられておらんので、もしもそうなら……」

だが、アーミティッジは七三歳という高齢にもかかわらず頑健な肉体を保っていたので、その夜、本格的に発熱するようなこともなく、眠っている間に混乱を払いのけてしまった。

金曜日の夜になって目を覚ました時には、頭もすっきりしていたが、絶え間ない恐怖と途方もなく重い責任感で、真剣な様子になっていた。

土曜の午後になると、彼はライスとモーガンを呼んで会議を開こうと、図書館に行くことにした。

その日の夜遅くまでの間、三人は頭脳を振り絞って、法外な憶測と絶望的な議論に取り組んだ。奇怪にして恐ろしい本が数多く書庫や保管庫から持ち出され、驚くほど膨大な数の図表や式文が、熱に浮かされたような性急さで書き写された。

疑いを唱える者は誰もいなかった。何しろ、この三人は皆、建物内の部屋の床に横たわっているウィルバー・ウェイトリイの体を目撃したのである。あれを経験した後では、この日記を狂人の戯言だと片付けられるはずもなかったのだ。

マサチューセッツ州の州警察に通報するかどうかについても意見が分かれたのだが、結局、否定派が勝利した。その後の探索の過程ではっきりするだろう現物を実際に目にしないことには、容易に信じることのできない存在が関わっているからである。

会議は、はっきりした計画を立てるところまでは進まず、その夜の遅い時間にお開きとなった。だが、アーミティッジは日曜日いっぱいをかけて、式文の比較や大学の研究室から入手した化学薬品の調合に費やすなど、忙しく過ごしていた。

地獄めいた日記を思い出すにつけ、ウィルバー・ウェイトリイが遺した実体を、物質的な化学薬品で根絶することが可能なのかどうか、彼の疑問は募るばかりだった——その地球を脅かす未知なる実体は、数時間後に隠れていた場所から出現し、ダンウィッチの怪異として記憶されることとなるのだが。

月曜日になっても、アーミティッジ博士は日曜日と同じ作業を繰り返していた。彼が手がけている作業には、果てしない調査と実験が必要だったのである。

悍ましい日記を更に参照したことで、計画には様々な変更が加えられた。最終段階になっても大量の不確定要素が残るに違いないことを、彼はよく理解していた。

火曜日には、彼ははっきりした行動計画を立てていて、一週間以内にダンウィッチに赴かねばならないと考えていた。しかし、激しいショックを水曜日に味わうことになった。〈アーカム・アドヴァタイザー〉紙の片隅《かたすみ》にわかりにくく押し込まれていたAP通信提供の滑稽《こっけい》な短報が、ダンウィッチの密造酒によって生み出された記録破りの怪物《モンスター》について報じていたのである。

危うく失神しかけたアーミティッジは、やっとの思いでライスとモーガンに電話を入れた。彼らは夜遅くまで議論を戦わせ、翌日には皆それぞれが準備に忙殺《ぼうさつ》された。

アーミティッジは恐ろしい力に干渉しようとしていることを自覚してはいた。だが、他の者たちが以前に仕出《しで》かした、より深刻で悪質な干渉を帳消しにするためにも、そうする他はなかったのである。

Ⅸ

金曜日の朝、アーミティッジ、ライス、モーガンは自動車でダンウィッチに出発し、午後一時頃に村に到着した。その日の天気は爽《さわ》やかなものだったが、明るい日差しが降り注ぐ中にあってさえ、ある種の密《ひそ》やかな恐怖と不吉な感じが、奇怪なドーム状の丘陵や、不幸に見舞われた土地の影深い渓谷の上に漂っているようだった。

いくつかの丘の頂きにある不気味な巨大な環状列石が、空を背にして目に入ることもあった。オズボーンの店で感じた恐怖に声を押し殺したような雰囲気から、彼ら三人は何か悍ましいことが起きたのだと悟り、エルマー・フライの家とその家族が消滅したことを間もなく知らされた。午後の間、彼らは自動車でダンウィッチの周囲をぐるりと巡り、これまでに起きたことのすべてを住民たちに質問した。そして、募る恐怖心に苦しみながらも、今なおタール状の粘液の痕跡が残っている荒涼としたフライ家の廃墟や、フライ家の庭にある冒瀆的な足跡、傷ついたセス・ビショップの牛、そして様々な場所で植物がなぎ倒された巨大な跡などを自らの目で確かめた。

センティネル・ヒルを登ったり下ったりしている痕跡は、アーミティッジにとっては壊滅的な意味を持っているように思え、彼は丘の頂きにある不吉な祭壇《さいだん》めいた石を長いこと見つめていた。

ややあって、訪問者たちはフライ家の惨劇《さんげき》を伝える最初の通報に応じて、その日の朝にエールズベリイからやってきた州の警察官たちの存在を知らされると、彼らを探し出して、なるたけ役に立つ情報を交換することにした。

だが、予想に反して簡単には実行できなかった。彼らの姿が、どこにも見当たらなかったのである。車でやってきたのは五人だったが、その車は今、フライ家の廃墟の近くに、空っぽの状態で駐車されていた。警官と話を交わした地元民たちも皆、アーミティッジとその仲間たちと同様、そのことを知ってしばらくの間は、困惑したような様子だった。

やがて、年老いたサム・ハッチンスが何事かに思い当たったらしく、真っ青な顔になってフレッド・ファーを肘《ひじ》でちょいちょいとつつき、間近に口を開けているじめついた深い谷間を指さした。

「何ちゅうこった」と、彼は喘ぎ喘ぎ口にした。「おれは、あん人たちに峡谷に降りちゃいけねえって言ったし、まさかあんな足跡がついてる上に、ひでえ臭いもしてて、夜鷹《ウィップアーウィル》どもが昼間っから暗がりで喚《わめ》いてるとこなんかに、わざわざ降りてく奴がいるだなんて思ってもみなかったんだが……」

ぞくりとするような寒気が、地元民と訪問者を均《ひと》しく通り抜けた。皆が緊張もあらわに耳をそばだてたのは、本能というよりも無意識のなせる行動だったのだろう。

ついに、実際に怪異とその悍ましい所業に実際に直面したアーミティッジは、自身に責任があるかのように感じて、身震いを覚えた。

間もなく、夜がやってこようとしていた。そして、夜こそは山に潜む冒瀆的な存在が、ぞっとするような進撃に重々しく乗り出す時間帯なのである。

ネゴティウム・ペラムブランス・イン・テネブリス *43

暗闇の中を歩む疾病……。

老図書館司書は、覚えてきた式文を暗誦し、まだ覚えていない別のものが書かれた紙を握りしめた。

彼はまた、懐中電灯がきちんと使えることを確かめた。

傍らにいるライスが、害虫駆除に使用される金属製の噴霧器を手提げかばんから取り出し、モーガン

はといえば、物質的な武器は役に立たないだろうという同僚からの警告にもかかわらず、彼が信を置い

ていた大物狙いのライフルをケースから出していた。

悍ましい日記を読んでいたアーミティッジは、いかなるものが出現するかについて、いやというほど

予期していたのだが、ほのめかしや手がかりを与えることで、ダンウィッチの住民たちを更に怯えさせ

ることは良しとしなかった。彼は、野に放たれた怪物じみた存在が世間に知られることのないうちに、

撲滅することを望んでいたのである。

闇が集うにつれて地元民は各々家路につき、その気になれば木々をひしぎ、家を圧し潰すことのでき

る力を前に、人間の錠や門が無力であるという状況証拠にもかかわらず、進んで屋内に閉じこもった。

彼らは、峡谷にほど近いフライ家の廃墟で見張るつもりだという訪問者たちの計画を告げられると、

首を左右に振って、二度と会うことはあるまいと思いながら立ち去った。

その晩、丘の下では地鳴りが響き、夜鷹の群れが脅すように啼き声をあげた。

時折、コールド・スプリング峡谷から吹き付けてくる風は、重苦しい夜気に強烈な悪臭を付け加えた。

それは、十五年半の間、人間として暮らしてきた存在が死にゆく姿を見下ろした時に、三人の観察者

たちが嗅いだことのあったものと同じ、強烈な悪臭だった。

190

しかし、彼らが探し求める恐怖は出現しなかった。

峡谷に潜むものが何であれ、機を窺っているものらしく、暗闇の中でそいつに攻撃するのは自殺行為になるだろうと、アーミティッジは同僚たちに告げた。

物憂《ものう》げな朝がやってきて、夜の間中続いていた音も聴こえなくなった。灰色の空が広がる寒い日だった。時折、霧雨《きりさめ》が降っていて、徐々に厚みを増していく雲が、北西の丘陵の向こうに積み重なっていくようだった。

アーカムからやってきた男たちは、どうすべきか決めかねていた。彼らは次第に強まってきた雨をよけるべく、破壊を免《まぬが》れたフライ家の小屋のひとつに避難し、待ち続けるのが賢明か、それとも名前なき巨大な獲物を求めて積極的に峡谷に降りていくべきかを議論した。

土砂降りの雨が強く叩きつける中、遥か遠くの地平線からはかすかな雷鳴が聴こえてきた。あたり一帯で雷光が閃《ひらめ》いたかと思うと、まるで呪われた峡谷そのものに落ちたかのように、ジグザグの稲妻《いなづま》が目と鼻の先で輝いた。空は非常に暗くなり、観察者たちはこの嵐が突発的なものに過ぎず、速やかに晴れ渡ってくれないものかと期待した。

一時間も経たないうちに、空はまだぞっとするほど暗かったが、混乱して何を言っているのか聞き取れない声が道を下った先から聴こえてきた。次の瞬間、一ダースを超える数の怯えきった人間たちが、走ったり、叫んだり、ヒステリックな泣き声すらあげている姿が目に入った。

先頭にいた者がすすり泣きながら話し始めたのだが、その言葉の意味が飲み込めた時、アーカムから来た男たちは激しい驚きを覚えた。

「ああ、神様、神様」息も絶え絶えの言葉だった。「また出やがった、今度は昼間っから！　出てきて、今この瞬間にもうろついてやがんだ！　俺たちだって、いつやられちまうかわかったもんじゃねえ！」

その話をした者は、息を喘がせて言葉を止めたが、別の者が後を引き継いだ。

「一時間くれえ前のことですよ、ここにいるゼブ・ウェイトリイが電話が鳴ってるのを聞いたんだ。分かれ道のあたりに住んでる、コーリイの奥さんからでしたよ、ジョージの女房のね。あん人の話だと、雇われ小僧のルーサーが、でっけえ雷が落ちた後に、嵐の中から牛を連れ帰ろうと出てった時、峡谷の縁の——こっちとは反対側の方さ——全部の木が曲がっちまってるのが見えて、こないだの月曜日にでっけえ足跡を見つけた時とおんなじ、ひでえ臭いを嗅いだってのさ。あん人が小僧から聞いた話なんですけどよ、曲がってる木や茂《しげ》みが立てるはずのねえ、ひゅうっとかピチャピチャとかって感じの音が聴こえた後、道の脇に立ってる木々が急に片側に押し曲げられたかと思うと、泥ん中で何かでっかいやつが足を踏み鳴らしたりはね散らかしたりしたってんです。でも、ここが肝心なんですけどね、ルーサーに見えたのは曲がった木々と下生えだけで、他には何も見えなかったんだそうですよ」

「そのあと、ビショップの小川が道の下に潜り込むとこのかなり先で、橋の上にいたルーサーは何かがきしんだりよじれたりする音を聴いたんですが、そいつは木が裂けたり割れたりし始める音だって言うんですね。その最中も、木や茂みが撓《たわ》んでく以外には、何《な》んにも見えなかったそうですがね。でもって、ひゅうひゅうひゅういう音がずっと先の方——魔法使いのウェイトリイの土地やセンティネル・ヒルがある方——に遠ざかっていったんで、ルーサーは勇気を奮い起こして、音が最初に聴こえてきたとこに行って、地面を見てみたんですよ。だけど、泥と水があるばかりだったし、空は暗いし、雨も降ってるしで、足跡はすぐに消えちまったみてえです。だけど、木が動いてた峡谷の入り口のあたりには、あいつが月曜日に見たのとおんなじ、樽みてえにでっかい恐ろしい足跡がまだいくつか残ってたって話ですよ」

ここまで話したところで、最初に話し始めた興奮気味の人物が口を挟んだ。

「だけどな、そんなこたあもう大したこっちゃねえんだ――始まりに過ぎねえんだからよ。ここにいるゼブがよ、みんなに電話をかけて、皆がさっきの話を聴いてる時によ、セス・ビショップから電話がかかってきたんだよ。あいつんとこの家政婦のサリーがよ、今にも殺されちまいそうな声でよ、道の脇の木が今まさに曲がってて、象がのしのしと歩いてるみてえな何だかよくわからねえ音が、家に向かってきてるって言うんだよ。今度は急に、ひでえ臭いがするって言い出したかと思ったら、あいつの息子のチャンシーがよ、月曜の朝にウェイトリイんとこの廃墟で嗅いだ臭いとそっくりだとか言って悲鳴をあげたんだよ。犬どもがみんな、ひでえ調子で吠えたり鼻を鳴らしたりしてるとも言ってたな」

「そのあと、あいつはおっそろしい悲鳴をあげてよ、風がそこまで強《つ》ぇえわけでもねえのに、道をくだったとこにある小屋がたった今、嵐に吹き飛ばされたみてえにぶち壊れちまったって言い出したんだよ。みんなが聴いとったよ。電話回線越しに、みんなの喘ぎ声が聴こえてきたぐらいだったさ。サリーがよ、急に悲鳴をあげて、今度は前庭の柵が吹っ飛んだのに、それをやった奴の影も形も見えねえって言うんだよ。そいから、電話にかじりついてた奴はみんな聴いてたよな、チャンシーとセス・ビショップの爺さまがあげた悲鳴をよ。それと、サリーが金切り声で、何か重いもんが家にぶち当たってきたって叫ぶのをよ――雷でもねえのによ、何か重いもんが玄関に何度も何度もぶつかってきてるのに、それなのに玄関の窓からは何も見えねえってよ。そいから……そいからよお……」

皆の顔には、一様に恐怖心からくる皺《しわ》が刻まれていた。

アーミティッジも震えてはいたが、話し手を促《うなが》す程度の落ち着きは残していた。

「そいから……サリーはよ、あん人はこんな風に叫んだのよ。〈助けて、家が崩れる〉って……電話線越しに何かが砕けるひでえ音と、大勢のあげる悲鳴が聴こえてきて……エルマー・フライんとこがやられた時と全くおんなじだったよ……情けねえ話さ……」

男は口をつぐみ、群衆の別の者が口を開いた。

「それで全部ですね——それっきり、電話から何の音も話し声も聴こえませんでしたよ。すっかりしーんとしちまってね。そんな話を聴いちまった俺たちは、できるだけ男手をかき集めて、フォードやら馬車やらでコーリイのところに出かけていって、どうするのが一番いいかあんたたちに聞きたくて、ここに来たんですよ。あれが、神様が俺たちの不義への罰だと思っているわけではありませんが、定命《じょうみょう》の人の手でどうにかできるようなものでもありませんので」

アーミティッジは、積極的に行動すべき時がやって来たことを見て取ると、怯えてまごついた様子の村人たちの集団に向かって、毅然《きぜん》とした態度で話しかけた。

「あいつを追跡しなければなりませんな、お若い方々」

できるだけ安心させるような声音で、彼は言った。

「あいつの行動を阻止するチャンスはあるはずですとも。あなたがたは、ウェイトリイ一家が魔法使いだったことをご存知だ——左様、あの存在もまた魔術の産物であるからには、同じ手段で倒すことができるに違いないのです。私はウィルバー・ウェイトリイの日記を読み、彼が生前に読んでいた怪《あや》しからん古い書物にも目を通して、あの存在を消し去るために唱えるべき、正しい呪文を突き止められたと思っとります。無論、確実なものではありませんが、試してみない手はありますまい。あれは目には見えません——そうだろうと思っとりました——ですが、この遠距離まで届く噴霧器の中には、わずかな時間ではありますが、あいつの姿を見えるようにさせる粉末が入っておるのです。後で、こいつを試してみることにしましょうぞ。あいつを生かしておくのも恐ろしいですが、ウィルバーが生き延びていたらやろうとしていたことに比べるとまだマシなのです。今となっては我々が戦う相手は一体のみで、それ以上の数に増えることはありません。とはいえ、かなりの害悪を引き起こすことができるものですから、躊躇（ためら）うことなく人間社会から排除せねばならないのです」

「あいつを追跡せねばならんのです——最初になすべきことは、破壊されたばかりの場所に行ってみることでしょう。誰か、先導してください——我々は、このあたりには不案内ですが、色々と近道があるでしょうからな。さあ、いかがです？」

束の間、男たちはぎこちない反応を見せていたが、やがてアール・ソーヤーが着実に弱まっていく雨の中で汚い指を差し出し、控（ひか）えめに話し始めた。

「セス・ビショップのとこに行くんなら、この下の牧草地を横切り、浅くなってるとこで小川を渡って、キャリアーの草刈場とその向こうの林を抜けて登っていくのが、一番の近道でしょうよ。そうすりゃ、セスのとこに近い上の道に出られますよ——向かい側がそうです」

アーミティッジは、ライスとモーガンを伴って指示された方に歩き始め、地元民たちの大半もゆっく

195　ダンウィッチの怪異

りとその後に続いた。空は次第に明るくなって、嵐もおさまりそうだった。アーミティッジがうっかり道を間違えた時には、ジョー・オズボーンが注意してくれて、先に立って正しい道を歩き始めた。勇気と自信が、高まりつつあったのである。

近道の終わりが近づく頃には、木々が生い茂るほぼ垂直勾配の薄暗い丘が横たわっていて、異様な形をした老木の間を梯子を登るようにして進まねばならなかったので、その勇気と自信がどれほどのものか厳しく試されることにもなったのだが。

やがて、彼らが泥でぬかるんだ道に出てくると、太陽が現れた。セス・ビショップの土地を少しばかり越えたところだったが、ひん曲がった木々や悍ましくも見間違えようのない足跡が、何が通り過ぎていったのかを示していた。

道が曲がるところにある廃墟の調査には、わずか数分で事足りた。フライ家の惨劇の再現であり、かつてはビショップ家の家と納屋だった、倒壊した残骸のいずれにも、生きている者と死んでいる者のどちらも発見されなかった。

悪臭とタール状の粘液が残る場所に留まりたいと考える者はいなかったが、荒れ果てたウェイトリイの農家と、祭壇をその頂きに冠《かん》したセンティネル・ヒルの斜面へと向かっている、悍ましい足跡の列に、皆が本能的に目を向けた。

ウィルバー・ウェイトリイの住んでいたところを通り過ぎる時、男たちは目に見えて震え上がり、その熱意にはまたしても躊躇《ためら》いが加わったようだった。

目に映らないとはいえ、悪魔《デーモン》さながらの悪意を持つ、家ほどの大きさがある何物かを追跡するようなことは、とてもじゃないが冗談で済まされるようなことではなかったのである。

センティネル・ヒルの麓に向かい合うあたりで足跡は道から離れ、怪物が以前にも丘の頂きと行き来したルートである下生えがなぎ倒された幅広い跡に沿って、新たに木々が曲げられ、茂みが圧《お》し潰されているのが目に入った。

アーミティッジは、かなりの性能がある携帯用望遠鏡を取り出し、急峻な丘の緑の斜面を眺めた後、自分よりも視力の良いモーガンにその道具を手渡した。

しばらく眺めていた後、モーガンが鋭い叫びをあげたかと思うと、アール・ソーヤーに望遠鏡を渡して、斜面の特定の箇所を指で示した。光学機器を使い慣れていない者の例に漏《も》れず、ソーヤーはしばらく不器用に弄《いじ》り回していたのだが、アーミティッジの手助けで、ようやくレンズの焦点を合わせた。

ソーヤーのあげた叫びは、モーガンよりも大きかった。

「何てこった《ゴッド・オールマイティ》！　草と茂みが動いてるじゃねえですか！　登ってるんだ──ゆっくりと──たった今も、頂上に向かって這《は》い上がっていやがるんだ！　いったいぜんたい《ヘブン・オンリー・ノウズ》、何が目的で！」

パニックの兆しが、探索者たちの間に広がり始めたようだった。

無名の存在を追跡するのと、実際に見つけてしまうのは、全く別物なのである。確かに、それらの呪文には効果があるかもしれない──だが、もし効《き》かなかったら？　アーミティッジがあの存在について何を知っているのか詰問する声が上がり始めたが、満足の行く返答は得られなかったらしい。

自然と、そして人類の正気な経験の外側に属する、完全に禁断の存在という二つの形相《フェーズ》に、自分が今まさに直面していることを、誰もが感じ取っているようだった。

X

最終的に、アーカムからやってきた三人の男たち――老齢で、白い髭をたくわえたアーミティッジ博士、ずんぐりした体格で、鉄灰色《てっかいしょく》の髪をしたライス教授、そして痩身《そうしん》でやや若いモーガン博士――が、孤軍、山に登っていった。

焦点の合わせ方や使用方法について根気よく教えた後、怯えきって道に残った村人たちに望遠鏡を渡してあったので、彼らが登っていく姿は、順繰《じゅんぐ》りに回されていく望遠鏡でじっくりと観察されていた。

それは辛《つら》い道行きで、アーミティッジは一度ならず、他の者の手を借りなければならなかった。

苦闘中のグループの遥か上方では、地獄の作り手が蝸牛《かたつむり》のように鈍重な様子で、自分がつけた跡を改めて進んでいくにつれて、なぎ倒された木々や下生えが大きく揺れ動いていた。

やがて、追跡者たちは見た目にも追いつき始めていた。

カーティス・ウェイトリイ――堕落していない分家の者――が望遠鏡を覗いていると、アーカム者の一党《パーティ》は、草木がなぎ倒されているあたりから、大きく迂回《うかい》していった。

どうやら、灌木《かんぼく》が現在進行系で撓《たわ》められているあたりのかなり先にある、そこを見下ろせる小高い場所に辿り着こうとしているようだと、彼は人々に告げた。

事実、その通りだった。目に見えない冒瀆的な存在がそこを通過してすぐ、一党がその小高い場所に登りつくのが見えたのである。

その時、望遠鏡を手にしていたウェスリー・コーリイが、ライスの持っている噴霧器をアーミティッジが調節しているので、何かが起こるに違いないと叫んだ。その噴霧器が、目に見えない怪異を束の間、目に見えるようにすることが期待されていたことを思い出して、群衆は不安げにざわめいた。
二、三人の男たちは目をつぶったが、カーティス・ウェイトリイは望遠鏡を奪い取り、あらん限りの強さで目を凝らした。そして、あの実体の背後を見下ろすことのできる、一党のとった有利な位置から、ライスが素晴らしい効果を持つ魔法の粉末を噴霧する絶好の機会を捉《とら》えた瞬間を目撃した。
望遠鏡を持っていなかった者たちは、山頂近くに、灰色の雲――そこそこの大きさの建物ほどに大きな雲――が現れるのを一瞬、目にしただけだった。

しかし、その道具を手にしていたカーティスは、身を切るような叫びをあげたかと思うと、足首まで浸《つ》かっている、道を覆う泥濘《ぬかるみ》の中に取り落としてしまった。他の二、三人の者たちが体を摑んで支えてやらなければ、彼はよろめいた勢いのまま、地面に倒れ込んだことだろう。

彼は、半分も聞き取れない呻き声を発することしかできなかった。

「ああ、ああ、偉大なる神様……あいつは……あいつは……」

質問が乱れ飛ぶ中、望遠鏡を拾い上げて、泥を綺麗に拭《ふ》き取ろうとしたのはヘンリー・ウィーラーくらいのものだった。カーティスは支離滅裂《しりめつれつ》になっていて、切れ切れに答えることすら困難だった。

「納屋よりもでっかくて……全身がのたうつロープで出来てた……見たこともねえほどでっけえ、全身が鶏の卵みてえな形をしたやつで、大樽《ホグズヘッド》みてえな足が何十とあってよ、歩くと半分くらいが引っ込んじまうんだ……どこもかしこも——ゼリーみてえに——ぐにゃぐにゃで、ばらばらののたうつロープをみんな束ねて作ったみたいでよ……でっかい、膨れ上がった目が全身についてて……十や二十はある、ストーブの煙突よりもでっけえ、口だか象の鼻だかが両側の横っ腹から生えてて、どれもこれも揺れ開いたり閉じたりしてた……灰色で、青っぽいんだか紫っぽいんだかの輪《わ》っかがいくつもついてたな……それによ、天国の神様——てっぺんには、人間の顔がついてたんだ……！」

この最後の記憶は、それがどのようなものであろうと、哀れなカーティスには重荷に過ぎたらしく、彼は完全に意識を喪ってしまい、それ以上は話を続けられなかった。

フレッド・ファーとウィル・ハッチンスは、彼を道端に運び、湿った草の上に横たえてやった。

ヘンリー・ウィーラーは、体を震わせながらも、何かが見えるのではないかと考えて、拾い上げた望遠鏡を山に向けた。レンズを通して見えたのは、険しい斜面を、なるべく早く頂上に辿り着こうと駆け上っているらしい、三人の小さな姿だった。見えたのはそれだけで、他には何も見えなかった。

次いで、人々は背後の深い谷の中のみならず、センティネル・ヒルの下生えの茂みからも、妙に時季はずれの騒音が聴こえてくることに気がついた。それは、無数の夜鷹《ウィップアーウィル》の啼き声で、その甲高い合唱の中には、ぴんと張り詰めた邪悪な期待が潜んでいるようだった。

今度は、アール・ソーヤーが望遠鏡を手にして、三人の姿が一番高い尾根、祭壇の石とだいたい同じ高さだけれど、そこからかなり離れた場所に立っていると報告した。

彼の言うには、一人がリズミカルな間隔をおいて、頭上に手を差し上げているらしかった。

ソーヤーがその状況を伝えている最中に、あたかもその人影が動作に合わせて大きな声を張り上げたかのように、群衆は旋律《せんりつ》めいたものがついたかすかな音が、遠くから聴こえたように思った。

遥かな頂きに見える異様なシルエットは、この上なくグロテスクで印象的な光景だったはずなのだが、美的な感謝に浸《ひた》れるような気分の観察者は皆無だった。

「彼が、呪文を唱えておられるんじゃないかな」望遠鏡を奪い取りながら、ウィーラーが囁《ささや》いた。

夜鷹《ウィップアーウィル》の啼き声が、目に見える儀式とは全く違う、奇妙で不規則なリズムで激しく響き渡った。


突然、雲に遮《さえぎ》られたわけでもないのに、太陽の光が翳《かげ》ったように見えた。

きわめて特異な現象であり、皆がはっきりとそのことに気づいた。

丘陵の底ではごろごろいう音が轟《とどろ》きはじめ、明らかに空から聴こえているらしい、これに同調する轟音と奇妙に混じり合った。稲妻が空を奔《はし》り、不審に思った群衆たちは、嵐の前兆を虚《むな》しく探し回った。

アーカムからやってきた男たちの詠唱は、今や聞き間違えようのないものとなり、ウィーラーは望遠鏡を通して、彼ら全員がリズミカルに呪文を唱えながら両腕を振り上げているのを目にした。

どこか遠くの農家から、犬が半狂乱に吼え立てる声が聴こえてきた。

太陽光の質の変化が強まり、群衆は不審な面持ちで地平線に目を向けた。

空の青が、おぼろげに暗くなっていることから生じた、紫がかった暗闇が、鳴動する丘陵地帯に押し寄せてきた。その後、再び閃き稲光が、先程のものよりもいくらか明るかったので、群衆は遥かな高みにある祭壇の周囲に漂っている、霧のようなものを目にしたように思った。

しかし、その瞬間に望遠鏡を使用している者は誰もいなかった。

夜鷹《ウィップアーウィル》は不規則に啼《な》き続け、ダンウィッチの男たちは固く自身を引き締めて、あたりの雰囲気を重苦しいものにしている、何か測り知れない脅威に備えた。

何の前触れもなく、それを耳にした怯えきった集団の記憶から、決して消え去ることのないだろう、野太くしゃがれた、耳障りな音声《おんじょう》が響き渡った。およそ人間の喉から発せられたものではなかった。人間の発声器官では、かくも倒錯的な音響を生み出せるはずもないからである。

それらの声が、間違いなく丘の頂にある石の祭壇から聴こえてきたものでなかったなら、むしろ地獄そのものから聴こえてきたのだと考えるのが自然であったかもしれない。

音と呼ぶのもおこがましかった。何しろ、あれらの身の毛のよだつ、低音よりも更に低い音声は、耳よりも遥かに繊細な、意識や恐怖の仄暗《ほのくら》い中枢《ちゅうすう》に訴えるものだったのだから。

しかし、曖昧模糊《あいまいもこ》としてはいたが、半ば音節の区切りが存在する言葉の形を確かにとってはいたので、声と呼ばねばならないだろう。

大きな――あたりに響く地鳴りや雷と同じくらい大きな声だったが、目に見える存在から発せられたものではなかった。そして、不可視の世界から発したのではないかと想像し、山の裾野《すその》で身を寄せ合っていた群衆は、いよいよ体を寄せ合って、暴風を予期しているかのように縮み上がったのである。

「いぐねええい……いぐねええい……とぅぅるんなぁ……よぐ＝そとおす……」

悍ましくもしわがれた、異世界の声が響き渡った。

「いぐすぅんく……へぇいぃ――んくるどるぅ……」

恐るべき霊的な葛藤《かっとう》が続いているかのように、声のような衝撃波はここで揺らぎかけた。

ヘンリー・ウィーラーは望遠鏡に目を凝らしたが、丘の頂にいる三人のグロテスクなシルエットしか見えなかった。呪文がクライマックスに近づくにつれて、皆が異様な仕草で激しく腕を動かしていた。

いったいどのような地獄めいた恐怖ないしは環状の冥《くら》き井戸から、どのような宇宙外の、長きにわたり潜在的に遺伝してきた意識ないしは暗闇の中から、あの朧《おぼろ》げに音節の分かれた雷の如きしわがれ声が引き出されたというのだろうか。ほどなく、それらの音声は力強く、完全な、窮極《きゅうきょく》の熱狂へと高まりゆくにつれて、新たな力と一貫性を奮い起こし始めたのだった。

「えぇ＝やぁ＝やぁ＝やぁ＝やはぁぁぁ――えやぁやぁやぁやぁああぁ……んぐぁあああ……んぐぁあああ……いやぁ……いやぁ……たすけて！……助けて！……ち……ち……ちち……ちちうえ！　父上！よぉぐ＝そとぉす……！」＊44

しかし、それで全てだった。

あの慄然たる石の祭壇近くの狂乱した虚空《こくう》から、重々しく雷鳴のように吐き出された、間違えようのない英語の言葉に今なお動揺してはいたものの、路上の青ざめた集団が、あのような音声を耳にすることは二度となかった。

その代わり、彼らは丘を引き裂くような凄《すさ》まじい轟音に激しく驚かされたのだが、その耳を聾《ろう》する壊滅的な音が、地底と空のいずれから聴こえてきたのか、はっきりわかった者はいなかった。

紫色の天頂から一筋の稲妻が祭壇石に落ちて、目に見えない力の大きな津波と、名状しがたい悪臭が丘からこの地域全体に広がっていった。

木々や草、下生《したば》えが乱暴になぎ倒された。山裾《やますそ》にいる怯えきった群衆は、彼らを窒息《ちっそく》させかねない致命的な悪臭によって意識が朦朧《もうろう》となり、足下も覚束《おぼつか》ない有様になった。

遠くで犬の吼える声が聴こえ、緑の草や葉が萎《しお》れて、奇妙に病んだ感じの黄色がかった灰色になり、野原と森には夜鷹《ウィップアーウィル》の死体が散らばっていた。

悪臭はすぐに薄れたが、植物は二度と元の状態に戻らなかった。今日に至るも、あの空恐ろしい丘の上とその周辺では、植物の生育においてどうにも奇怪で不浄なものが感じられるのだった。

今ひとたび汚《けが》れなき光を燦々《さんさん》と放ち始めた太陽のもと、アーカムの男たちがゆっくりと山を降りてきた時、カーティス・ウェイトリイはちょうど意識を取り戻したところだった。

彼らは厳粛《げんしゅく》な様子で黙りこくり、地元民たちを震え上がらせたものよりもさらにひどい記憶や経験によって、体を震わせているようだった。混乱気味に質問が浴びせられたが、彼らは頭を振って、ただ一つの重大な事実を再確認するのみにとどめた。

「あれは、永久にいなくなりました」と、アーミティッジが言った。「もともとあれの体を構成していたものに分割され、二度と再生することができません。正常な世界では、存在しえないものでした。我々の知るいかなる意味であれ、真に物質的だったのは、ごく一部に過ぎなかったのです。あれは、父親に似ていました――そして、あれを構成していたものの大部分は、我々の物質的な宇宙の外側になる朧げな領域や次元にいる、父親の下《もと》に戻ったのでしょう。人間の冒瀆的な行いの中でもとりわけ呪わしい儀式のみが、丘の上で一瞬だけ彼をそこから喚び出した、朦朧たる深淵の外側にね」

短い沈黙の後、哀れにも感覚がばらばらに引き裂かれていたカーティス・ウェイトリイが、一貫性を取り戻し始め、両手で頭を抱えながら呻き声をあげた。

　途切れていた記憶が繋がったらしく、彼が目撃して打ちのめされた恐怖が、再び彼に襲いかかった。

「ああ、ああ、神様、顔があった――あいつの一番上には、顔があったんだ……赤い目と縮れた白子《アルビノ》の髪の毛があって、ウェイトリイのやつらみてえに顎がなくて……蛸《たこ》とか百足《むかで》とか蜘蛛《くも》みてえなやつなのに、てっぺんにだいたい人間みてえな顔があって、魔法使いのウェイトリイの顔に似てるんだが、ただその顔は何ヤード［一ヤードは約〇・九メートル］もありやがったんだ……」

　集まっている地元民全員が、はっきりと新たな恐怖を浮かべないまでも、困惑して見つめている中、彼は疲れ切って口をつぐんだ。

　昔のことを漫然《まんぜん》と覚えてはいたが、これまで黙りこくっていた年老いたゼブロン・ウェイトリイだけが、声に出して話し始めた。

「一五年前のことじゃったか」

　彼はとりとめもなく口にした。

「ウェイトリイの爺さまが、こんなことを言っとった。〈おめえさんがたはいつの日にか、ラヴィニーの坊主がセンティネル・ヒルのてっぺんで父親の名前を喚ぶのを聞くことになるだろうよ！〉とな」

　しかし、ジョー・オズボーンがアーカムの男たちに質問しようと彼を遮った。

「ともかくも、あいつは何だったんですかね。若ぇ方のウェイトリイの魔法使いは、いったいどうやってあいつを空から喚び出したんです」

　アーミティッジは、きわめて慎重に言葉を選んだ。

「あれは——そうですな、ざっくりと言えば、我々の宇宙には属さない、ある種の力だったのです。我々の自然のそれとは異なる法則に従って行動し、成長し、自身の姿を形成する一種の力です。我々には、そうしたものを外部から喚び出すような必要はありませんが、きわめて邪悪な人々と、邪悪きわまりない宗派だけが、これまでにも試みてきたのですよ。ウィルバー・ウェイトリイ自身にも、そうした力がいくらか備わっていました——自らを悪魔や早熟な怪物に作り上げて、死んだ時には凄まじい姿に成り果てるのに十分なくらいにね。私は、彼の呪われた日記を焼却するつもりです。あなたがたも、あそこにある祭壇石をダイナマイトで爆破して、他の丘にも立っている環状列石を全部、引き倒してしまうのが賢明でしょうな。ああいうものがあったからこそ、ウェイトリイ家の者たちがあれほど切望した存在が出現することになったのですから——人類を一掃するべく目に見える形で迎え入れたり、何か名状しがたい目的のために、地球を無名の領域に引きずり込もうとしたりする存在をね」

「しかし、我々がちょうど撃退した存在について言えば——ウェイトリイ家の者たちは、来たるべき時に恐ろしい役割を演じさせるために、あれを育ててあげたのですよ。あれは、ウィルバーが急速に成長したのと同じ理由で、急速に大きく成長していきましたが——外側の要素をより大きく備えていたことで、打ち倒されることになったのです。ウィルバーがどうやってあれを空中から喚び出したかなんて、質問するまでもないのですよ。彼が喚び出したものではないのですから。あれはね、彼の双子の兄弟[*45]だったのです。ただし、彼よりも父親に似ていたのですよ」

訳注

1　チャールズ・ラム　Charles Lamb

一八～一九世紀英国の作家、随筆家。ウィリアム・シェイクスピアの崇拝者で、彼の戯曲を小説形式に書き下した『シェイクスピア物語』が有名。『魔女その他の夜の恐怖』は、一八二一年に刊行された本。

2　ディーンズ・コーナーズ　Dean's Corners

架空の街と思われるが、詳細不明。「コーナー」というのは「街角」の意味で、特定の市の端に位置する村がしばしば「～・コーナー」と名付けられている。

3　エールズベリイ街道　Aylesbury pike

本作が初出。一九三四年にＨＰＬが描いたアーカムの地図によれば、アーカムの北側を東西に流れるミスカトニック川と並行して、西の方にエールズベリイ・ストリートが伸び、その先にダンウィッチがある。本作にはエールズベリイという街への言及もあるが、位置関係は不明。

4　夜鷹《ウィップアーウィル》　whippoorwills

北米に棲息するヨタカの一種で、図鑑などには「ホイップアーウィルヨタカ」と記載される。日本のヨタカとは全く鳴き声が異なる。ヨタカが人間の魂を奪いにやってくるというのは、ダンウィッチのモチーフとなったマサチューセッツ州ウィルブラハムの（巻末解説参照）ローカル伝承で、文献上での初出は本作らしい。なお、ＨＰＬが大きな影響を受けた一九世紀アメリカの作家ワシントン・アーヴィングの「スリーピー・ホロウの伝説」では、ヨタカの鳴き声が効果的に用いられている。

5　ミスカトニック川　Miskatonic

ミスカトニックという地名の初出は、一九二〇年末に執筆した「家の中の絵」で、この時はミスカトニック峡谷Miskatonic Valleyだった。ミスカトニック川についての地理的情報が描写されたのは、本作が最初である。

6　一六九二年　1692

前後の描写は、魔女裁判後にセイラムから離れた後ろ暗い人々が、ダンウィッチに移住したことを示している。

7　会衆派教会　Congregational Church

神権政治が行われていた初期マサチューセッツ湾植民地において、自治単位であるコモンの政治的な中心だったプロテスタントの教派。バプテストなど、同じく英国から渡ってきた分離派の他の宗派が一段低い地位に置かれる中、セイラムのバプテストの牧師であったロジャー・ウィリアムズは、先住民族の土地を詐欺同然に収奪した植民地の指導者たちを厳しく批判、一六三六年にマサチューセッツから追放される。彼と四人の信奉者たちはナラガンセット湾に向かい、先住民族との正当な交渉のもと、沿岸の土地を買い取って新たなコミュニティを建設した。そして、自分たちこそ真に神意にかなった存在だと信じるウィリアムズは、この土地に「神の摂理」を意味する「プロヴィデンス」という名前を与えたのだった。

8　アザゼルとバズラエル、ベエルゼバブとベリアル
Azazel and Buzrael, Beelzebub and Belial

アザゼル、ベエルゼバブ、ベリアルは皆、紀元前二世紀以降のユダヤ教、キリスト教社会で神敵サタンと同一視された悪天使。中世以降のキリスト教徒の間では、サタン配下の悪魔とされる。詳細は拙著『いちばん詳しい「堕天使」がわかる事典』（ＳＢクリエイティブ）を参照。

バズラエルはアメリカに潜み、その滅亡を画策しているとされる悪魔である。一七八〇年八月七日付けの〈ペンシルベニア・パケット〉紙に、地獄の大悪魔バーラタタッラ・ベルゼブブから、その配下であるアラン・バズラエルに宛てた手紙の内容が暴露《ばくろ》された。その手紙によれば、地獄の悪魔たちはアメリカの破滅をお膳立てせんと、忠実なバズラエルをこの地に送り出した。そして、住民の愛情を獲得するよう命令したという記事中でバズラエルの化身として名指しされているのは、ベネディクト・アーノルド五世である。彼はコネチカット植民地のノーウィッチの生まれで、独立戦争の将軍として戦功をあげながら、英国軍に寝返った裏切り者として知られる。手紙の現物は一七八〇年九月三〇日にアーノルドに焼き捨てられ、写しのみが残っているということだ。

9　スプリングフィールド　Springfield

マサチューセッツ州西部ハンプデン郡の都市。ダンウィッチのモチーフとなったウィルブラハムの西に位置し、ＨＰＬは一九二八年にウィルブラハム、スプリングフィールドのあたりを旅行している。

10　悪魔の舞踏園《デビルズ・ホップ・ヤード》　Devil's Hop Yard
ニューイングランド地方南部のコネチカット州、イーストハダムにはデビルズ・ホップヤード州立公園がある。彼は本作執筆前の一九二八年四月にコネチカット州に旅行しているので、訪問の機会があったかもしれない。なお、偶然と思われるが、一二世紀イングランドの聖職者・歴史家であるモンマスのジェフリーが著した『ブリタニア列王史』において、アメズベリーの環状列石が「巨人の輪踊 Chorea Gigantum」と呼ばれている。

11　霊魂の案内者《サイコポンプ》　psychopomps
古代ギリシャ語では「プシュコポムポス」。死者の魂を冥界に案内する者としてのヘルメスの異名（ヘルメス・プシュコポムポスと呼ばれることがある）であり、同様の役目を担う神や動物の呼称でもある。ＨＰＬは一九一七年から一八年にかけて、「サイコポンポス——物語詩」と題する、人狼がテーマの詩を書いている。

12　ビショップ家　Bishops
後から出てくるソーヤー Sawyer、ファー Farr、ウィーラー Wheeler などの家系共々、ダンウィッチのモチーフとなったマサチューセッツ州アソルの古い家名から採られている。なお、ＨＰＬの没後合作と称してＡ・Ｗ・ダーレスが著した「恐怖の巣食う橋」には、周辺の住民たちから魔法使いなどと呼ばれて恐れられていたというダンウィッチのセプティマス・ビショップが登場。本作のウィルバーとも交流があったという設定だ。

13　ポカムタック族　Pocumtucks
ダンウィッチのモチーフであるウィルブラハムが位置するマサチューセッツ州のハンプデン郡、そして隣接するハンプシャー郡のあたりに居住していた先住民の部族。

14　～あくまでも主張し続けているのだが。
この部分は、ＨＰＬが一九二八年七月に訪れたという説があるニューハンプシャー州ニュー・セイラムのストーンヘンジにまつわる議論と似ている。解説参照。

15　聖燭祭《キャンドルマス》　Candlemas
ナザレのイエスが、マリアとヨセフによって神殿に連れて来られた日（現行のグレゴリオ暦では二月二日）を記念する祝祭。カトリック教会やプロテスタントなど、西方教会では主の奉献の祝日とも呼ばれる。

16　犬　dogs

ワシントン・アーヴィング（前述）の「リップ・ヴァン・ウィンクル」という物語には、ニューヨークのキャッツキル山地の奥地で轟く山鳴りを耳にした主人公の愛犬が、盛んに吼え立てるというシーンがある。

17　老齢の父親　aged father

ファーストネームは不明である。「ノア・ウェイトリイ Noah Whateley」は『クトゥルフ神話ＴＲＰＧ』の設定。

18　〈ボストン・グローブ〉紙　the Boston Globe

一八七二年に創刊された、実在するボストン最大の新聞。ゴシップめいた記事が掲載される日曜版は、一八七七年から刊行されている。

19　〈アーカム・アドヴァタイザー〉紙　Arkham Advertiser

本作が初出の架空の新聞。「狂気の山脈にて」では、一九三〇年のミスカトニック大学の南極探検隊と直接無線でやり取りしながら速報を行うという離れ業を見せた。

20　髭の生えた顔立ち　bearded face

髭が生えない体質のＨＰＬは、コンプレックスから髭を忌み嫌い、髭を生やす友人にも苦言を呈していた。

21　コールド・スプリング峡谷　Cold Spring Glen

マサチューセッツ州ウィルブラハムの北の方には、コールド・スプリングと呼ばれる自然に恵まれた地域があり、現在はゴルフ場が存在する。

22　司書　librarian

ヘンリー・アーミティッジ博士の「librarian」という肩書について、図書館長と司書のいずれが適切なのかについては、本国においても大きな謎となっている。ミスカトニック大学の図書館において非常に大きな権限を持っており、その学歴からして図書館長の地位にあってもおかしくないのだが、本書では司書としておいた。

23　シュブ＝ニグラス　Shub-Niggurath

一九二七年にＨＰＬが添削したアドルフォ・デ・カスト

ロの「最後の検査」が、名前のみではあるがシュブ＝ニグラスの初出作品となる。ズィーリア・ビショップのための代作「墳丘」によれば、「万物の母であり、《名付けられざりしもの》の妻」であるシュブ＝ニグラスは、この少し後に言及されるナグとイェブ同様、レムリア大陸において崇拝されていた神とされている。ヘイゼル・ヒールドのための代作「永劫より」によれば、シュブ＝ニグラスはいくぶん人間に友好的な神として、ムー大陸で崇拝された。なお、ジェームズ・F・モートン宛の一九三三年四月二七日付のラヴクラフトの書簡によれば、ナグとイェブはこの神とヨグ＝ソトースの子供とされる。

24　アーサー・マッケンの「パンの大神」 Arthur Machen's Great God Pan

アーサー・マッケンの一八九〇年の作品。奇怪な脳手術を受けた少女が、「パンの神」と呼ばれる超越存在と交感して魔性の女児を産み落とし、英国の片田舎とロンドンに恐怖を振り撒くという、本作の元ネタのひとつ。

25　聖十字架発見日《ルードマス》 Roodmas

「ルード rood」は古英語で十字架のこと。キリスト教に改宗した四世紀のローマ皇帝コンスタンティヌス一世の母太后聖ヘレナが、三二六年五月三日にゴルゴダの丘に巡礼した際、そこを発掘させて奇跡を起こす十字架を見つけ出し、これこそがイエスが磔にされた聖十字架だと確信したという伝説に基づく。ここでは五月三日ではなく、五月の頭くらいの意味合い。なお、聖十字架頌栄日と訳されることもあるが、こちらは九月三日である。

26　獰猛な番犬 the savage watchdog

この勇敢な番犬は、カーター「陳列室の恐怖」ではサーベラス（ケルベロスの英語形）と名付けられている。

27　コーリイ Corey

セイラム魔女裁判の犠牲者の中に、コーリイ夫妻がいる。七二歳のマーサ・コーリイは、事件の発端となった黒人奴隷ティチューバの占いには居合わせなかったにもかかわらず、少女たちの讒言によって逮捕された。彼女の夫である八〇歳のジャイルズは、屋外で胸の上に重石を乗せる拷問を受け、二日間苦しんだ挙げ句に圧死。マーサもまたその三日後に絞首刑となる。おそらくダンウィッチのコーリイ家は、セイラムから移住したのだろう。

28　ベアーズ・デン　Bear's Den
マサチューセッツ州アソルの近くの小滝がモデル。

29　〈エールズベリイ・トランスクリプト〉紙　Aylesbury Transcript
本作にのみ登場するエールズベリイのタウンペーパー。

30　トリテミウス　Trithemius
シュポンハイムの大修道院長ヨハネス・トリテミウスで、俗名はヨーハン・ハイデルベルク。一四六二年にライン川上流のトリッテンハイム村に生まれた。トリール大学とハイデルベルク大学に進学するが、実家との折り合いが悪く、生まれた時の姓を捨てて故郷トリッテンハイムをラテン語読みしたヨハネス・トリテミウスを名乗るようになった。一四八二年にシュポンハイムのベネディクト会修道院の世話になった彼はそのまま修道士となり、一四八三年には若干二一歳で大修道院長に選出された。彼のもとで、素行不良の修道士の吹き溜まりだったシュポンハイム修道院は一大学問所に生まれ変わり、二〇〇〇冊に膨れ上がった蔵書の中には多数の錬金術書や魔術書も含まれていた。『多重暗号法』をはじめ、彼の著書は近代暗号学の先駆けであると同時に魔術書でもあり、彼の弟子であるコルネリウス・アグリッパやテオフラストゥス・ホーエンハイム（パラケルスス）に影響を与え、ジョン・ディーのテキストとなった。マルティン・ルターは、皇帝マクシミリアン一世に再婚相手の相談を受けたトリテミウスが、亡き王妃の霊を呼び出して後妻を指名させたとして、彼を著作中で罵っている。なお、トリテミウス自身も、一五〇七年の書簡においてファウストなる人物について罵詈雑言を並べており、これがファウストと名乗る魔術師が実在した証拠となっている。

31　ジャンバッティスタ・ポルタ　Giambattista Porta
ジャンバッティスタもしくはジョヴァンニ・バティスタ・デッラ・ポルタはルネサンス期を象徴するイタリア人哲学者の一人で、農業や水力、軍事方面で工学的な才能を発揮したのみならず、劇作家としても活躍した。その才能が最も発揮されたのは、幻燈などの視覚映像の分野で、オペラグラスの発明者とも言われる。一五六〇年頃に、科学上の新たな発見をした者だけが入会を認められる「自然の秘密学園」と称する科学結社を創設し、鋭い視力の持ち主であるオオヤマネコをシンボルとした。

32　ド・ヴィジュネル　De Vigenère
一六世紀フランスの外交官ブレーズ・ド・ヴィジュネル。多表式の換字式のヴィジュネル暗号の考案者で、暗号の世界においてはデッラ・ポルタの後継者と見なされる。

33　フォークナー　Falconer
一六八五年に英国で刊行された、『暴かれた秘密通信《クリプトメニシス・パテファクタ》』の著者、ジョン・フォークナー。素性や経歴がわからない、謎の人物である。

34　デーヴィス　Davys
ジョン・デーヴィスは一七～一八世紀英国の人物。彼の著書『解読技術についての一考察 An Essay on the Art of Decyphering』は、死後の一七三七年に刊行された。

35　シックネス　Thicknesse
一八世紀の英国人作家、フィリップ・シックネス。画家トマス・ゲインズバラと、その弟である発明家ハンフリー・ゲインズバラの友人。著書に『解読技術論付・暗号文の記述法 A Treatise on the Art of Decyphering, and of Writing in Cypher』がある。

36　ブレア　Blair
一八～一九世紀のアメリカ人外科医ウィリアム・ブレア。暗号に大いに関心を抱き、一八〇二年に著した小論「暗号」はアブラハム・リー編纂の『百科事典』に収録され、エドガー・アラン・ポオに影響を与えた。

37　フォン・マーテン　von Marten
詳細不明。

38　クリューベル　Klüber
一八～一九世紀ドイツの法律学者ヨハン・ルートヴィヒ・クリューベル。一八〇九年に『暗号化』を刊行した後、一七年にはプロイセンの外務省外交顧問に就任している。

39　アクロ　Aklo
HPLに影響を与えた怪奇作家、アーサー・マッケンの「白魔」において言及される謎めいた言語。〈万軍の主《サバオト》のためのアクロ〉というのはおそらく、呪文なのだろう。なお、万軍の主《サバオト》というのは旧約聖書における唯一神ヤハウェの呼称のひとつである。

40　ドゥホゥ　Dho
「墳丘」に、「ドゥ＝フナ Do-Hna」のワードがある。

41　ヴーア　Voor
マッケンの「白魔」で言及される謎めいた言葉。

42　レミギウス　Remigius
「祝祭」の訳注を参照。

43　暗闇の中を歩む疾病《ネゴティウム・ペラムブランス・イン・テネブリス》　Negotium perambulans in tenebris
旧約聖書「詩篇」91章6節の引用。オーガスト・W・ダーレスないしはマーク・スコラーはこの箇所を誤読し、このラテン語の一節を、アーミティッジ博士らが調べ上げた〈古きもの〉を退ける呪文そのものだと勘違いしたようだ。その結果、彼らが執筆した「湖底の恐怖」において、旧神の召喚呪文としてこの一節が唱えられている。ちなみに、英国の怪奇小説家エドワード・フレデリック・ベンソンの「歩く疾病 Negotium Perambulans」という作品が、一九二四年に米国版が刊行された単行本『見えるものと見えざるもの』に収録されている。

44　（このセリフ全体）
新約聖書「マタイによる福音書」の二七章四六節にて、十字架上のイエスが発した「エリ・エリ・レマ・サバクタニ（神よ、神よ、何ゆえに我を見捨てたもうや）」のパロディになっている。なお、本作をＨＰＬの最も好きな作品のひとつに挙げているスティーヴン・キングの処女作『キャリー』には、ニューイングランドの魔女の血筋とほのめかされる超能力少女キャリエッタ・ホワイトが、丘の上で「ママ！　ママ！」と叫ぶシーンがある。

45　双子の兄弟　twin brother
どちらが兄でどちらが弟かを示す表現は、作中にない。

アロンゾ・タイパーの日記

The Diary of Alonzo Typer

（ウィリアム・ラムレイのための改作）

1935

編者注：

ニューヨーク州キングストンのアロンゾ・ハスブルック・タイパーが最後に目撃・確認されたのは、一九〇八年四月一七日の正午近く、バタビア〔NY州の町〕のホテル・リッチモンドでのことだった。

彼はアルスター郡〔NY州の郡〕の旧家の最後の一人で、失踪《しっそう》時には五三歳だった。

タイパー氏は、個人的に教育を受けた後、コロンビア大学〔NY州の大学〕とハイデルベルク大学[*1]に学んだ。生涯を研究者として過ごし、その研究分野は少なからず不鮮明で、一般的に恐れられている人間の知識の周縁領域《ボーダーランド》を含んでいた。

吸血鬼、食屍鬼《グール》、そしてポルターガイスト現象にまつわる彼の論文は、多くの出版社に拒絶された後、私家版《しかばん》として刊行された。

一連の奇妙で痛烈な論争を経て、一九〇二年には心霊現象研究協会《SPR》[*2]を脱会している。

タイパー氏は、幾度となく広範囲な土地を旅行し、長期間にわたって全く姿を見せないこともあった。ネパール、インド、チベット、インドシナ[*3]の辺鄙《へんぴ》な場所を訪れたり、一八九九年の大半を神秘的なイースター島で過ごしたことが知られている。

タイパー氏の失踪後に行われた広範囲な探索は何ら成果をあげられず、氏の財産はニューヨーク市に住む遠縁の縁者たちの間で分割された。

ここに掲載する日誌は、ニューヨーク州のアッティカに程近い、大きな田舎屋敷の廃墟《はいきょ》で発見されたものと言われている。崩壊以前の数世代にわたり、妙に不吉な噂《うわさ》が囁《ささや》かれてきた屋敷である。

その建物は非常に古く、その地域に一般の白人が定住する以前に遡《さかのぼ》るもので、魔術《ウィッチクラフト》の嫌疑をかけられたという不穏な噂と共に、一七四六年にオールバニ［NY州の州都］から移住してきた、ヴァン・デル・ヘイル[*4]という風変わりで秘密主義の一族の本家《ホーム》だった。

構造からして、おそらく一七六〇年頃に遡るものだろう。

ヴァン・デル・ヘイル家の歴史については、ほとんど何も知られていない。

普通の近所付き合いは一切せず、アフリカから直接連れてこられた黒人の召使いたちを雇《やと》い、子供たちには個人教授ないしはヨーロッパの大学で教育を受けさせていた。

実社会に出ていった者たちは、黒弥撒《ミサ》[*5]を行っているグループや、より昏《くら》い意味における宗派に関係しているという悪評が持ち上がるや、すぐに姿を消してしまった。

恐れられている屋敷の周囲には、ぱらぱらと村落が生まれ、インディアンに続いて周囲の土地からの背教者たちが棲《す》み着いて、コラズィン[*6]といういかがわしい名前で呼ばれるようになった。

雑然と混ざりあったコラズィンの村人たちの上に、後に顕《あらわ》れた特異な遺伝的傾向については、いくつかの小論文が民族学者たちによって書かれている。

村のすぐ裏手、ヴァン・デル・ヘイルの屋敷から見える範囲に、イロコイ族[*7]が常に恐怖と嫌悪の目を向けていた、奇妙な古代の環状列石を頂《いただき》に冠《かん》する、急峻《きゅうしゅん》な丘があった。

考古学的かつ風土学的な物証によれば、途方もなく古い時代から存在するに違いないその列石の起源や性質は、未だ解き明かされていない謎なのである。

一七九五年頃から入植し始めた開拓者や、それ以降の移住者たちの間では、コラズィンや堂々たる屋敷、そして丘の列石から、特定の時季になると奇怪な叫び声や詠唱が聴こえてくるという噂話が、頻繁《ひんぱん》に取り沙汰されていた。ただし、ヴァン・デル・ヘイルの一家がまるごと——召使いも含む全員が——一八七二年頃に突然、一斉に姿を消した時、騒音も聞こえなくなったと考えるに足る根拠がある。

その後、悲惨な出来事が起きたこともあって、屋敷は無人のまま打ち捨てられた。三人が不可解な死を遂《と》げて、五人が失踪し、四人が突然の狂気に捕《とら》われた——後に屋敷を所有した者や、興味を抱いた訪問者が滞在を試みた際に起きた出来事である。

屋敷と村、あたり一帯の広大な農地が州の所有に帰し、ヴァン・デル・ヘイル家の相続人を発見できなかったので、オークションにかけられた。

一八九〇年頃から、オーナー（バッファロー［NY州の地名］の故チャールズ・A・シールズと、その息子オスカー・S・シールズの二代にわたる）はこの不動産を完全に無視し、問い合わせてきた者たちには、決してその地域を訪れないよう警告したものだった。

過去四〇年間に、その屋敷に近づいたことが知れている者は、神秘学徒や警察官、新聞記者が大多数で、これに加えて外国からやってきた風変わりな人物たちがいた。後者の中には、コーチシナ[*8]からやってきたらしいミステリアスなユーラシア人［欧亜混血者の蔑称］がいたが、この人物は後に心神喪失状態に陥《おちい》り、見るも恐ろしい不具の姿を現して、一九〇三年の新聞各紙を大いに騒がせた。

タイパー氏の日誌――およそ六×三・五インチ［約一五・二×八・九センチメートル］の大きさの、丈夫な紙が、妙に耐久性のある薄い金属板で製本された冊子――は、一九三五年一一月一六日、無人のヴァン・デル・ヘイル家の屋敷が倒壊したという噂を調査するべく派遣された州の警官が、頽廃《たいはい》的なコラズィンの村人たちの一人が持っているのを発見したものである。

屋敷は、明らかに築年数と老朽化が原因で、一一月一二日の猛烈な強風の最中に事実、倒壊していた。崩壊は異様なほどに完璧《かんぺき》で、廃墟の徹底的な調査には数週間を要した。ジョン・イーグルという名の、浅黒い猿を思わせる顔をしたインディアン風の村人は、二階の居間であったに違いない、瓦礫《がれき》の表面近くでその本を見つけたと証言している。

屋敷内のものはほとんど見分けがつかないものに成り果てていたが、地下室にあった広大で、驚くほど頑丈な煉瓦《れんが》造りの地下壕《ヴォールト》（古びた鉄扉《てっぴ》には、奇怪な模様入りの妙に頑丈な錠前がかけられていたので、爆破せねばならなかった）が全く無傷の状態で残っていた。ただし、いくつか不可解な点があった。

一つは、壁の煉瓦に、未だ解読されていない象形《しょうけい》文字が荒っぽく刻み込まれていたこと。

もう一つの特徴は、どうやら屋敷の倒壊で引き起こされたらしい崩落《ほうらく》によって塞《ふさ》がれてしまった、地下壕《ごう》の後部の巨大な円形の開口部のことである。

それ以上に奇妙だったのは、板石の敷《し》かれた床の上に最近つけられたと思しい、強い悪臭を放つぬるぬるした真っ黒な何かが付着していたことだった。一ヤードほどの幅がある不規則な線で、一方の端は塞がれた円形の開口部に達していた。

地下壕を最初に開いた者たちは、動物園の蛇舎《スネークハウス》のような臭《にお》いがしたと断言した。

その日誌は明らかに、恐ろしいヴァン・デル・ヘイル家の屋敷の探索を記録するべく、失踪したタイパー氏によって作成されたものに他ならず、筆跡鑑定の専門家によって本物と証明されている。最後に近づくにつれて、その手書きの記録はストレス性の神経過敏の兆候を強めていき、部分的にはほとんど読解不能の箇所もある。

コラズィンの村人——愚かな上に寡黙《かもく》で、この地方とその秘密の研究者を悩ませる——は、恐怖の屋敷にやってきた他の無分別な者たちと、タイパー氏を見分けられる程度の記憶もとどめていなかった。

ここに、その日誌の本文をそのままの形で、注釈もつけずに掲載する。その内容をどのように解釈するか、筆者の狂気以外に何を推論するかについては、読者の判断にお任せしよう。数世代にわたる古い謎の解明に、この日誌にいかなる価値があるかについては、時の流れのみが知っているのだ。

なお、アドリアン・スレイトにまつわるタイパー氏の遅きに失した記憶については、系図学者によって確認されていることを、一言申し添えておくことにする。

日誌

一九〇八年四月一七日

ここに到着したのは、午後六時頃。馬や馬車《リグ》を貸してくれる者がいない上に、自動車を運転できないので、嵐の勢力が接近しつつある中、アッティカからの全行程を歩かねばならなかった。

この場所は予想していたよりもひどい状態で、秘密を学び取ることを切望するのと同じくらい、明かされようとしていることに恐怖を覚えた。

間もなく、その夜がやってくる――古きヴァルプルギスの魔宴《サバト》の恐怖――その後に、ウェールズで何を探すべきかはわかっている。

何が起ころうと、たじろいだりはしない。測りがたき衝動に促《うなが》されて、不浄な謎の探求に人生の全てを捧げてきたのである。他ならぬそのためにこそここに来たのであり、運命に抗うつもりはない。

太陽はまだ沈んでいなかったが、私がここに着いた時はとても暗かった。

嵐の雲はこれまでに見たことがないほど濃密で、雷の閃光がなければ、道に迷っていたことだろう。

村は忌々しいほどに小さな、他の地域から隔絶されたところで、わずかばかりの住民たちはといえば、莫迦《ばか》にすら劣る有様だった。

彼らの一人が、まるで私のことを知っているとでもいうように、妙な仕草で挨拶した。

風景と呼べるようなものは、ほとんど目にすることができなかった——枝が裸《はだか》になっている、不吉に捻《ね》じくれた木々に取り囲まれた、怪しげな褐色の丈高い雑草と生気のない茸が群生する、小さな沼地のある谷間が見えたくらいのものである。

ただ、村の背後には陰鬱《いんうつ》な見かけの丘があって、その頂には、別の石を中心に取り囲むようにしている大きな環状列石があった。

それは紛れもなく、N——の魔女の集会[*9]についてV——が話してくれた、冒瀆《ぼうとく》的な原初のものだった。

奇怪な佇《たたず》まいの茨《いばら》が繁茂する庭園の中央に、大きな屋敷が建っていた。

広大な歳月と建物の老朽化が、私が入ろうとするのを阻《はば》みかけたが、辛うじて突破することができた。

その場所は不潔で病的に見えたので、かくも腐り果てた張り出し部分[*10]がどうして崩れずにいられるのか、不思議に思えるほどだった。木造で、設計図上の元の建物は、様々な時期に増築された、呆れるほど入り組んだ翼に隠れてしまっていた。

私の考えでは、この建物は当初、ニューイングランド風の箱型のコロニアル様式だったのだろう。たぶん、その方がオランダ風の石造家屋よりも建築が楽だったのだ——その時、私はダーク・ヴァン・デル・ヘイルの妻がセイラム出身で、悪名高きアバドン・コーリイ[*11]の娘だったと思い出した。

小さな柱つきの玄関があり、折しも嵐が猛威を奮ったので、私はその中に入った。

悪魔のような嵐だった――一面の雨雲で真夜中のように暗くなり、雷鳴と稲妻ときたらまるで世界滅亡の日のようで、風は文字通りに私を掻《か》きむしった。

扉には鍵《かぎ》がかかっていなかったので、私は懐中電灯を取り出して中に入った。

床や家具には何インチもの塵《ちり》が積もっていて、黴《かび》のこびりついた墓のような臭いが漂《ただよ》っていた。

広間からはあらゆる方向に廊下が伸びていて、右手には曲線を描く階段があった。

私は苦労して階段を上り、居間を選んで野営することにした。

各部屋には調度品が揃《そろ》っているようだが、大部分の家具は壊れていた。

旅行鞄から取り出した冷たい食事を食べた後、八時にこれを書いている。

この後、村の者たちが補給品を持ってきてくれることになっている――ただし（彼らの言うように）、もっと遅くなるまでは、庭の門の跡よりも近くに来ることについては、同意しないことだろう。

この場所に対する不快な親近感を、払いのけることができれば良いのだが。

後刻

屋敷の中に、いくつかの存在がいるのを感じている。その中のひとつは、私に対してはっきりと敵対的で――私の意思を挫《くじ》き、征服しようとする悪意に満ちた意思なのである。

一瞬たりとも、それを許すわけにはいかない――持てる力を振り絞って、抵抗しなければ。

それはぞっとするような邪悪であり、間違いなく非人間的だ。

地球外の勢力――時の背後の空間、宇宙の彼方の勢力と結託しているに違いないのだと思う。それは、アクロ語[*12]の文献に書かれたことを裏付けるように、巨像の如《ごと》くそそり立っているのだ。

途方もなく大きいという感覚があるので、果たしてこの屋敷の部屋におさまるのだろうか――いや、目に見える大きさではない。言葉で表現できないほど長い歳月を重ねているに違いない――驚愕《きょうがく》に値するほどに、筆舌《ひつぜつ》に尽くしがたいほどに。

四月一八日

昨晩はほとんど眠っていない。午前三時に、奇妙な這《は》うような風があたり一帯で猛威を奮いはじめた――今では、台風の最中のように屋敷を揺り動かすまでになっている。

ガタガタ音を立てている玄関の扉を見るために階段を降りていくと、私の想像の中で、闇が半ば目に見える形をとった。

階段を降りきったまさにその時、乱暴に背後から押された――風のしわざだと思ったのだが、素早く振り返った時、誓って言うけれど巨大な黒い脚の輪郭《りんかく》が消えつつあるところを私は目にしたのである。

足場を失うことなく、私は安全に下まで降りて、剣呑《けんのん》な揺れ方をしている扉に重い閂《かんぬき》をかけた。

夜が明けるまでの間、屋敷を探索するつもりはなかった。だが、改めて眠ることができず、恐怖と好奇心の混合物に焚《た》き付けられた今となっては、探索を先延ばしにしようとは思えなかった。

強力な懐中電灯を手に、肖像画があるはずの南側の大きな客間《パーラー》を目指して、私は塵をかき分けた。

V――の言葉通り、そして私が複数の怪しげな情報源から推測した通り、そこには肖像画があった。

幾つかはひどく黒ずみ、黴と塵に塗《まみ》れていて、何が描かれているのかほとんどわからなかった。

しかし、何とか輪郭を確認できた絵から、それらが確かにヴァン・デル・ヘイル家の憎むべき血筋を描いたものであることを、私は確認したのだった。

いくつかの絵は、私が知っている顔を描いたものらしかったが、どんな顔なのか思い出せなかった。

あの恐ろしい混血のジョリスの顔立ち――ダークの末娘が一七七三年に産み落とした――が中でも特にはっきりしていて、緑色の目と蛇のような表情を、その顔に見て取ることができた。

懐中電灯のスイッチを切る度に、その顔が暗闇の中で輝いているように見えたので、私もその絵がかすかな緑色の光で輝いているのだと思い込みそうになってしまった。見れば見るほど邪悪な感じが強まっていくので、表情が変わるなどという幻覚症状を避《さ》けようと、私は顔を背けた。

だが、顔を背けた先にあった肖像画は、さらにひどいものだった。

長く陰気な顔で、小さい目が寄っていて、画家が鼻の外観をできるだけ人間らしく見せようと努力しているにもかかわらず、一目で豚面《ぶたづら》と認識される顔立ち[*13]だった。

これこそ、V――が声を潜《ひそ》めて話したものだった。

恐怖の念を抱きながら見つめているうちに、目が赤みを帯びて――背景が一瞬、異界的な、全く無関係の情景に差し替わってしまったように思えた――穢《きたな》らしい黄色の空の下、みじめったらしいブラックソーンの藪《やぶ》がはびこる、人里離れて寒々とした荒れ野の情景に。

正気が危ぶまれたので、呪われた展示室から慌ただしく出ていき、私が〈野営地〉を構えている、塵を取り除けた二階の片隅に戻っていった。

後刻

昼の光の下で、迷路のようになっている屋敷の翼のいくつかを探索することにした。足首まである塵に自分の足跡がくっきり残るので、迷子になったりはしないだろう——必要に応じて、別の識別マークをつけることもできるのだし。

廊下の複雑に入り組んだ曲がり方を、私は奇妙なくらい簡単に覚えてしまった。北側に長く伸びる〈L〉字部分の端まで進むと、鍵のかかった扉に行き着いたので、私はこじ開けた。とても小さな部屋が中にあって、家具が所狭しと押し込まれ、羽目板《はめいた》はひどく虫に喰《く》われていた。外側の壁の腐った木材の背後を覗《のぞ》き込むと、未知の深淵《しんえん》に通じる狭い隠し通路を発見した。階段も手すりもない、急勾配《こうばい》の傾斜路《シュート》ないしはトンネルで、私はその用途を訝《いぶか》しく思った。

暖炉の上には黴の生えた絵がかかっていて、仔細《しさい》に調べてみると、一八世紀後半の衣服を纏《まと》った若い女性を描いたものとわかった。その顔には古典的な美しさがあったが、およそ人間の顔が浮かべることのできる、最も残酷《ざんこく》かつ邪悪な表情を浮かべていた。冷淡、強欲、残酷などという単純なものではなく、何か人間の理解を超えた悍《おぞ》ましい本質が、彫刻のように整った顔に宿っているのである。

そして、その絵を眺めるうちに、画家――あるいは黴と腐食の緩やかな進行――が、病的に緑がかった色合いと、目に見えるか見えないかの鱗《うろこ》状の肌を、生気のない顔に暗示しているように思えてきた。

その後、私は屋根裏部屋にあがって、奇妙な本の収められた箱をいくつか見つけた――その文字といい装丁といい、書物の大半はこの世のものとも思えぬ外観だった。

内一冊には、私がそれまで知らなかったアクロ語の式文の変種がいくつか載っていた。

階下にある塵の積もった書棚の本については、まだ調べていない。

四月一九日

塵の上には今も私自身の足跡しかないとはいえ、確かにここには目に見えない存在がいる。

昨日、補給品が置かれていた庭園の門へと続く茨を切り開いておいたのだが、今朝、そこが塞がっていることに気づいた。茨が春の生命力で動き回ったりするはずもないので、実におかしな話だった。

再び、部屋の中に辛うじて収まる巨大なものの気配を、すぐ近くに感じた。

今回は、そんな大きさのものが複数あるのを感じたのだった。

第三のアクロ語の式文――昨日、屋根裏部屋の本に見つけたもの――が、そのような存在に実態と外見を与えることは、今ではわかっていた。

とはいえ、この実体化を敢《あ》えて試みたものかどうか。危険は大きい。昨夜、私は広間や部屋の薄暗い片隅で、影のような顔や姿が消えていくところを垣間見るようになった——あまりに悍ましく忌まわしい顔と姿だったので、説明しようとも思えない。そいつらは、私を階段の下に突き落とそうとした巨大な脚と事実上、結託しているらしいのだ——むろん、私の混乱した想像力が生み出した亡霊に違いないのだが。

私が探しているのは、このようなものでは決してない。

再び、脚を目にした——単独の時もあれば、仲間と一緒の時もある——しかし、私はこういう現象を全て無視することにした。

午後の早い時間に、初めて地下室を探索した——木製の階段が腐って崩れ落ちていたので、倉庫で見つけた梯子《はしご》を使って降りたのである。地下室全体が夥《おびただ》しい硝《しょう》石《せき》で覆われていて、様々な物がバラバラになった痕跡を示す、形の定まらない山がいくつもあった。

反対側の端には狭い通路があって、鍵のかかった部屋のあった、屋敷北側の〈L〉字部分の下に伸びているようだった。通路の終端には重々しい煉瓦の壁があって、鍵のかかった鉄扉がついていた。

この壁と扉は、どうやら地下壕か何かに付随するものらしく、一八世紀の技巧を示していて、この屋敷の最も古い増築部と同時代の産物——明らかに独立戦争以前のものに違いなかった。錠前——明らかに他の鉄製品より古いもの——には、判読できないある種のシンボルが刻み込まれていた。

V——は、この地下壕については何も言っていなかった。

それは、他の何にも増して、大きな不安を私に抱かせた。というのも、それに近づくにつれて、何かを聞きたいというほとんど抑えがたい衝動を覚えたのである。これまでのところ、怪しい音が聴こえていなかったからこそ、私はこの有害な場所に居続けることができたのだ。

地下室を去る時、階段が残っていてくれたら良かったのにと、敬虔《けいけん》な祈りを捧げたものだった——梯子を登る速度が、気が狂ってしまいそうなほど遅く思えたからである。

もう二度とあそこには行きたくない——しかし、陰険な悪霊か何かが、学ぶべきを学ぶつもりがあるなら、夜にまた足を運ぶがいいと、今も私を追い立てるのだった。

四月二〇日

私は恐ろしい奈落《ならく》の深さを測った——より深いところがあると判明したのみに終わったのだが。

昨晩の誘惑があまりにも強かったので、私は暗い深更《よふけ》に、硝石のこびりつく地獄めいた地下室へと再び、懐中電灯を手に降りていき——形の定まらない山の間をつま先立ちで歩きながら、あの慄然《りつぜん》たる煉瓦の壁と鍵のかかった扉へと向かった。

物音を立てず、知っている呪文のひとつを囁きもせず、耳を傾けた——ひたすらに、耳を傾けた。

ついに、閉ざされた鉄板の向こうから、音が聴こえてきた——中にいる巨大な夜の怪物が、威嚇《いかく》的に歩き回ったり呟《つぶや》いたりする音が、である。それに続いて、巨大な蛇か海獣が、怪物じみた襞《ひだ》を舗装《ほそう》された床で引きずっているような、ずるずると滑《すべ》る忌まわしい音も聴こえた。

恐怖で硬直しかけながらも、私は錆《さ》びついた巨大な錠前と、そこに刻まれた異界的で神秘的な紋様《ヒエログリフ》をちらりと見た。私には判別できない、冒瀆《ぼうとく》的で名状しがたい古い時代の所産で、黄色人種《モンゴロイド》の技巧をおぼろげにほのめかす印《サイン》だった。

時に、それらが緑がかった輝きを放っているのを見たようにも思えた。

私は踵《きびす》を返して逃げ出したのだが、眼の前に巨大な足の幻像《ビジョン》が見えた——私が見ている間にも、巨大な鉤爪《かぎづめ》が膨《ふく》れ上がり、実体化していくようだった。

地下室の邪悪な暗黒の中から鉤爪が伸びてきて、その向こうには鱗《うろこ》に覆われた手首の存在がほのめかされ、今にも襲いかからんとする邪悪な意思が、恐ろしい手探りを導いていた。

その時、私の背後——忌まわしい地下壕の中から——遠雷のように遥《はる》かな地平線から響き渡ってきたかのような、くぐもった反響音が轟《とどろ》いてきた。

この、さらに大きな恐怖に駆り立てられて、私は懐中電灯を手に影のような脚に突進したのだが、最大出力の電気の光を浴びて、それらが消え去るのを目撃した。私は懐中電灯を歯で咥《くわ》えたまま、大急ぎで梯子を登り、二階の〈野営地〉に帰り着くまで一度も足を止めなかった。

どんな結末が最後に待ち受けているのか、敢えて想像しようとは思わない。

私は探索者としてやって来たのだが、今や何かが私を探していることを知っている。たとえ望んでも、立ち去ることなどできないはずだ。

今朝、補給品を取りに門に行こうとしたところ、茨がびっしりと絡《から》みついて道を塞いでいた。

いたるところが同じ状態だった——屋敷の背後と両側についても。

それらの場所では、褐色で棘《とげ》のある蔓《つた》が驚くほどの高さにまで伸びていて——鉄の如き垣根を形成し、私の退出を阻んでいたのである。

村人たちは、こうした全てに関わっている。何しろ、屋敷の中に戻ってみると、どうやってそこまで運ばれたのか何の手がかりもなしに、玄関の大広間に補給品が置かれていたのである。

塵を取り除《の》けたことが、今は悔やまれる。少し塵を撒《ま》いておいて、どんな跡が残るか見てやろう。

今日の午後、私は一階の裏手にある広くて影深い図書室の本を何冊か読んで、とても説明することのできない、ある種の疑惑を募《つの》らせた。

私は以前に『ナコト写本』[*14]や『エルトダウン・シャーズ』[*15]といった文書を見たことがなかったのだが、どのようなことが書かれているかを知っていれば、ここには来なかったことだろう。

今となってはもう遅すぎるのだろう——恐るべき魔宴《サバト》までもう一〇日しかないのだから。

連中はあの恐怖の夜まで、私を留《とど》めておくつもりなのだ。

四月二一日

改めて肖像画を調べた。名前の書かれているものがあって、私を当惑させた肖像画——約二世紀前に描かれた、邪悪な顔つきの女性のもの——も、その中のひとつだった。

トリンティエ・ヴァン・デル・ヘイル・スレイトという名前が書かれていたのだが、スレイトという名前には、何か重要な事柄に関連して目にしたという確信があった。

恐ろしいことではなかったはずだが、今となっては恐ろしい。

無理にでも思い出し、手がかりを引き出さなければ。

これらの肖像画に描かれた眼が、私に取り憑《つ》いている。彼らの中の幾人《いくたり》かが、埃《ほこり》と腐敗と黴に塗れた屍衣《がくぶち》の中から、明確な形をとって出現しようとでもしているのだろうか。

蛇じみた顔や豚じみた顔の魔法使い《ウォーロック》どもが、黒ずんだ額縁から私を恐ろしい目つきで睨《にら》みつけ、人種の混ざりあった他の数多くの者たちの顔も、朦朧《もうろう》とした背景の中で仲間入りし始めている。

彼ら全員が、一族特有の似通った悍ましい顔立ちを有していた——そして、人間ならぬ顔立ちをした者よりも、人間らしい顔立ちをした者の方が恐ろしいのだった。

そうした顔が、他の者の顔を私に思い出させなければ良いのだが——かつて眼にしたことのある顔を。

彼らは呪われた血筋だったが、中でも最悪だったのはライデン［マサチューセッツ州の町、オランダにも同名の都市がある］のコーネリスだ。父親が別の鍵を見つけた後、彼が障壁を破ったのである。

V——は、恐るべき真実を断片的にしか知らなかったに違いない。

そのせいで、私は準備もできておらず、全くの無防備なのだ。

老クラース以前の血筋はどうなのだ。彼が一五九一年になしたことは、何世代にもわたる邪悪な伝統や、外側の世界との何かしらの繋《つな》がりなしには、到底なし得なかったことではないか。

それに、この怪物じみた血筋から派生した、世界中に散らばっている分家はどうなのだ。皆が、恐ろしい伝統を共有し、待ち受けているのではないだろうか。

スレイトの名前を以前にどこで見かけたのか、何としても思い出さなければ。

これらの肖像画が、常に額縁に収まっているかどうか確かめることができれば良いのだが。

今や数時間にわたって、以前にも見た前脚やぼんやりした顔、姿といったものをちらちらと目にし続けているのだが、いくつかは古い肖像画に実にそっくりなのである。

どういうわけか、私はそうした存在とよく似た肖像画を同時に視界に入れることができずにいる——いつも片方にだけうまく光が当たらないか、さもなくば存在と肖像画が異なる部屋にあるのだった。

私がそう願っていたように、そのような存在は想像力の産物に過ぎないのかもしれない。

しかし、今では確信が持てずにいる。

いくつかは女性で、鍵のかかった小部屋の肖像画と同じ邪悪な美しさを宿していた。いくつかは、私が見た肖像画に似ていなかったが、彼らの顔も、私には見えないカンバスの黴や煤《すす》の下に、それとわからぬように潜んでいるように思われた。

わずかな数ではあるが——どうしようもなく恐ろしいことに——固体もしくは半固体の状態に物質化しつつあるものもあって、いくつかは恐ろしくも説明し難い親近感があるのだった。

愛らしさにおいて、他の者たちの追随《ついずい》を許さない一人の女性がいた。その有毒な魅力は、地獄の縁に育つ甘美な花のようだった。仔細に目をこらすと彼女は消え、時間が経つとまた姿を現すのだった。

その顔は緑がかった色合いで、その滑らかな肌が鱗で覆われているように思える時もある。

彼女は誰なのだろうか。一世紀以上昔に、小部屋に住んでいた女性に他ならないのだろうか。

補給品がまた、玄関の広間に置き去られていた——明らかに、そういう慣習なのだろう。

足跡を確認してやろうと塵を撒き散らしておいたのだが、今朝は広間全体が、何かしらの未知の作用によって綺麗に掃除されてしまっていた。

四月二二日

恐ろしい発見をした日だった。

お馴染みの屋根裏を再び探索し、これまでに見つけたものよりも遥かに古い、冒瀆的な書物や文書でいっぱいの、彫刻の施《ほどこ》された壊れかけの収納箱——明らかに、オランダ製だ——を発見したのである。

ギリシャ語版『ネクロノミコン』、ノルマン=フランス語版『エイボンの書』[*16]、そしてルートヴィヒ・プリンの『妖蛆の秘密』[*17]の初版本が入っていた。

だが、最悪のものは製本された古い手稿《しゅこう》だった。俗ラテン語で書かれたもので、クラース・ヴァン・デル・ヘイルの奇妙な引っ掻くような筆跡でみっちり埋《う》められていた。一五六〇年から一五八〇年にかけての日記ないしは覚書《おぼえがき》であることは明白だった。

黒ずんだ銀の留《と》め金をはずし、黄変したページを開くと、彩色された素描《そびょう》がはらりと落ちてきた——烏賊《いか》に似ていなくもない怪物じみた生物の似姿で、嘴《くちばし》と触手を備え、大きな黄色い眼を有し、体つきのある程度が忌まわしいほど人間に近似していた。

これほどまでに忌まわしさを極めた、悪夢めいた姿など、未だかつて目にしたことがなかった。前脚、後脚、そして頭部の触手には奇怪な鉤爪があって——私の行く先々で恐ろしげに手探りをしてきた、影の如き巨大な形を思い出させられた——、どことなく漢字風の未知の象形文字《ヒエログリフ》が彫り込まれている、大きな玉座に似た台座に鎮座していた。

文字と彫像の双方に、とてつもなく深遠にして浸透性の禍々《まがまが》しい害悪の気配が漂っていて、この世界のいずれの土地、いずれの時代の産物とも思えなかった。

その怪物的な姿はむしろ、永劫《えいごう》の過去から来たるべき未来にわたり、無限の宇宙に潜む邪悪なる存在全ての焦点に違いなかった——そして、あの気味の悪いシンボルは、それ自体が知覚を持つように病的な生命を与えられ、読み手を破滅させるべく今しも羊皮紙からもがき出ようとしている、卑《いや》しい象徴《アイコン》なのである。

怪物と象形文字の意味についての手がかりはなかったが、両者が名状しがたい目的のために、地獄めいた精密さで形作られていることはわかった。読み手を睨《ね》めつける文字を調べているうちに、地下室のあの不吉な錠前と同種のものであることも、徐々に明らかになってきた。

私は、屋根裏部屋にその絵を残してきた。手近にそんなものがあれば、とても眠れたものではない。午後と夕方いっぱいをかけて、私はクラース・ヴァン・デル・ヘイルの古びた手稿の本を読んだ。そこに書かれていたものは、今後の人生がいかなるものであれ、それを曇《くも》らせ、恐ろしいものに変えてしまうことだろう。

この世界、そしてそれ以前に存在したいくつもの世界の創生《はじまり》が、私の前に展開した。

五千万年前にレムリア人[*18]が建設し、東方の砂漠の霊的な力場による障壁の背後で、今もなお冒《おか》されずにいるシャンバラ[*19]の都市《まち》のことを知った。

地球が誕生する以前に最初の六章までが存在し、金星の君主たちが船で宇宙をわたり、この惑星を文明化した時、既に古いものとみなされていた『ズィアンの書』[*20]のことを知った。

そして、誰かが声を潜めて私に話し、より恐ろしい経緯で詳しく知ることになった名前が、文字の形で記録されているのを初めて見たのだった――あの忌み嫌われる、恐ろしいイアン＝ホー[*21]の名を。

いくつかの箇所で、鍵が必要となる節に解読を阻まれた。

最終的に、様々なほのめかしから、私はクラースがその知識の全てを一冊の本にまとめるのではなく、ある種のことについては別の本に回したという推論を導き出した。

この書物は、対になっているもう一冊抜きでは、完全に理解することができないのである。故《ゆえ》に私は、この呪われた屋敷の中に二冊目が存在するのであれば、見つけずにはおかないと決心したのだった。

明らかに囚われの身ではあったが、未知に対する終生の熱意を喪《うしな》ったわけではないのである。破局が訪れる前に、私は可能な限り深いところまで、この宇宙の謎を究明してやるつもりだった。

四月二三日

午前中いっぱいを使って第二の日記を探索し、正午頃になって、鍵のかかった小部屋の机の中にそれを発見した。第一のものと同様、クラース・ヴァン・デル・ヘイルの崩れたラテン語で書かれていて、もう一冊の方の様々な箇所に関連する切れ切れの覚書で構成されているようだった。

ページをめくっていくと、忌み嫌われるイアン＝ホーの名がすぐに目に入った——永劫の昔の謎を裡《うち》に孕《はら》む失われた秘密の都市、イアン＝ホー。肉体を得た時よりも古いおぼろげな記憶が、全ての人間の精神の奥底に潜んでいるのである。

その名前が幾度も繰り返され、その前後の文章は、あの地獄めいた素描に描かれた台座上のものによく似た、毒々しく描かれた象形文字《ヒエログリフ》に飾られていた。

あの触手を備えた怪物じみた存在と、その禁断のメッセージの鍵がここにあるのは明白だった。この知識によって、私は蜘蛛《くも》の巣と恐怖の集う屋根裏部屋を目指し、軋《きし》む階段を上がっていったのである。

屋根裏部屋の扉を開けようとしたのだが、以前とは異なりびくともしなかった。

幾度も力づくで開けようとする度に、扉は頑強に抵抗した。ようやく開いた時、私は何か巨大で目に見えないものが、急に扉を離したようにはっきりと感じた——その存在は非物質的な状態で舞い上がったのだが、羽ばたくような音は聴こえていた。

あの恐ろしい絵をみつけた時、以前置いた場所と正確には違っているように感じた。第一の本に鍵を使ってみたところ、二番目の本が謎をただちに解き明かす指針でないことがわかった。それは、単なる手がかりだった――禍々しすぎて軽い護《まも》りのまま放置するわけにはいかない、秘密への手がかりに過ぎなかったのである。

恐ろしいメッセージを引き出すためには、何時間――たぶん何日もかかることだろう。

私は、その秘密を学びとれるほど長く生き延びられるのだろうか。

おぼろげな黒い腕と前脚が、いよいよ頻繁に私の幻覚に取り憑くようになっていて、最初の時よりどんどん大きくなってきているようにも思える。ぼんやりした体軀《たいく》が部屋に入り切るとは思えない、あのおぼろげで非人間的な存在から、私はいつまで自由でいられるのだろうか。

あのグロテスクな、見えたり消えたりする顔や姿、嘲笑う肖像画の人物といったものが時に混沌《こんとん》たる有様で、私の眼前に群れ集うようなこともあった。

実際の話、未知のまま、喚起《かんき》せぬまま残しておいた方の良い、地球の恐ろしい原初の秘密《アーケナ》が存在するのだ。人間とはなんの関係もない、平和や正気と引き換えにしか知ることのできない恐ろしい秘密が。それを知る者を同族中の異邦人《エイリアン》にし、この地球上を独り寂しく彷徨《さまよ》わせる、秘《かく》された真実がである。

同様に、人間よりも年経た強力な存在の中にも、恐ろしい生存者が存在する。

永劫の年月を閲《けみ》して、冒瀆的に個々に生き延びてきたものどもが。そんなものがあるとは信じがたい窖《あなぐら》や人里離れた遠隔地の洞窟《どうくつ》で永遠に眠り続け、道理と因果の法則の外側にあり、暗く禁じられた印形《サイン》や内密の合言葉《パスワード》を知る冒瀆者によって覚醒《めざ》めさせられるのを待っている、怪物じみた実態が。

四月二四日

屋根裏部屋で、丸一日かけて絵と鍵を調べた。

日没の頃、これまでに聞いたことのない、遥か遠くから聴こえているような奇妙な音がした。

耳をすませていると、村の裏手、家の北側の少し離れたところにある、環状列石のある怪しげで切り立った丘から聴こえているに違いないことがわかった。

この屋敷から、原初の環状列石《クロムレック》の丘に繋がる道があると聞いたことがあって、ヴァン・デル・ヘイル家の者たちは特定の時季に頻繁に利用していたと考えていたのだが、この時まですっかり失念していた。

今、聴こえた音は、しゅうしゅう言う歯擦音《しさつおん》や口笛のような特異で悍ましい音を伴う、甲高《かんだか》い管楽器の混じり合ったような——地球上では絶えて知られていない、奇怪で異界的な音楽の類《たぐい》だった。

きわめてかすかな音で、すぐに聴こえなくなってしまったが、この事で考えついたことがあった。

丘の方角には、秘密の傾斜路《シュート》がある〈L〉字の棟が北側に長く続いていて、地下にある鍵のかかった煉瓦造りの地下壕が、さらにその先に延びているのだった。

これまで私が見逃していた、何かしらの繋がりがあるのではないだろうか。

四月二五日

私の収監状況について、奇妙な心騒がす発見があった。禍々しい催眠性の感応によって丘の方に引き寄せられているのだが、その方向にのみ、茨が道を開けていたのである。

壊れかけの門があって、茂みの下には古い小道の痕跡が間違いなく存在していた。

丘を取り巻く一帯に、途中まで茨が広がっているのだが、列石が立っている頂上には、妙なことに苔や発育不良の雑草が生えているのみだった。

丘を登って数時間を過ごすうちに、近寄りがたい独立石《モノリス》の間を常に吹き抜けている風が、暗澹《あんたん》としたおぼろげな声音ではあったが、奇妙にも言葉に聞こえる囁きを発していると思えることがあった。

色合いといい肌理《きめ》といい、このような石を他の場所で目にしたことはない。褐色でも灰色でもなく、不快な緑色に穢《きたな》らしい黄色が混ざり込んだような色で、カメレオンのような変動性をほのめかしていた。

それらの肌理は鱗のある蛇に似ており、手触りは何とも説明のつかない嫌な感じだった――蟇蛙《ひきがえる》や他の爬虫《はちゅうるい》類の皮膚《ひふ》のように、冷たくじっとりしていたのである。

中心にある立石《メンヒル》の近くには、石で縁取られた奇妙な窪《くぼ》みがあって、うまく説明することができないのだが、おそらく詰まってから長い時間が経っている井戸か、トンネルの入り口ではないかと思われた。

屋敷に向かう小道は容易《たやす》く引き返せるのだが、屋敷から離れる幾つかの場所から丘を降ろうとしても、これまでと同様、茨によって行く手を遮《さえぎ》られてしまうのだった。

四月二六日

今日の夕方、改めて丘の上を歩き、風の囁きを遥かにはっきりと耳にした。殆《ほとん》ど怒ったようなハミングは、実際の話し言葉に近づいていて――どこか歯擦音を思わせた――、遠くから聴こえてきた奇妙な笛の音色を思い起こさせた。

日没後、北の地平線を時季外れの夏の稲妻が走り、暮れゆく空の高所で奇怪な轟音が鳴り響いた。この現象には、ひどく心騒がせるものがあった。あの轟音が何とも非人間的な歯擦音の話し声で終わり、しわがれた広大無辺の笑い声《コスミック・ラフター》に収束していったという印象を、どうにも拭《ぬぐ》えなかったのである。

とうとう、私の心が動揺し始めたのだろうか。それとも、私の身の程知らずの好奇心が、黄昏《たそがれ》の空間から前代未聞の恐怖を喚《よ》び起こしてしまったのだろうか。

魔宴《サバト》が間近に迫っている。結末はどのようなものになるのだろうか。

四月二七日

ついに、私の夢が実現する時がきた！

命や精神や肉体が喪われることになろうとも、私は戸口に入り込んでみせよう。

絵画にあった重大な象形文字《ヒエログリフ》の解読は遅れ気味だったが、今日の午後、最後の手がかりが見つかった。夕方までには、それらの意味が判明していた――それらの意味するところを、私がこの屋敷で遭遇《そうぐう》した事物に適用する方法は、一つしか存在しない。

この屋敷の地下――どこにあるとも知れない墓所――に、古《いにしえ》の忘れ去られたるものがいて、私が足を踏み入れようとしている戸口を示し、私が必要とする失われた印形《サイン》と言葉を与えてくれるのだ。

それがいつの頃から埋葬《まいそう》されていたのか――丘に列石を立てた者たちと、後にこの地を探し当てて、屋敷を建てた者たちを除き、それを覚えている者とていなかった――、私は推測することもできない。

ヘンドリク・ヴァン・デル・ヘイルが一六三八年にニューネーデルラントにやって来たのは、間違いなくこの存在の探索が目的だったのだ。

鍵を発見するか相続するかしたわずかな者が、恐怖に打ち震えながら密《ひそ》かに囁き交わすことを除いて、この地球上の人間たちがそれを知ることはない。消え失せてしまった、この屋敷の魔法使いたちが、私の推測よりもはるかに深く探求していない限り――それは人の目に垣間見られたことすらないはずだ。

シンボルの知識によって、同様に七つの失われた恐怖の印形《サイン》を我が物とし——悍ましくも発音すら能《あた》わぬ恐怖の言葉を、暗黙の内に理解することができた。

残るは、古《いにしえ》の戸口の守護者である忘れられしものを変容させる詠唱《えいしょう》を成し遂げるのみ。

その詠唱には、いささか驚かされた。私の知るいかなる言語にも似ていない、奇妙で忌まわしい喉頭《こうとう》音と不穏な歯擦音から成っていて——『エイボンの書』の最も暗澹とした章にすら載っていなかった。

日没時に丘を訪れた際、それを大声で詠み上げてみたのだが、喚び起こせた反応は、遠くの地平線から禍々しい轟きがおぼろげに聴こえてきたことと、自然界の塵の薄い雲が邪悪な生命体か何かのように身悶《もだ》えし、渦巻いたくらいのものであった。

おそらく、異質な音節《シラブル》を正しく発音しなかったか、大いなる変容が起きるのは魔宴《サバト》の時のみなのだろう——この屋敷に潜む力は、その魔宴《サバト》のためにこそ私を囚えているに違いない。

今朝は、奇怪な恐怖がこみあげた。スレイトという名前を以前、どこで目にしたのかもう少しで思い出せそうになったのだが、その見通しが私を言い知れぬ恐怖で満たしたのである。

四月二八日

今日は、暗く不気味な雲が、丘の環《わ》の上に垂《た》れ込めていた。

そうした雲を、以前にも幾度か目にしたことがあったが、その輪郭と配置には今や、新たな意味が生じていた。蛇の如き異様な形をしていて、妙なことに屋敷で目撃した不吉な姿にも似ていたのである。

それらの雲は、原初の環状列石《クロムレック》の周囲を円を描くように漂っていた——まるで、禍々しい生命と目的を与えられたかのように、回転を繰り返しながら。

誓って言うが、それらの雲は怒ったようなざわめきを発散してもいた。

およそ一五分後、彼らは大隊からはぐれた部隊のように、ゆっくりと東の方に流れ去った。

彼らこそは、かつてソロモン[*22]が知っていた恐ろしいものどもに他ならなぬのではないだろうか——その数が軍勢規模であり、足踏みが大地を揺さぶる、あれらの巨大で黒々としたものどもは。

名前無き存在を変容させる詠唱をリハーサルしているのだが、息を潜めるように音節《シラブル》を発音している時ですら、奇怪な恐怖がなおも私を捕《と》らえた。

全ての証拠をまとめた結果、それに至る唯一の道が、鍵のかかった地下壕を抜けることだと判明していた。その地下壕は地獄めいた目的で造られたもので、記録に残らぬ太古の塒《ねぐら》へと繋がっている、秘《かく》された窖《あなぐら》を覆っているのに違いないのだ。

その内部にいかなる守護者たちが永遠《とこしえ》に生息し、未知なる滋養物で数世紀にわたる活力を保っているかは、気の狂ったものでもなければ推測し得ないことだろう。

それらを地球内部より喚び出したこの屋敷の魔法使い《ウォーロック》どもは、慄然たる肖像画とこの場所の記憶からも明らかなように、それらのことを知りすぎるくらいに知っていたのである。

最も大きな悩みの種は、詠唱の限定的な性質である。それは、名前無き存在を喚起しはするのだが、喚起されるものを制御する手段をもたらしはしないのである。もちろん、ごく一般的な印形《サイン》や身振りはあるのだが、そのような存在に効果的であるかどうかは未知数なのだ。

それでも、報酬の大きさは危険を正当化するのに十分だった――そして、明らかに未知の力が私を衝《つ》き動かしていることもあって、望んだとしても引き下がることはできないのだった。

もう一つの障害が発覚した。鍵のかかった地下壕を抜ける必要があるので、そこに至る鍵を見つけねばならないのである。錠前は非常に頑強で、こじ開けることは不可能なのだ。

屋敷のどこかに鍵があることは疑うべくもなかったが、魔宴《サバト》を前に残された時間は僅《わず》かだった。

全力を費やして、徹底的に探索せねばなるまい。いかなる恐怖が内部に潜んでいるともわからないので、鉄の扉の鍵を解除するには、勇気が必要になることだろう。

後刻

ここ一日、二日ほど地下室を避けていたのだが、今日の午後遅くになって、改めてあの近寄りがたい区画へと降りていった。

最初は、何もかもが静まり返っていた。だが、五分と経たぬ内に、何かが威嚇的に歩き回ったり呟いたりする音が、鉄製の扉の向こうで再び繰《く》り始まったのである。

今回の音はこれまでよりも大きく恐ろしくなっていて、怪物じみた海獣か何かを思わせる、ずるずると滑る音も聴こえてきた――まるで、扉をこじあけて私が立っているところに押し寄せてこようとしているかのように、今やその動きは慌ただしく、狂騒を強めていた。

足音がいよいよ大きくなるにつれて、忙《せわ》しげな様子が募り、不吉さがいや増していった。

二度目に地下室に降りた時に耳にした、地獄めいた正体不明の反響音が聴こえ始めた——遠雷のように遥かな地平線から響き渡ってきたかのような、くぐもった反響音が。

しかし、今やその音量が百倍にも強まって、その音色には新たな恐ろしい意味が込められていた。原初の恐怖が地上をのし歩き、ヴァルーシアの蛇人間[*23]たちが悪しき魔術の礎石《そせき》を築いた、あの消滅した恐竜時代の恐ろしい怪物の轟吼《ごうこう》を措《お》いて、適切に喩《たと》えられる音はなかった。そのような轟吼《ごうこう》——ただし、既知の生物の喉《のど》には到底到達できない、耳を聾《ろう》する域にまで達していた——が、あの慄然たる反響音に似ていたのである。

扉の鍵を解除し、その向こうに潜むものの猛威に直面する勇気が、果たして私にあるのだろうか。

四月二九日

地下壕の鍵が見つかった。鍵のかかっていた小部屋で、今日の正午に発見したのだ——それを隠すべく遅ればせの努力がなされたかのように、古びた机の引き出しの中でガラクタに埋もれていた。

ぼろぼろになった一八七二年一〇月三一日付の新聞紙に包《くる》まれていたのだが、私が見つけた覚書と同じ判読し難い筆致で俗ラテン語の文章が内側に書き込まれている、乾燥した皮——明らかに未知の爬虫類の皮膚——に、さらに包まれていた。

思っていた通り、錠前と鍵は地下壕よりも遥かに古い時代のものだった。老クラース・ヴァン・デル・ヘイルは、彼もしくは彼の子孫がするつもりのことの準備をしていたのである——錠前と鍵がクラースよりもどれほど古いものだったかについては、見当もつかない。ラテン語の文章を解読した私は、昂《たか》ぶる恐怖と言い知れぬ畏敬《いけい》の念を新たに呼び起こされ、身震いを覚えた。

難解な文章には、このように書かれていた。


「その秘密の言葉が、人類誕生以前に在《あ》りし秘《かく》されたことども——平穏が永劫に喪われぬよう、地球上の誰もが学ぶべからざることども——に関わる、怪物じみた原初のものどもの秘密が、我輩によって暴露の痛手を被るようなことはない。現身《うつしみ》で、絶えて聞かれざるイアン＝ホーの、測りがたき永劫を閲《くみ》した近寄りがたき都邑《まち》を訪《おとな》った生き身の人間は、我輩を措《お》いて他になし。失えるものならば喜んでそうするが、そうはゆかぬであろう知識を我輩が見出し、持ち去った場所こそがその地である。我輩は橋を渡してはならぬ裂け目に橋を渡す術を学びし故に、覚醒《めざ》めさせても呼びかけてもならぬものを、大地の底より喚び出さねばならぬ。我輩に続くべく寄越されるものどもは、我輩あるいは我輩の後継が見出され、見出して成し遂げるべきことを成し終えるまで、眠りにつくことはないのだろう」

「我輩が覚醒めさせて持ち去ったものと、二度と再び別れることはあるまい。『秘《かく》されしことどもの書』[*24]にもそう書かれているからには。自ら招いたことではあるが、恐るべき形をしたものが我輩の身体に絡みついている。そして——我輩が命令に従わず生きようものなら——、既に生まれていようがまだ生まれていまいが、命令が完遂《かんすい》されるまで、子々孫々《ししそんそん》まで絡みついているのである。終わりの時を迎えるまで、彼《か》のものどもとの繋がりは奇怪なものであり、彼のものどもが呼び出す助力者は恐ろしいものである。知られざる仄暗い土地を探し出し、外なる守護者どものための屋敷をそこに建てねばならぬ」

「これなるは、畏怖《いふ》すべき遥か永劫の禁断の都邑《まち》、イアン＝ホーにて授かりし、かの錠前の鍵なり。我輩ないしは我が後続者が、見出さねばならぬものの入り口に置かねばならぬ鍵なり。されば、かの場所に錠を備えるか、鍵を回さねばならぬ我輩——さもなくば彼——の上に、ヤディス[*25]の君主《ロード》たちの助けがあらんことを」

文章はこのようなものだった——読み終えてみると、その文章を以前から知っていたように思えた。

この言葉を書き記している今、鍵は私の前にある。

畏《おそ》れと憧れの入り混じった思いでじっと見つめているのだが、その外見を記述する言葉が見つからない。錠前と同じく、未知の微妙に緑がかった光沢のない金属で出来ていて、最も比較に適した金属は、緑青《ろくしょう》に曇った真鍮《しんちゅう》といったところだろう。異質かつ風変わりな意匠で、重くて嵩張《かさば》った本体部分の棺《ひつぎ》型の終端は、錠前にぴったり合うことを意図したものに違いなかった。握りの部分は、大ざっぱな形状の奇怪で非人間的な像になっているのだが、その正確な輪郭と素性《すじょう》は今もわからなかった。

長いこと握っていると、冷たい金属の中に、地球のものではない異様な生命——通常の感覚では感じ取れないほど微弱な、胎動《たいどう》ないしは脈動——を、感じ取ったような気がする。

塑像《そぞう》の下には、永劫の歳月の中で摩耗《まもう》してはいるが、私もよく知るようになった冒瀆的な漢字風の象形文字《ヒエログリフ》で、伝承が彫り込まれていた。読み取ることができたのは最初の部分――「我が復讐が潜み棲む」という言葉である――だけで、そこから先の文面は不鮮明になっていた。

この時宜《じぎ》に適《かな》った鍵の発見には、何かしら運命的なものがある――何しろ、明日の夜には地獄めいた魔宴《サバト》が到来するのだから。

しかし、奇妙なことに、悍ましいことが迫りくる最中にあって、スレイトという名前への疑問が、いよいよもって私を悩ませていた。その名前がヴァン・デル・ヘイル家と結びついているとわかることを、どうして私は恐怖しているのだろうか。

ヴァルプルギス前夜――四月三〇日

その時がやってきた。昨晩、私はずっと起きていて、不気味に緑色がかった輝きを放つ空を見ていた――この屋敷の特定の肖像画に描かれた目や肌や、慄然たる錠前と鍵、丘にある怪物じみた立石《メンヒル》、そして私の意識の遥かな奥底で目にしたことのあるものと同じ、病的な緑色だった。

空では歯擦音の囁きが聴こえていた――恐るべき環状列石《クロムレック》を吹き抜ける、歯擦音の囀《さえず》りの如き囁きが。

宇宙の凍《い》てつくエーテルの中から何物かが私に語りかけ、〈時至る〉と告げた。

それは予兆《オーメン》であり、私は自らの恐怖を笑い飛ばした。

恐怖の言葉と七つの失われた恐怖の印形《サイン》――宇宙《コスモス》ないしは未知の暗い空間に棲むものどもを従わせる

力を、私は手にしているのではなかったか。

もはや、躊躇《ためら》うつもりはない。


天《そら》は非常に暗く、凄《すさ》まじい嵐――二週間ほど前、私がここに到着した夜の嵐よりもさらに大きな嵐――が迫っているかのようだった。

村からは――一マイルも離れていない――、奇怪で尋常ならぬざわめきが聴こえていた。私が思った通り、哀れで堕落《だらく》した痴愚《ちぐ》どもは秘密を共有し、恐ろしい魔宴《サバト》を丘の上で開き続けてきたのである。

この屋敷の中では、影が密集していた。

暗闇の只中《ただなか》で、私の目の前にある鍵が、自ら発している緑がかった光で輝いていた。

まだ地下室に向かってはいない。あの呟いたり歩き回ったりする音――ずるずる滑る音やくぐもった反響――が、宿命的な扉の鍵を開ける前に、私の意気を挫《くじ》かないよう、待っている方が良いのである。

何と相対するのか、何をしなければならないのかについては、ごく大雑把《おおざっぱ》な考えしかなかった。

地下壕そのものでなすべき事を見出すことになるのか、それともこの星の暗澹たる中心部へと、深く掘り進んでいくことになるのだろうか。

この恐ろしい屋敷をかつてよく知っていたという、恐ろしくもいや増していく、不可解な感覚にもかかわらず、まだ理解していないこと――あるいは、少なくともまだ理解したくないこと――があった。

たとえば、鍵のかかっていた小部屋の下に伸びている、あの傾斜路《シュート》がそうだ。

とはいうものの、地下壕のある翼が丘の方に伸びている理由は、知っているような気がした。

午後六時

北側の窓から外を眺めると、丘の上に村人たちの集団が見えた。空が低く垂れ込めているのに気づいていないらしく、中央の巨大な立石《メンヒル》の近くを掘っているのだった。長いこと塞がったままのトンネルの入り口のように見える、石で縁取られた窪みで作業をしているように私には思えた。何が起きようとしているのだろうか。あの村人たちは、古ぶるしき魔宴《サバト》の儀式を、どの程度まで保持しているのだろうか。

鍵が悍ましく輝いた――想像力の産物などではない。然《しか》るべき使い方で、それを使う勇気が私にはあるのだろうか。

もうひとつの問題が、私の心をひどくかき乱していた。神経を張り詰めて図書室の本を眺めているうちに、私の記憶をしつこく悩ませていた名前が、はっきりした形で見つかったのだ。

トリンチェ、エイドリアン・スレイトの妻。

エイドリアンという名前は、私を記憶の崖《がけ》っぷちまで導いてくれた。

真夜中

恐怖が解放されたが、挫《くじ》けてはならない。

嵐は万魔殿《パンデモニウム》の如き凄まじさで荒れ狂い、三度《みたび》の雷が丘に落ちたのだが、混血で奇形の村人たちは環状列石《クロムレック》の内部に集まっていた。

ほとんど絶え間ない閃光によって、私は彼らを見ることができた。巨大な列石はぞっとする佇《たたず》まいでそそり立ち、稲妻がない時ですらも鈍い緑色に輝いて、彼らの姿を照らしていた。雷鳴の轟きは耳を聾するほどだったが、落ちる都度、複数の不確かな方角から慄然たる応《いら》えを受けているようだった。

私が書き記している間にも、丘の上の生き物《クリーチャー》どもは、古代の儀式の劣化した半類人猿ヴァージョンとでも呼ぶ他はないやり方で、詠《うた》ったり吼えたり叫んだりし始めた。

洪水のような雨にもかかわらず、彼らは魔性の恍惚《こうこつ》めいたものの中で飛び跳ね、声を張り上げていた。

「いあ！　しゅぶ＝にぐらす！　千の仔《こ》を連れた山羊《やぎ》[*26]よ！」

だが、最悪のものは屋敷の中にある。

この高さにいてさえ［二階の野営地にいるのだろう］、地下室から音が聴こえ始めたのだ。

地下壕の中の足音や呟き、滑るような音、くぐもった反響が……。

記憶が蘇《よみがえ》りそうになってはまた消える。

エイドリアン・スレイトの名前が、私の意識を怪しく打ち鳴らす。ダーク・ヴァン・デル・ヘイルの義理の息子——その子供で老ダークの孫娘、アバドン・コーリイの曾孫《ひまご》にあたる娘……。

後刻

慈悲《じひ》深い神よ！　ついに、その名前をどこで目にしたのかがわかった。

私は知って、恐怖に立ち竦《すく》んでいる。万策尽きた……。

左手で神経質に握りしめているうちに、鍵が温かく感じられ始めた。おぼろげな胎動や脈動がはっきりして、生きている金属の動きがほとんど感じられそうになることもある。

それは恐ろしい目的のためにイアン＝ホーから、この私にもたらされたのだった——気づくのが遅すぎた私のもとに。ヴァン・デル・ヘイルの血筋のか細い流れが、スレイト家を介して私自身の血統に流れ落ち——あの目的を達成するという悍ましい務めを伝えたのだ……。

勇気と好奇心が欠けてゆく。あの鉄の扉の向こうに横たわる恐怖が何かはわかっている。クラース・ヴァン・デル・ヘイルが我が先祖なのであれば——私がクラースの名状しがたい罪を負わねばならないのか？　そんなことをするつもりはない——誓って、するものか……！

〔不明瞭な文章が続いている〕

遅すぎた——せざるをえない——黒々とした前脚が物質化して——地下室の方に引きずられ……

アロンゾ・タイパーの日記　その謎めいた失踪の後に発見されたもの（初期稿）

ウィリアム・ラムレイ

ここに到着したのは、昨日の午後六時頃。

猛烈な嵐が接近しつつあったのだが、目的地に運んでくれるものを見つけることができなかった。他の地域から隔絶されたも同然の場所で、わずかばかりの住民たちはといえば、莫迦《ばか》にすら劣る有様だった。ヴァルプルギスの夜の後の五月一日、魔女たちの魔宴《サバト》、その他もろもろの何かが、この忌み嫌われた古い屋敷へと私を連れてきたとでも言うのだろうか。

迫りくる嵐が何もかもを闇に包んでしまったので、足止めされる前に目的地に到着しようと急いだので、私は周囲をちらりと見ることしかできなかった。

稲光で辛うじて見えたのだが――そこは瘦《や》せこけて見苦しい木々に囲まれた、奇妙な雑草や茸《きのこ》の生えている小さな沼地のある谷間にあって、すぐ裏手には陰鬱な見かけの丘があって、その頂には、見たところいくつかの大きな石が円形の範囲内に立っていた。その屋敷は、明らかに人を寄せ付けない外観を備えていて、私がそこについて耳にしていた噂を偽《いつわ》るものではなかった。

これが、私が耳にしたもののすべてである。これが、私が目にしたもののすべてである。

私がどうにか玄関に辿り着いた途端、雨は恐ろしいほどの土砂降りになり、鳴り響いた雷鳴の一発は、世界滅亡の日が間近であることを告げる宣言だったのかもしれない。

屋敷の中に、いくつかの邪悪な存在がいるのを感じていて、とりわけその中のひとつは、私に対してはっきりと敵対的だった。悪意を持った存在は、私の意思を挫《くじ》き、征服しようとしている。

一瞬たりとも、それを許すわけにはいかない。私は、持てる力を振り絞って抵抗した。

先に述べたように、この存在は邪悪で人類を超越した性質を備え、地球上のものではない何か人類以前の未知なる薄闇の空間からやって来たものと、結託してるようだったのである。

その存在はまた、目には映らないものの、巨像のように聳《そび》え立っているようで、その大きさたるや屋内の部屋には収まりきらないほどで、それと同じく、筆舌に尽くしがたい、言葉で表現できないほどの歳月を重ねているようだった。


昨晩――あるいはむしろ、今朝の午前三時頃、奇妙な這うような風があたり一帯で猛威を奮いはじめた――今では、台風の只中にあるかのように屋敷を揺り動かすまでになっている。

そして、地下へと階段を降りようとしたまさにその時、大きな黒い鉤爪のような手が暗闇から現れて、私を階下に突き落とそうとした。

私はそれを遁《のが》れたが、魔術師《ウォーロック》[*27]の肖像画が掛かっている部屋を通り過ぎる時、蛇に似たその顔が焔（緑色）の輝きを放ち、その表情が悍ましさを増したように思えた。

見れば見るほど冷たい悪寒が這い寄ってきて、豚を思わせる肖像画の一つの野生の目が、見間違えようのない凶悪な輝きを孕み、毒々しい赫色《あか》に輝いているのに気がついた。

背景もまた、穢《きたな》らしい黄色の空の下、みじめったらしいブラックソーンの薮がはびこる、人里離れて寒々とした荒れ野に変化していた。

今日は、鍵のかかった小部屋の中で、女性というよりもむしろ、ある種女性のようなものと言った方が良い存在を描いた別の肖像画を発見した。顔と姿は端正な少女なのだが、生気のない肌は緑がかった鱗に覆われていて、その美しい顔立ちには、私がかつて見た中で最も悪魔的な表情が宿っていた。

先述の通り、ここには目に見えない存在が複数いて、そのいくつかは非常に大きく（見かけ上）、部屋の中には入り切らないようだ。彼らに実体化を強いる喚起の式文が古い魔術書（私はそれを屋根裏で見つけた）に載っているのだが、それを使用することについては大きな恐怖を覚えてしまう。

顔や姿が広間や部屋の薄暗い片隅《かたすみ》に見えることも時々あるのだが、説明するのが憚《はばか》られる、あまりに悍ましく忌まわしい顔と姿だった。

そして今日、私が鍵のかかった地下壕のような地下室へと降りていった時、中にいる巨大な夜の怪物が、威嚇的に歩き回ったり呟いたりする音を、私ははっきりと聞いたのである。巨大な海獣が襞《ひだ》を石の床で引きずっているような、ずるずると滑る音も、である。

鍵のかかった地下室の中に、いったい何が入っているのか？

世界のためにも、私はそこを開けるわけにはいかない。

錠前は古く、錆に覆われていて、表面にある邪悪な見かけの象形文字《ヒエログリフ》は、言語を絶する古い時代のものと思しい旧き文字《エルダー・サインズ》で、緑がかった色合いの光を放つことがあった。

私の行く手に幾度も現れる黒い摑《つか》み手は、さらに大きな寸法のものであるように思われた。今日、奴らは地下室の闇の中から現れて、より強まった邪悪な意思をもって動いているらしかった。鍵のかかった地下壕の背後から発せられた残響音もまた、遠雷のように遥かな地平線から響いてきたようだった。

この場所で、どんな結末が最後に待ち受けているのだろうか。

今となっては、奇妙な命令ないしは力が私をここに押し留めているので、たとえ望んでも、立ち去ることはできないかもしれない。

先述の通り、この屋敷はきわめて非常に古く、紛《まぎ》れもない悪評を帯びていた。特定することのできない様式で建てられていて、数多《あまた》の増築が異なる時期に行われているため、元の状態を見出すことはできそうになかった。

下の階の住宅室には、別々の時期に住んでいたものと思しい魔法使い《ウォーロック》達を描いた、二枚の肖像画があった。そのうち一枚に描かれていたものには、これまで目にした絵の中で特に不安を覚えさせられた。大きな緑色の眼を持つ、蛇じみた姿だったのである。

もう一枚は、肉付きの悪い野生の豚によく似た長い顔立ちをしていた。眼はひどく寄っていて、夜になると気味の悪い光に輝いているような気がした。

この二人は、さぞかし気の合う仲間だったことだろう。

ここでは、複数回の殺人（もしくは自殺）が行われたのではないだろうか。この場所の雰囲気が、そうしたことと、さらに悪いものをほのめかしていた。

女性のようなものが幾人《いくたり》か、おぼろげに物質化していた。広間の鍵のかかった部屋で私が見つけた肖像画と同様の、地獄めいた美しさが彼女らにはあった。

愛らしさにおいて、他の者たちの追随を許さない一人の女性がいた。その有毒な魅力は、地獄の縁に育つ甘美な花のようだった。

屋根裏部屋で、魔術についての本と古い日記の入った、古い旅行鞄を見つけた。

これら二冊は非常に古く、破れ目があって、黴が生えていた。

本は一六世紀に遡るもので、日記も同じくらい古いものであるらしかった。その日記は、奇妙な引っ掻くような筆跡でみっちり埋められていて、開くと彩色された素描がはらりと落ちてきた。

烏賊に似ていなくもない怪物じみた生物の似姿で、嘴と触手を備え、大きな黄色い眼を有していた。

それでもなお、その体つきには間違いなく人間のそれが混じっていたのである。たとえば頭部、手、そして脚……何とも奇妙なことに、鉤爪も生えていた。

それは、未だかつて私が目にしたことがなかった象徴《シンボル》や言葉に見えるものが彫り込まれている、玉座に似た台座に鎮座していた。

それらは漢字に似ていたが、間違いなく別のものだった。書かれたもの、描かれたものの双方に言語を絶する害悪の気配が漂っていたのだが、上古の邪悪は名状しがたい生物《クリーチャー》に集中しているらしく、未知の文字はそれ自体が知覚を持つように病的な生命を与えられたらしく、それを目にした者ならば誰であれ、禍《わざわ》いを引き起こしてやろうと今しも羊皮紙からもがき出ようとしているのである。

これは妄想に過ぎないのだが、奇怪な怪物を地獄めいた緻密さで描いた者は、文字についても不浄な意図を持っていたのだろう。


今日、鍵のかかった小部屋で見つけた古いノートは、明らかに魔法使《ウォーロック》いの一人の持ち物だった。崩れたラテン語で書かれていて、ほとんど判読できなかった。走り書きを無作為にまとめたものらしく、文中にはイアン＝ホーという名前が頻出していた。

イアン＝ホー！　永劫の昔の謎がそこに潜むという、失われた禁断の都市ではないか！

大部分が難解きわまる文章の迷路を読み進めるうちに、暗号解読の鍵のようなものがあるように思えてきた。これを用いれば、前述の邪悪な文章を解読できるかもしれない。

もう一つ、書いておくべきことがある。

屋根裏部屋の扉が、開けようとする私のあらゆる努力に抵抗し、ようやく開いた時、巨大で目に見えないものが飛んだ――というよりも、飛び去っていったように感じたのである。

私は、巨大な翼が羽ばたく音をはっきりと耳にしたのだった。

あの黒い〔……〕と手が、今やさらに頻繁に現れるのみならず、巨大な全身を思わせるほどに大きくなっていたことについても、触れておかねばなるまい。

理解できないこともあった。あの目に見えない存在それぞれの、朦朧とした肉体はあまりにも大きいので、いかなる方法で部屋に入り込めるのか、私には想像もつかないのである。

未知のまま残しておいた方の良い、地球の恐ろしい秘密《アーケナ》が存在するのだ。

それを知らなければ平和でいられる、（人間ならざる）恐ろしい秘密がある——それを知る者を、属している種族中の異邦人《エイリアン》にし、この地球上を独り寂しく彷徨《さまよ》わせ、いつの日にか代価を支払うことになる、より重要な秘密がである。

同様に、永劫の年月を閲《けみ》して生き延びてきた、恐ろしい人外の生存者のことを、誰も知らないのである。秘《かく》された窖《あなぐら》や人里離れた遠隔地の洞窟で眠ったり横たわったりしている怪物じみた冒瀆の実体が、不浄の時代を支配するべく（私が言ったように）、我々の知る論理や道理によってではなく、儀式や印、章句を知る者によって永《なが》の眠りから覚醒めさせられるだろうことを。

彼らは、万物の終焉《しゅうえん》まで死に絶えることがないのだから。


聖ヨハネ祭前夜のこの日、私は日没と共に遠方からの音を意識したのだが、それは紛れもなく丘の上の奇妙な環状列石から聴こえてきたものだった。

それは悍ましくもしゅうしゅう言う歯擦音と不気味な音が入り混じった甲高い〔……〕で、これまで聞いたことのある土俗的な音楽とは全く似通っていなかった。


今日は、丘で数時間を過ごした。近寄りがたい独立石《モノリス》の間で渦巻いている風の中から、かすかでおぼろげな鳴き声ないしは囁きが発せられていた。

これらの独立石がドルイド起源でないことは間違いなく、色合いといい肌理《きめ》といい、これまでに見たとのあるいかなる石とも異なっていた。褐色でも灰色でもなく、むしろ不快な緑色の混ざった穢《きたな》らしい黄色だった。

肌理は鱗のある蛇のようだったが、絶えず変化し続けているようでもあって、手触りの嫌な感じは、蟇蛙《ひきがえる》や他の爬虫類の皮膚のように、冷たくじっとりしたものだった。

囁きが明らかに大きさを増し、怒気を孕んでハミングしていたので、今日が収穫祭の日*28だと気がついた。私は、前述の言語に絶する詠唱や、夏の稲妻のかすかな明滅にも似た、しゅうしゅう言う歯擦音の言葉を、ほぼ完全に聞き分けることができた。

遠く離れた地平線を照らした禍々しい爆発が、邪悪な宇宙《コスモス》から届いたもののように思われた。そんなはずはないのだが、筆舌に尽くしがたい巨大な人間ならざる恐ろしい声が、怖気を奮う歯擦音で言葉を発し、しわがれた笑いの轟きで終わったのを、私ははっきりと耳にしたのである！

神々よ、私の身の程知らずの好奇心は、黄昏の空間から何を喚び起こしたというのか。

結末はどのようなものになるのだろうか。


ついに、この忌まれた古い屋敷で、私の夢が実現する時がきた！

足を踏み入れるべき戸口、失われた印形《サイン》と言葉を私に明かしてくれるであろう、古《いにしえ》の忘れ去られたるものを見出したのである。

彼、というよりもそれはいつの頃から埋葬され、そのまま忘れ去られていたのだろうか。地上に知るものとてなく、その名を口にすることすらも恐れるわずかな者のみがその名前を囁き、誰一人としてその横たわる窖《あなぐら》を垣間見たものがいなかった存在は。

ついに私は恐ろしいシンボルの意味するところを学び、七つの失われた恐怖の印形《サイン》を我が物とした。

同様に、悍ましくも言語を絶する恐怖の言葉を、沈黙のうちに学びとった。

残るは、古《いにしえ》の戸口の守護者である忘れられしものを変容させる詠唱を成し遂げるのみ。

その詠唱には、いささか驚かされた。私の知るいかなる言語にも似ていない、奇妙で忌まわしい喉頭音としゅうしゅういう歯擦音から成っていたのである。

私は今日、丘の上でこれを大声で詠《よ》み上げようという誘惑に駆られたのだが、その試みは一見、無為に終わった。とはいえ、邪悪な宇宙《コスモス》からの奇怪で禍々しい振動を喚起することには成功したらしく、轟《とどろき》の雲——私たちの知るような埃ではなく、邪悪な生命体の如き悍ましくも目の眩《くら》むような凄まじい雲が同時に巻き起こったのだった。

次回はもっとうまくいくことだろう。


今日は、暗く不気味な雲が、丘の輪の上に垂れ込めていた。

そうした雲を、以前にも幾度か目にしたことがあった。

煙の如き異様な形をしているのだが、邪悪な実体を想起させずにはいられない雲が一つあった。より具体的には、独立石群《モノリス》の円環の中を浮遊するという手段で、環状列石に自身の邪悪な生命を分け与えてでもいるかのように、常に環の中にいるのである。

誓って言うが、それらの雲は怒ったようなざわめきを発していた。

それらの雲はまた、四分の一時間を越えて上空にとどまることはなく、やがて散開した部隊のように、ゆっくりと東の方に流れ去った。

彼らこそは、かつてソロモンが知っていた恐ろしいものどもに他ならないのかもしれない――その数が軍勢規模であり、足踏みが大地を揺さぶる、巨大で黒々としたように見えるものどもは。


今日は、名前無き存在を変容させる詠唱をリハーサルし、息を潜めるように発音している時ですら、奇怪な恐怖がなおも私を捕らえた。

そして、それに至る唯一の道が、その中に潜む恐ろしきものどもの只中に位置する、鍵のかかった地下室を抜けることなのだった。その詠唱で静止させることはできても[*29]、正しい印形《サイン》と身振りを措《お》いて、喚び起こされたものを支配する術式は存在しないのである。

それにしても、中に閉じ込められている恐怖を解放するための鍵はどこにあるのだろうか。

私はそれら全てを大いに恐れているのだが、未知の力が私を衝き動かしている。

従わないわけにはゆかぬ。何としても、地下室を解放しなければ。


今日の午後遅くになって、あの近寄りがたい区画へと降りていった。

最初は、何もかもが静まり返っていた。やがて何かが威嚇的に歩き回る音が新たに始まったのだが、今回の音はこれまでよりも大きく恐るべきものになっていた。

巨大な海獣のようなものがずるずると滑る音も、より慌ただしく激しくなり、まるで、私が立っているところに力づくで押し寄せてこようとしているかのようだった。

絶え間のないくぐもった足跡がいよいよ切れ目なく禍々しいものになっていく一方で、突如として以前の残響音が響き始めたのだが、ずっと大きな音——百倍にも強まっていた。

原初の恐怖が地上をのし歩いていた恐竜時代末期の、ある種の恐ろしい怪物の轟吼《ごうこう》を措いて、喩《たと》えることができそうな音はなかった。

扉の鍵を解除した時、あのような恐ろしい存在の猛威に耐えることなどできるだろうか。


今日は、鍵のかかっていた小部屋で鍵を見つけた。

持ち主がそれを隠そうとしたかのように、大量のガラクタの下に埋もれていた。

それは、未知の爬虫類か何かの乾燥した皮にしっかりと包《くる》まれていた。そして、皮膚の内側には日記と同じ判読し難い文字で、次のように書かれていた。

「その秘密の文字が、人類誕生以前に在りし秘密、地球上の誰もが学んで平和を喪うようなことをなからしめるべき秘密のことどもを、我輩は決して暴露するつもりはない。何となれば、我輩は喪われた永劫の太古の都邑なるイアン＝ホーを訪《おとな》い、あの恐ろしくも近寄りがたい地にて見つけ出し、あるものを持ち去ったのであり、かの地で目にした畏怖すべきものとその姿は、これらのものよりもさらに恐ろしきものであったが故に。そして見よ！　我輩が覚醒めさせて持ち去ったものと我輩は二度と再び分かれることはなく、『禁じられしことどもの書』に書かれている如く、引き離されることもない。そして見よ！　その書物に書かれている如く、我輩の生きんとする意思が、我輩を恐るべき姿に変容させ、それでも我輩が尚早に過ぎたならば、今暫《しばら》くその中に留まらねばならぬのである」

この鍵の外見を記述する言葉が見つからない。錠前と同じく、緑がかった金属（光沢がない）で出来ていて、緑青《ろくしょう》に曇った真鍮《しんちゅう》に似ており、棺型の開口部にぴったり合うように造られていた。錠前同様に重く嵩張《かさ》っていて、握りの部分はもはや識別することのできない、何かしらに大雑把に似せようとした非人間的な像になっていた。奇妙なことを言うようだが、金属製の不活性物体であるにもかかわらず、私が手にしている時はいつなりと、それが胎動しているのがはっきり感じられたのだ。塑像の下には、漢字風の不朽の文字で「我が復讐が潜み棲む」と彫り込まれていたのだが——残りの部分は歳月の経過によって判読できなかった。


昨晩は起きていて、錠前と同じく不気味な緑色に輝く鍵を眺めていたのだが、しゅうしゅう言う奇妙な囁きが発せられているように思った。囁きには、〈時至る〉という言葉がはっきりと含まれていた。それは予兆《オーメン》であり、私は自らの恐怖を笑い飛ばした。

恐怖の言葉と七つの失われた恐怖の印形《サイン》を、私は手にしているのではなかったか。宇宙《コスモス》ないしは未知の暗い空間に棲むものどもを従わせる力を。

もはや、躊躇《ためら》うつもりはない。三ヶ月ほど前、私がここに到着した時に遭遇したものよりもずっとひどい、凄まじい嵐が迫っているのだ。

稲妻が、丘の上の悪意に満ちた環状列石を不気味な緑色に染め上げ、威嚇的な足音とくぐもった反響音が、それらと混ざりあう恐ろしい雷鳴よりも大きな音で、遠い地平線の向こうから響いていた。

訳注

1　ハイデルベルク大学　Heidelberg Universities

一三八六年に創設されたドイツ最古の大学で、一八〇三年以降の正式名称はルプレヒト・カール大学ハイデルベルク Ruprecht-Karls-Universität Heidelberg。

2　心霊現象研究協会《SPR》　Society for Psychical Research

一八八二年に、英国ケンブリッジ大学トリニティ・カレッジのヘンリー・シジウィック教授らに創設された、心霊現象や超常現象の調査・研究団体。ルイス・キャロルやアーサー・コナン・ドイルなどが所属したことで知られ、一八八五年には米国支部が創設された。タイパーが所属していたのはこちらだろう。なお、その前年にあたる一八八四年には、クトゥルー神話の世界観とも縁の深い神智学協会のトリックを暴き、対立している。

3　インドシナ　Indo-China

中国とインドの間にある東南アジアの半島だが、ここでは一九五四年まで存在していたフランス領インドシナのことだろう。現在のベトナム、ラオス、カンボジア。

4　ヴァン・デル・ヘイル　van der Heyl

名前から、オランダ系の一族と思しい。「ヴァン」は英語圏での読みで、オランダでは「ファン」となる。

5　黒弥撒《ミサ》　Black Mass

キリスト教における聖体拝領の弥撒は、最後の晩餐を記念し、救世主による救済を再現する儀式である。これを正反対にして、逆さにした十字架を掲げ、パンと葡萄酒の代わりに赤子の屍骸とその生き血を祭壇に捧げ、時にはこれを飲み食いする悪魔崇拝者の儀式が黒弥撒である。HPLがしばしば作中で名前を挙げる、フランス人作家ジョリス＝カルル・ユイスマンスの『彼方』に詳しい。

6　コラズィン　Chorazin

新約聖書「マタイによる福音書」一一章二一節、「ルカによる福音書」一〇章一三節において、ナザレのイエスが「禍い」として非難しているイスラエルのガリラヤ地方の街で、現在は廃墟となっているキルベト・ケラゼであるらしい。一四世紀にベストセラーになった、ジョン・マンデヴィル卿なる人物（おそらく偽名）の著した東方旅行記『ジョン・マンデヴィル卿の旅』において、コラズィンは反キリストが出現する場所として言及されている。HPLが愛読した英国の怪奇小説家M・R・ジェイムズの「マグナス伯爵」は、スウェーデンの領主であったマグナス伯爵が、コラズィンという大昔に見捨てられた村へ赴き、人ならぬ怪物を連れ帰ったという筋立ての物語である。HPLは、「アロンゾ・タイパーの日記」と「マグナス伯爵」を結びつけようとしたのだろう。ちなみに、コラズィンについてはブライアン・ラムレイの短編「妖蛆の王」にも言及がある。

7　イロコイ族　Iroquois
正確には単独の部族名ではなく、北米の五代湖の南側に居住していたオナイダ族、オノンダーガ族、カユーガ族、セネカ族、タスカローラ族、モホーク族から成る六部族連合で、シックス・ネイションズとも呼ばれる。

8　コーチシナ　Cochin-China
フランス統治時代のベトナム南部のこと。

9　魔女の集会　estbat
満月の夜に開催される魔女の祝祭、エスバット esbat の誤りだろう。

10　腐り果てた　leprous
原文では「ハンセン氏病のように腐り果てた」。

11　アバドン・コーリイ　Abaddon Corey
アバドンについては「祝祭」の訳注を、コーリイについては「ダンウィッチの怪異」の訳注を参照。

12　アクロ語　Aklo
「ダンウィッチの怪異」の訳注を参照。こちらでは、明らかに文字ないしは言語である。

13　豚面《ぶたづら》と認識される顔立ち　swine-like features
HPLが高く評価し、大きな影響を受けていたウィリアム・ホープ・ホジスンの『異次元を覗く家』に登場する、豚のような異次元の怪物を意識したものと思しい。

14　『ナコト写本』　Pnakotic Manuscripts

HPL「北極星」が初出の、更新世以前に遡る書物。「蕃神」「未知なるカダスを夢に求めて」「狂気の山脈にて」などの断片的な記述を総合すると、完全な『ナコト写本』は幻夢境に一冊あるきりで、覚醒の世界には断片のみ残っているらしい。リン・カーター「陳列室の恐怖」によれば、著者は〈イスの偉大なる種族〉である。

15 『エルトダウン・シャーズ』 The Eltdown Shards

HPLが創作上の助言をしていたリチャード・フランクリン・シーライトの「暗根」が初出の粘土板。シーライトは続く「知識を守るもの」で『エルトダウン・シャーズ』の設定を掘り下げ、英国南部のエルトダウン近くの砂利採取場にある、三畳紀初期の地層から一八八二年に発見された二三枚の粘土板としたが、〈ウィアード・テールズ〉の編集長ファーンズワース・ライトから掲載を拒否され、一九九二年刊行のフェドガン&ブレマー社の『ラヴクラフト神話の物語 Tales of the Lovecraft Mythos』に掲載されるまで日の目を見なかった。ラヴクラフトはその事を知ってか知らずか、〈ファンタジー・マガジン〉誌掲載のリレー小説「彼方よりの挑戦」の自分の担当原稿に『エルトダウン・シャーズ』を登場させ、一九一二年にサセックスの牧師アーサー・ブルック・ウィンターズ＝ホール師が、『シャーズ』のある程度の部分の翻訳に成功したと称してパンフレットを刊行、一億五千万年前に地球を支配していた〈偉大なる種族〉と、宇宙の彼方に透き通った立方体状の転送機を送り込み、これを用いて侵略を繰り返す芋虫のような姿のイェーキューブ人の地球侵攻を〈偉大なる種族〉が食い止めた経緯が書かれているという設定を追加した。HPLはまた、一九三四年から一九三五年にかけて執筆した「超時間の影」において〈偉大なる種族〉の出身地である超銀河世界イスについての記述が、『エルトダウン・シャーズ』に含まれていると設定。一九三六年二月一三日付のシーライト宛書簡中で、『エルトダウン・シャーズ』と『ナコト写本』の内容が奇妙に類似していると書いている。

16 ノルマン＝フランス語版『エイボンの書』 Norman-French Livre d'Eibon

クラーク・アシュトン・スミスが創造した、『ネクロノミコン』に次ぐクトゥルー神話第二の書物とも言うべき禁断の書で、初出は「ウボ＝サスラ」。ヒュペルボレイオス大陸の魔術師にして、ツァトーグァの大神官であるエイボンが、この大陸の言語で著したとされるが、クトゥルー神話を体系化したリン・カーターは後に、エイボンの弟子サイロンが、師の失踪後に編纂したという設定に変更した。このLivre d'Eibonというのは、『エイボンの書』のフランス語版タイトルを想定したと思しいHPL独自設定である。ラヴクラフトは一九三三年一二月一三日付のスミス宛書簡において、『象牙の書Liber Ivonis』というラテン語タイトルで呼ばれる『エイボンの書』のハイパーボリア語版が、西方の海に沈んだ大陸からヨーロッパに持ち込まれ、スミスの「イルーニュの巨人」に登場するヴィヨンヌの魔術師ガスパール・デュ・ノールが、一二四〇年にギリシャ語版『エイボンの書』をフランス語に翻訳したという設定を提示した。

なお、スミスの「白蛆の襲来」は、魔術師エイボンが書き記した『エイボンの書』の一部という体裁の小説である。クトゥルー神話を体系化したリン・カーターは、HPLの「『ネクロノミコン』の歴史」に倣って『エイボンの書』の翻訳、出版の歴史を「『エイボンの書』の歴史と年表について」という文章にまとめた。のみならず、『エイボンの書』の再現を目指して、スミスのメモなどを参考に『エイボンの書』にまつわる数多くの小説を執筆。彼の死後、遺著管理人であるロバート・M・プライスによってその試みは完遂され、スミスやカーター、その他の作家たちの作品から成る『エイボンの書』（邦訳は新紀元社）が刊行されている。

17　ルートヴィヒ・プリンの『妖蛆の秘密』　Ludvig Prinn's De Vermis Mysteriis

HPLの弟子にあたる若手作家ロバート・ブロックが創造した書物で、初出は「星から訪れたもの」。父なるイグ、暗きハン、バイアティスなどの蛇神についての記述に加え、「サラセン人の儀式」と題する章には、ナイアルラトホテプや鰐神セベク、大蛇セト、肉食のブバスティス、大いなるオシリスなど、古代エジプトの悍ましい神々にまつわる神話・伝説がまとめられている。

「妖蛆」を「ようしゅ」と読むのは『クトゥルーⅢ』（青心社、一九八二年）収録のダーレス「ビリントンの森」で、翻訳者の大瀧啓裕がつけたルビが初出である。国書刊行会の『ク・リトル・リトル神話集』に収録されている「白蛆《びゃくしゅ》の襲来」に倣《なら》ったものと思しいが、「白蛆」と書いて「びゃくしゅ」と読む雅語的な表現は存在するものの、実際には「蛆」という字に「しゅ」という読みは存在しない。

18　レムリア人　Lemurians

本来のレムリア大陸は、レムールという猿の分布を根拠に、一九世紀英国の動物学者フィリップ・スクレーターが提唱したインド洋の仮想大陸である。ただし、HPLを筆頭に、クトゥルー神話の文脈では、神智学関連文献において太平洋に沈んだとされる古代大陸を指し、後にはジェームズ・チャーチワードの『失われたムー大陸』などに言及されるムー大陸と同一視された。詳しくは、『クトゥルーの呼び声』（星海社）を参照のこと。

19　シャンバラ　Shamballah

インド仏教の教典である『時輪タントラ』などに言及される、未来仏弥勒菩薩《マイトレーヤ》に統治される理想世界。神智学協会の共同設立者であるヘレナ・P・ブラヴァツキーは、ヒマラヤの偉大なる白き兄弟団と接触していると喧伝し、シャンバラについても言及している。

本作執筆の少し前、英国の作家ジェームズ・ヒルトンが一九三三年に刊行した『失われた地平線』には、シャンバラをモチーフとするシャングリ＝ラというチベット奥地の理想郷が登場している。

20　『ズィアンの書』　the Book of Dzyan

神智学協会のヘレナ・P・ブラヴァツキーが一八八八年に刊行した、『シークレット・ドクトリン』の基盤であるというチベット起源の書物で、センザールの聖なる言語で記述されているという。HPLは本作とほぼ同時期に執筆した「闇の跳梁者」においても、『ズィアンの書』を登場させている。

21　イアン＝ホー　Yian-Ho

一九三二年〜三三年の「銀の鍵の門を抜けて」が初出。同作によれば、後にブライアン・ラムレイの『タイタス・クロウの帰還』においてタイタス・クロウ、アンリ・ローラン・ド・マリニーの所有物となる掛け時計の出所がイアン＝ホーとされる。また、リン・カーターの「陳列室の恐怖」では、惑星ヤディスの魔術師ズカウバがドールという種族から盗み出した『ゴール・ニグラル』という書物が、イアン＝ホーに隠されていたと設定された。同作によれば、『無名祭祀書』を著したフォン・ユンツトが、イアン＝ホーと関係のあるらしい「中国内陸部のどこかにある、人里離れて辺鄙な、悪い噂が流れる石造りの寺院」に赴き、『ゴール・ニグラル』を閲覧したという。

22 ソロモン Solomon

イスラエル王国の伝説的な王。旧約聖書「列王記」によれば、ギブオンの聖所において夢の中で神の示現を受け、あらゆる訴えを聞き分け、善悪を判断する心を授けられたとあるが、一世紀のユダヤ人歴史家フラウィウス・ヨセフスが『ユダヤ古代誌』において「神がソロモン王に悪魔を祓う秘技を教えた」と述べたように、魔術に長けた王と古くから考えられていた。その背景には、ソロモン王がエジプトの王《ファラオ》の娘を筆頭に、モアブ、アンモン、エドムなど異国出身の娘達から成る七〇〇人の王妃と三〇〇人の愛妾《あいしょう》を持ち、ケモシュやモレク、アシュタロトといった異教の神々の聖所をエルサレムの東に築いたという「列王記」の記述がある。

イスラム教圏ではスレイマーンの名で伝わり、やはり悪魔を操り、封印した魔術王とされている。

一世紀から三世紀頃にかけて成立した『ソロモンの誓約』を筆頭に、ソロモンの名前を冠する魔術書が数多く存在する。こうした魔術書が大量に出現したのは一三世紀以降で、中でも有名なのが『レメゲトン』の異名を持つ五部構成の『ソロモンの小さき鍵』で、その第一部にあたる『ゴエティア』がいわゆるソロモン王の七二柱の魔神たちの種本である。なお、『ゴエティア』というタイトルは古代ギリシャにおいて魔術を指す、「うなり声をあげる」を意味する古典ギリシャ語の「ゴアオー」に由来する。これは、「夜の魔物（虫）の声」を意味する『アル・アジフ』のネーミングに通じるものがある。

23 ヴァルーシアの蛇人間 Valusia's serpent-men

HPLの友人作家であるロバート・E・ハワードの「キング・カル」シリーズに登場。アトランティス大陸が水没する以前の時代に栄えたヴァルーシア王国を影から操っていた、直立する蛇の姿をした種族である。クトゥルー神話の文脈ではやがて、HPLの「無名都市」に登場する古代の爬虫人類、クラーク・アシュトン・スミスの「七つの呪い」に登場するヒュペルボレイオス大陸地下の蛇人間と同一視されていくことになる。リン・カーターの「イグの復讐 The Vengeance of Yig」によれば、彼らは恐竜よりも早くペルム紀に出現し、超大陸パンゲア中央部のヴァルーシアに帝国を築いた。帝国は二億二五〇〇万年前に滅びるが、ＨＰＬの「墳丘」に描かれる北米地下の赤い世界ヨスなどに逃れる。その後、ヨスの蛇人間は、優れた科学文明を発達さるのだが、深層のンカイで見つけたツァトーグァ像を崇拝したことで、怒ったイグに蛇に変えられてしまう。この時、イグの大祭司ススハーは、生き残りを率いてヒュペルボレイオス大陸のヴーアミタドレス山に逃れたのだが、それが「七つの呪い」に登場する蛇人間たちなのである。

24　『秘《かく》されしことどもの書』 the Book of Hidden Things
詳細不明。ウィリアム・ラムレイの初期稿では『禁じられしことどもの書 the Book of Forbidden Things』。リン・カーターは、この書物を前述の『ゴール・ニグラル』と同じものだと解釈した。

25　ヤディス Yaddith
ＨＰＬとエドガー・ホフマン・プライスの合作「銀の鍵の門を抜けて」が初出の、地球から数百万光年も離れた場所にある惑星。

26　千の仔を連れた山羊 The Goat with a Thousand Young
とりあえず、「森の黒山羊に千人の若者の生贄を」は、魅力的な言葉ではあるが完全な誤訳である。

27　魔術師《ウォーロック》 Warlock
かつては悪魔を意味する古英語で、一五六〇年代から男性の魔法使い（Witchに対応する語）として使用され始めた言葉。初期稿で多用されているのだが、ＨＰＬは気に入らなかったらしく、一箇所を除いて変更した。

28　収穫祭の日 Lammas
収穫祭は八月一日なので、別の祝日との勘違いだろう。

29　その詠唱で静止させることはできても
原文は though this chant is the station なのだが、文意不明。stationには「静止」という古い意味があるので、これを採用して文章を繋げた。

訳者解説

Translator Commentary

アブドゥル・アルハズレッドと『ネクロノミコン』

「狂えるアラブ人」

Ｈ・Ｐ・ラヴクラフト（以下、ＨＰＬ）自身の証言によれば、アブドゥル・アルハズレッドというのは彼が五歳の頃、児童向けの『千夜一夜物語』を読んで中世イスラム世界に夢中になった彼のために、家族もしくは弁護士のアルバート・Ａ・ベイカーがこしらえてくれた、アラビア風の名前だった。幼いＨＰＬは母親にお願いして部屋の隅に東洋風の壁飾りや香炉《こうろ》、壺《つぼ》を揃え、ムスリムを自称したという。

アブドゥル・アルハズレッドは幼少期からの彼のペンネームのひとつであり、後年、自らの作品中でその名前の人物について言及するようになってからも、しばしば書簡《しょかん》の署名に用いた。

「アブドゥル・アルハザード」というのは英語読みなので、本シリーズではアラビア風の発音に多少近づけた「アブドゥル・アルハズレッド」を採用している。ただし、ラヴクラフト研究家のＳ・Ｔ・ヨシによれば冠詞が繰り返される「アブドゥル・アルハズレッド」は誤ったアラブ人名で、アブド・エル＝ハズレッドが文法的に正しいようだ。このあたりについては、「無名都市」の訳注にも詳述している。

ちなみに、母方のフィリップス家の縁戚に、ロードアイランド州のハザード家があって、「アルハズレッド＝アル（定冠詞）＋ハザード」という姓を考案した人物の念頭にはそれがあったのかもしれないが、ＨＰＬ自身はそのことを知らなかったようである。

『千夜一夜物語』に続いてＨＰＬが熱中したのがグレコローマンの神話・物語の数々で、幼少期に非キリスト教圏の伝統に触れたことでキリスト教の教えに懐疑的になった——そのように解釈する向きもあるようだが、当時の児童向け童話集には多々、そうした物語が含まれているので、そこは割り引いて考えるべきだろう。そうした物語を読んだ子供たちが簡単にキリスト教に背を向けてしまうのであれば、アメリカが今日もなおキリスト教国でいられるとは思えない。

さて、アブドゥル・アルハズレッドの名がＨＰＬの創作に最初に現れるのは一九二一年執筆の小説「無名都市」で、後々、彼の架空神話大系において重要な意味を与えられることになる二行連句「久遠《くおん》に横たわりしものは死せずして、奇異なる永劫のもとには死すら死滅せん」の作者とされている。「無名都市」の翌年、一九二二年に執筆された「猟犬」では、アブドゥル・アルハズレッドは『ネクロノミコン』なる悪魔学の書物――中央アジアのレン高原の屍食宗派にまつわる、死者を悩ませ貪《むさぼ》り食う霊魂や魔よけなどについて書かれている書物の著者とされている。

さらにその翌年には、ユールの日の儀式についての記述があるオラウス・ウォルスミウス翻訳のラテン語版の存在が「祝祭」で示されるなど、アブドゥル・アルハズレッドの名前は『ネクロノミコン』とワンセットで、ＨＰＬの作品中に頻繁《ひんぱん》に登場するようになっていく。

「死者の書」

ＨＰＬの作品同士を結びつける鍵《かぎ》として、『ネクロノミコン』は友人の作家たちや読者の間でもその名前が意識されるようになりはじめた。一九二七年にはフランク・ベルナップ・ロングが「喰らうものども」の冒頭にジョン・ディー翻訳の英語版『ネクロノミコン』からの引用を掲げ（雑誌掲載時、編集部に削られてしまった）、続いてクラーク・アシュトン・スミスが「妖術師の帰還」で『ネクロノミコン』のアラビア語版を登場させるなど、友人作家たちの作品にも登場するようになった。

この頃になると、ＨＰＬは設定を整理する必要を感じたようで、一九二七年末までに「『ネクロノミコン』の歴史」を執筆した。原題が『アル・アジフ』とされたのも、この時のことである。

なお、同じ年に執筆された半自伝的小説「チャールズ・デクスター・ウォード事件」では、『イスラムの琴 Qanoon-e-Islam』という異名が示されている。これは、一九世紀に実在した本のタイトルでもあるのだが、急に「琴」という言葉が使われているので、あるいはＨＰＬは「Qānūn（正典・原則）」「Qanoon（琴）」を取り違えているのかもしれない（『クトゥルーの呼び声』収録の「墳丘」でも、訳者はＨＰＬのスペイン語の誤りを幾つか修正している）。

ＨＰＬが『ネクロノミコン』を思いついた時期については、「猟犬」を著した一九二二年一〇月以前としかわかっていない。彼が自作中に架空の書物を出したのはこれが初めてのことではなく、一九一八年執筆の「北極星《ポラリス》」で言及される『ナコト写本』の方が先に登場している。

ドナルド・Ｒ・バールスンは、一九二〇年頃にＨＰＬが読んだというナサニエル・ホーソーンの覚書に「大きな書斎にある古い書物――誰もがその鍵を外し、開くのを畏れた。というのもそれは魔術書であるといわれていたのだ」という文章があることを指摘している。とはいえ、ＨＰＬが「文学における超自然の恐怖」に書いた通り、「隠された黴《かび》だらけの文書」というのは古典的怪奇小説の定番的な舞台装置であり、「『ネクロノミコン』の歴史」においてその影響がほのめかされているロバート・Ｗ・チェンバーズの『黄衣の王』や、やはりＨＰＬが読んでいたウィリアム・ホープ・ホジスンの小説に登場する『サアマアア典儀 the Saaamaa Ritual』や『シグサンド写本 Sigsand Manuscript』など、先行例はいくらでもあるので、具体的な元ネタについては特定しようがないという意見もある。

なお、『ネクロノミコン』という書名については、紀元一世紀ローマの占星術師マルクス・マリニウスが著した『アストロノミコン』あたりから採ったもので、当初は「死者の書」「死霊の書」くらいの意味合いだったのだろうというのが、オーガスト・W・ダーレスなどの統一見解である。

ただし、HPL自身は、この書名を夢の中で思いついたと書いている。凝《こ》り性の彼は後年、このタイトルの古典ギリシャ語としての厳密な解釈を試みたようで、一九二七年二月下旬のハリー・O・フィッシャー宛書簡などでは、『ネクロノミコン』というギリシャ語タイトルは、「NEKROS（死体）、NOMOS（法典）、EIKON（表象）——したがって死者の律法の表象あるいは画像」を意味すると説明している。

このようなディティールに支えられた『ネクロノミコン』を真に受ける読者はHPLの生前から存在し、悪乗りする好事家も現れた。一九三四年には〈ブランフォード・レビュー〉紙にウォルハイムなる人物の書評が掲載され、ニューヨークの書籍商フィリップ・C・ダシュネスのカタログにラテン語版『ネクロノミコン』が掲載されている。ついには、『ネクロノミコン』そのものを出版してしまう人間も現れることになるのだが、HPL自身は死の前年である一九三六年、彼と手紙のやり取りをしていたSF作家の卵（当時一五歳である）のジェイムズ・ブリッシュから、『ネクロノミコン』を全部執筆してみたらどうかとの質問を受け、次のように回答している。

「恐ろしげにほのめかしたものの十分の一も恐ろしく、あるいは印象的なものですら決して作り出せないでしょう。誰かが『ネクロノミコン』を実際に執筆したとしたら、あれの秘密めいた言及に震え上がった全ての人々を失望させるに違いありません」

「無名都市」解説

一九二一年一月の中旬から下旬にかけて執筆された「無名都市」は、狂えるアラブ人アブドゥル・アルハズレッドが初登場した作品だ。五歳の頃に『千夜一夜物語』に耽溺《たんでき》し、母親にねだって自室の片隅を東洋風に飾り付けたというHPLの、幼少期に遡る東方趣味が遺憾《いかん》なく発揮された、エキゾチックな作品となった。ただし、この時点ではまだ『ネクロノミコン』の著者ではなく、例の二行連句にしても、「クトゥルーの呼び声」で特別な意味付けが行われるのは五年先のことである。

なお、『千夜一夜物語』の初読が五歳だったという話は、様々な書簡や文章でHPLが繰り返し言及していることなのだが、ロバート・E・ハワード宛の一九三〇年八月一四日付書簡において「五歳の頃にアンドルー・ラング訳の『千夜一夜物語』に夢中になった」と書いていたりもするので、あるいは時期がずれている可能性もある。ラングが児童向けに翻訳した『千夜一夜物語』が刊行されたのは、HPLが八歳だった一八九八年のことであり、彼はクリスマスプレゼントに母親からその本を貰ったとも別のところで書いているので――少なくとも、別の本ではあったのだろう。

他の多くの作品と同じく、HPLは実際に見た夢を基に、この作品を著したという。夢を見た時期や具体的な内容は明言されていないが、ダンセイニ卿の『世界の涯の物語』に収録されている「三人の文士に降りかかった有り得べき冒険」の末尾、「音ひとつない奈落の闇」(中村融訳)という一節に誘発されたと書簡にあるので、彼がダンセイニ卿の作品を読み始めた一九一九年九月以降のことなのだろう。

ちなみに、HPLがアイディアやイメージを手元に書き溜めていた備忘録には、一九一九年の条に「奇怪な地下室にいる男——青銅の扉を押し破ろうとする——流れ込んできた水に巻き込まれる」という本作のシーンのひとつを彷彿《ほうふつ》とさせる一文がある。同じ年の条において、HPLはブリタニカ百科事典第九版の「アラビア」の項目から、「イレム、円柱都市……アド族最後の暴君シェダドによりハドラマントの地域に建てられたとされる。アラブ人が言うには、その住民が全滅した後、通常の目には決して見えないが、時々、稀に天の恵みを受けた旅人に開示される」という一文を書き写してもいる。

HPLのお気に入りの作品であり、同じく秘境探索がテーマの「狂気の山脈にて」の筋立てや、訳注で指摘したように「未知なるカダスを夢に求めて」のクライマックスを先どっている。

しかし、ホレス・L・ローソンのアマチュア雑誌〈ウルヴァリン〉一九二一年一一月号に掲載された後は、不遇な扱いを受けた。一九二三年創刊の〈ウィアード・テールズ〉に掲載を拒絶されたのを皮切りに、〈ファンタジー・ファン〉〈ファンタジー・マガジン〉などの各誌から軒並み拒絶されたのだ。

結局、セミ・プロ雑誌〈ファンシフル・テールズ〉の一九三六年秋号に掲載されたのが商業誌での初出となるが、HPLは「五九もの誤字」があったことについて、書簡中で大いに愚痴《ぐち》を言っている。

なお、HPLは書簡において、「イレムには悪魔が棲んでいて、アブドゥル・アルハズレッドが『ネクロノミコン』を著した時、その都市を夢に見たそうです」(J・F・モートンJr宛一九三〇年三月一二日付書簡)、「円柱都市イレムのことですが、現代にも旅行マニアがたまに目にするという話を、確かに聞いたことがあります。あの狂えるアラブ人アブドゥル・アルハズレッドが八世紀、しばらく棲んでいたということです。言語に絶する悍《おぞ》ましい書物『ネクロノミコン』を書く前のことですよ」(C・A・スミス宛一九三〇年一一月一八日付書簡)などと、しばしばイレムについて言及している。

「猟犬」解説

「猟犬」は、おそらく一九二二年一〇月に執筆されたと考えられている。彼が幼少期から傾倒したエドガー・アラン・ポオや、後述のサミュエル・ラヴマンの勧めで一九一九年に読み始めたアンブローズ・ビアースといった先行作家たちの作品の雰囲気や文体を意識的に模倣《もほう》した、HPLには珍しいストレートなゴシック・ロマンス風の作品となっている。英国の「めったに人の通うこともない荒れ地」に建つ屋敷の周囲で、犬のような吼《ほ》え声が夜毎に響き渡るという情景などは、明らかにアーサー・コナン・ドイルの『バスカーヴィル家の犬』へのパロディだ。シャーロック・ホームズの大ファンだった少年期のHPLは、悪友たちとプロヴィデンス探偵事務所を結成、廃屋を本部にして街を駆け回ったという。

半ば世捨て人のディレッタントが郊外に隠棲《いんせい》し、趣味的な生活を送るという筋立ては、作中で名前が挙がるフランス人作家ジョリス＝カルル・ユイスマンスのデカダンス小説『さかしま』――貴族の末裔《まつえい》であるフロレッサス・デゼッサントが、放蕩《ほうとう》の末に郊外の屋敷に引きこもって趣味的生活を送る物語――を下敷きにしているようだが、こうした生活がHPL自身の理想であったことは間違いない。

本作は、『ネクロノミコン』なる書物が初めて言及された作品であり、既に「無名都市」に名前の出ていたアブドゥル・アルハズレッドが著者とされた。ただし、HPLが創造した架空の書物としては実のところ二番目で、一九一八年執筆の「北極星」に登場する『ナコト写本』の方が古かった。

無名の語り手がHPLの分身だとして、相棒であり、導き手でもあるセント・ジョンという人物には、HPLの友人たち、ラインハート・クライナーとサミュエル・ラヴマンが投影されているようだ。

ラインハート・クライナーはＨＰＬの二歳年下（一八九二年生まれ）の詩人、アマチュア・ジャーナリストで、手紙を介してではあったが、ＨＰＬとは一九一五年からの付き合いになる。クライナーはＨＰＬの刊行していたアマチュア雑誌〈保守派〉の読者で、幾度かプロヴィデンスを訪れてＨＰＬと直接顔を合わせている。その後、文通サークルであるクライコモロを経て、一九二四年に結婚したＨＰＬがニューヨークに移り住んだ後は、後にケイレム・クラブと名付けられる交流会（ＨＰＬ以外の作家で、最初に自作品中で『ネクロノミコン』への言及を行ったフランク・ベルナップ・ロングもその一人）にも加わっている。「猟犬」の執筆当時、ＨＰＬと特に親しい友人の一人だったのだ。

なお、ＨＰＬは結婚前の一九二二年の四月と九月に、クライナーを含む友人たちに会うべくニューヨークを訪れたのだが、九月一六日にクライナーと連れ立ってブルックリン区にあるフラットブッシュ・オランダ改革派教会の墓地（「レッド・フックの恐怖」でも言及される）を訪問。流石に墓を暴いたわけではないだろうが、この時の刺激的な経験がＨＰＬに筆を執《と》らせたのだという。

もう一人、サミュエル・ラヴマンはオハイオ州クリーヴランド在住の詩人で、ＨＰＬは一九一五年頃にアマチュア文芸誌に掲載された彼の詩を愛読するようになり、一七年から手紙での交流を始めた。「ランドルフ・カーターの供述」「ナイアルラトホテプ」などの作品の原型になったＨＰＬの夢の中で、本作におけるセント・ジョンのような導き手として登場したのが他ならぬラヴマンである。

ただし、二人が実際に顔を合わせたのは一九二二年の春だった。同じ年の八月には、ＨＰＬはクリーヴランドのラヴマン宅を訪ね、彼の美術品コレクションを見せられたという。これが、「猟犬」におけるプライベート博物館のモチーフになったのだろう。

「祝祭」解説

ラヴクラフトの小説作品は、おおよそ三つのタイプに分類される。
「無名都市」「狂気の山脈にて」「超時間の影」といったジュール・ヴェルヌ、エドガー・アラン・ポオなどの秘境冒険物を彷彿とさせる作品群、「セレファイス」「未知なるカダスを夢に求めて」のような地球の夢の国を舞台とするダンセイニ的な幻想色豊かな作品群、そして彼が実際にそこで生活しているニューイングランド地方の街や村を舞台とする、一連の「ラヴクラフト・カントリー」ものである。

多くの場合、ラヴクラフト・カントリーものの作品は、ラヴクラフトの旅行経験から生まれてきた。キングスポートは、HPLが一九二〇年一月末に執筆した「恐ろしい老人」という作品の舞台として登場した、ニューイングランド地方の架空の港町だ。アーカムの初出が同年一二月執筆の「家の中の絵」、インスマスの初出がやはり同じ年の一一月執筆の「セレファイス」（ただし、この時点では英国の海沿いの街だった）なので、いわゆるラヴクラフト・カントリーの最初の街ということになる。

「恐ろしい老人」では、ニューイングランドのどこかというだけで、具体的な位置がおぼろげだったキングスポートが、はっきりと東海岸の地図上に根をおろしたのが本作、「祝祭」である。

アマチュア・ジャーナリズム仲間を訪ねるという目的もあって、HPLは一九二〇年頃から頻繁にニューイングランド地方の小旅行を繰り返した。そうした小旅行の過程で、彼がマーブルヘッドというセイラムの南東にある港町を初めて訪れたのは、一九二二年一二月一四日の午後四時頃のことだった。

HPLはその折の感動を、ジェームズ・ファーディナンド・モートンに宛てた一九三〇年三月一二日付の手紙に、「私の四〇年近い人生に経験した中で、もっとも強烈な感情的頂点でありました。ニューイングランドの過去がすべて――古き英国の過去がすべて――アングロ＝サクソンの世界と西洋の過去がすべて――どっと私に襲いかかってきたのです」と、熱意をこめた筆致で記している。密集した屋根に降り積もった白い雪が「狂気じみた夕焼け」に染まっていく光景から、「ある啓示と暗示を受け、宇宙と一体化することができた」とも。この衝撃的な体験を経て、キングスポートという街はＨＰＬの中でマーブルヘッドと一体化し、彼が一九二三年一〇月頃に執筆した「祝祭」に結実したのである。

実際、本作の無名の語り手が歩く道は、多くの点でマーブルヘッドと一致しており、いくつかの建物については（教会は現存しないようだが）現実のモチーフの存在が確認されている。

丘の上の古い墓地というのは、植民地時代の古い墓がいくつも存在するオールド・ベリアル・ヒル墓地（ベリアルというのは悪魔ではなく、「埋葬 Burial」のこと）なのだろう。

語り手の名前と同じく、作中時期も判然としない。ＨＰＬの「チャールズ・デクスター・ウォード事件」（一九二七年一月執筆、いずれ本シリーズにも収録予定）には、一七四五年から見て「数年前」に、「マサチューセッツ湾直轄植民地のキングスポートという風変わりな小漁村で、名状しがたい儀式が明るみになった」という話が出ている。ただし、路面電車《トロリー》が通っているということは、一九一〇年代よりも後（残念ながら、正確な開通時期を突き止めることができなかったのだが、一九一三年には存在していたようだ）なのだろうから、他のＨＰＬ作品と同じく執筆とほぼ同時期と考えられる。

ただし、「祝祭」のキングスポートがそっくりそのままマーブルヘッドに重なるかというと決してそうではない。マーブルヘッドは、ゆるやかな丘となっている街ではあるが、オールド・ベリアル・ヒル墓地も、教会のモチーフと思《おぼ》しい聖ミカエル監督教会、オールド・ノース教会も、街全体を見下ろせるほど高い位置にはない。のみならず、語り手自身が祝祭の夜、現実のキングスポートとは位相の異なる、もうひとつのキングスポートに足を踏み入れたことが物語中で暗示されている。

スティーヴン・キングはＨＰＬの作品から異次元の恐怖を読み取り、彼の「クラウチ・エンド」においてその感覚を表現しているのだが、このような魔術的な超常現象はむしろＳＦ作家的な唯物主義者、合理主義者であったＨＰＬ作品にあっては珍しいものだった。

本作全体を覆う魔術の空気感は、執筆当時のＨＰＬの関心を反映している。

後年、彼は「祝祭」を執筆していた頃を振り返って、「異質な種族の存在をほのめかすとき私が念頭に置いたのは、魔女信仰のように原始的な儀式を受け継ぐアーリア以前の魔術師集団の生き残りでした――ちょうどマレー女史の『西欧の魔女宗』を読んでいたところだったのです」と告白している。

マレー女史というのは、ＨＰＬと同時代の英国の考古学者、民族学者、マーガレット・Ａ・マレーのことである。魔女研究の第一人者で、一九二九年以降はＨＰＬのオカルト知識の出所である『ブリタニカ百科事典』の「魔女術」の項目を担当していた。彼女は魔女を異教の巫女、司祭の最後の生き残りと主張し、一九二一年にオックスフォード大学出版局から刊行した『西欧の魔女宗：人類学の研究』では、セイラム魔女裁判の背後に事実、悪魔を崇拝する魔女宗が存在したと説いていたのである。

マレーの主張は今日、その大部分が憶測に過ぎないと否定されているのだが、ＨＰＬに与えた影響は甚大《じんだい》だった。以後、魔女の街としてのセイラムと、魔女裁判後にそこから逃れた者たちというテーマが、ＨＰＬのラヴクラフト・カントリーものの背景にしっかりと根付くことになり、ＨＰＬの小説や書簡中で、そうした主張がしばしば繰り返されることになったのである。

『ネクロノミコン』の引用

本作は、「猟犬」でアブドゥル・アルハズレッドと結び付けられた『ネクロノミコン』の掘り下げが始まった作品である。オラウス・ウォルミウスによるラテン語版が禁書指定を受けたこと、そして奇怪な宗派の儀式において、『ネクロノミコン』そのものが祭具として用いられていることが示されている。

実在する神秘学関連の書物に並べて言及するというお馴染みの手法も本作が最初で、物語の末尾において長めの引用を行っていることと併せて、架空の書物に現実味を付加することに成功している。

なお、『ネクロノミコン』に書かれている内容をＨＰＬが様々な作品でほのめかし、他の作家たちも引用を行っていることから見過ごされがちなのだが、ＨＰＬ自身が「『ネクロノミコン』の本文」からの長めの引用文を示したのは、本作と「ダンウィッチの怪異」のみとなる。その意味でも、「祝祭」は『ネクロノミコン』という書物の扱いの重大な転換点となった作品と言えるだろう。

ちなみに、クトゥルー神話研究家のロバート・Ｍ・プライスは、本作の引用文――特に「悪魔と結びし者」というフレーズ――をベースに、「悪魔と結びし者の魂」という短編を執筆し、『ネクロノミコン』のこの箇所においてアルハズレッドがほのめかした恐怖の正体を描こうと試みた。引用文の内容が微妙に異なっているあたり、数多くの異本が存在する聖書とその外典・偽典の研究に取り組んできた聖書学者のプライスらしい作品なので、興味のある方は是非、読んでみて欲しい（リン・カーター『クトゥルーの子供たち』（エンターブレイン）に収録）。

「ピックマンのモデル」解説

一九二六年九月に執筆され、〈ウィアード・テールズ〉一九二七年一〇月号に掲載された作品である。HPLには非常に珍しい、平易で現代風の口語体による小説。執筆当時の「現代」のボストンが舞台だった——具体的な通りの名前が次々と挙げられるあたりなどは、現実のボストンに土地勘のある読者であれば、実に面白かったことだろう——こともあるが、それ以上に視覚的なイメージが浮かびやすい、「わかりやすい」怪奇小説だったので、HPL作品の中でも特に読者の人気を集める作品となった。

生前、商業書籍に縁がなかったと誤解されるHPLだが、それはあくまでも単行本のことで、「ピックマンのモデル」は『日中のみ By Daylight Only』(一九二九年)と『「夜読むべからず」オムニバス The "Not at Night" Omnibus』(一九三六年)の、二冊の怪奇小説アンソロジーに収録された。

コミックメディア社の〈ホリフィック〉8号(一九五三年刊行)に掲載された本作の翻案「死の肖像画」を皮切りに、ホラー・コミックスにおいて繰り返しコミカライズされてもいる。

『ネクロノミコン』がテーマの本書に、「ピックマンのモデル」が収録されていることについて、疑問に思う読者もいるかもしれない。この作品には実際、アルハズレッドのアの字も『ネクロノミコン』のネの字も出てこない。この疑問を解く鍵は、続く「『ネクロノミコン』の歴史」の中にある。「ある理由で恐怖が息づいていることがわかってる」——リチャード・アプトン・ピックマンが何故、ボストンの闇にこれほどまで深く精通することに至ったのか。後付かもしれないのだが、その理由は彼の一族と『ネクロノミコン』の関わりにあったのである。

ところで、画家と怪物の取り合わせは実のところ、HPLにとっては二回目の試みになる。一九〇七年（当時、一七歳）に執筆した「絵 The Picture」と題する、現存しない作品のあらすじを、HPLはロバート・ブロック宛の手紙の中で次のように説明している。

「パリの屋根裏部屋で男がカンバスに描く謎めいた絵には、あらゆる恐怖の真髄《しんずい》が宿っています。その男はある朝、イーゼルの前で、全身を爪で引き裂かれて死んでいるのが発見されます。乱闘の結果、絵は破壊されていますが、カンバスの切れ端は見つかり、その隅には、恐ろしいことに、画家を殺したと思われる鉤爪《かぎづめ》とおぼしき器官が描かれているのです……」

HPLは、作中でリチャード・アプトン・ピックマンという人物の唯物主義的な傾向を強調し、彼が空想ではなく「現物」を描いたという結末に繋《つな》げていくのだが、その筋立てにはこの作品における彼自身のスタンスも投影されていたに違いない。何しろ、作中でしつこいくらいに言及される通りや駅は全て実在のものであり、読者はボストンの地図を参照しながらHPLの文章を追いかけていくことによって、リアルな情景を思い描くことができるのだから。

HPLは、一六一〇年代に早逝した従兄弟のフィリップス・ギャムウェル（「インスマスを覆う影」の主人公の従弟であるローレンスのモデル）をボストン近郊のケンブリッジに幾度か訪ねて以来、数えきれないほどボストンに足を運んでおり、ノースエンド地区にも土地勘があった。

イタリア風の建物が立ち並ぶ、一見した限りでは美しい街である。自動車が行き違えないほどに道が狭く、裕福な住民がビーコン・ヒルの高級住宅に移り住んでからは、どちらかといえば低所得のイタリア系移民とユダヤ人が住み、ボストン・マフィアが支配するいささか物騒な土地になっていたようだが、日中はパンを焼く匂いが漂い、観光客の姿も見える賑やかな街だった。

彼の記憶では、ピックマンのアトリエがある路地はコップス・ヒル墓地の東に位置するフォスター・ストリートだということだが（アール・ピアス宛一九三六年一一月二八日付書簡）、「ピックマンのモデル」執筆の翌年七月、友人のドナルド・ウォンドレイをノースエンドに案内したＨＰＬは、彼が惹かれた迷路のような区画がすっかり取り壊され、建物の土台だけが残っているのを目の当たりにして、愕然としたという。彼が最後にそこを訪れたのは、本作を執筆した直後の一九二六年一一月だったのに。

食屍鬼《グール》――屍を喰らう怪物

グールというのは本来、アラビア半島の民間伝承に登場する魔物である。その言葉が示す範囲は非常に広く、肉体を持つ魔物のみならず、実体のない幽霊めいた存在を含む。西欧におけるデーモンのようなものである。「無名都市」の訳注で解説した通り、アラビアのグールは人食いではあるのだが、実のところ、西欧においてグールが意味する「墓を暴く魔物」という属性は備わっていなかった。

どうして、そのようなイメージが生じたのか――その理由は、『千夜一夜物語』が西欧に紹介される過程に潜《ひそ》んでいた。グールが登場する『千夜一夜物語』は、一六九〇年代にフランス人東洋学者アントワーヌ・ガランによってフランス語に翻訳され、広くヨーロッパに知れ渡ることになった。この時、ガランは食人鬼グールの記述をアレンジし、墓所に棲みついて屍体を喰らう食屍鬼としたのである。

一八世紀から一九世紀にかけてのゴシック・ロマンスの流行下で、ガラン版『千夜一夜物語』から生まれた食屍鬼としてのグールは、ハンス・クリスチャン・アンデルセンの「野の白鳥」など、様々な文学作品に登場する。英国の作家ウィリアム・トマス・ベックフォードが、ガランに倣いフランス語で著したアラビア風物語『ヴァテック』にも、食屍鬼としてのグールが登場している。

ＨＰＬは、一八八〇年代後期に英国の探検家リチャード・フランシス・バートンが翻訳した、いわゆるバートン版の『千夜一夜物語』を読んでいたが、グールについてはおそらく、熱心な愛読者であった『ヴァテック』の影響の方が大きかったのだろう。ガラン、ベックフォードによって屍を喰らう怪物となったグールは、「ピックマンのモデル」によってそのイメージがさらに強化され、二〇世紀のヒロイック・ファンタジーやその影響を受けたＲＰＧなどに、モンスターとして登場することになる。

なお、「ピックマンのモデル」における食屍鬼《グール》の姿としては、〈フェイマス・ファンタスティック・ミステリーズ〉誌の一九五一年一二月号に掲載されたハネス・ボクのイラストが有名だが、ＨＰＬの友人で、絵画を趣味にしていたバーナード・オースティン・ドゥワイヤーが、一九二七年の二月頃に「ピックマンのモデル」を題材にした、「呪われた森の黒い小屋の近くの邪悪な宴に、恐ろしい仲間が集まっている絵」を描き送ったことをきっかけに、ＨＰＬから「ピックマン」のあだ名で呼ばれるようになったというエピソードがある。また、ＨＰＬ自身も一九三四年七月二七日と二八日に、「ピックマンのモデル」と題する同じ構図のスケッチを描いている。

日付は1934年７月28日

「『ネクロノミコン』の歴史」解説

ＨＰＬの創造した『ネクロノミコン』は、「クトゥルーの呼び声」（一九二六年執筆）において「無名都市」の二行連句と共に言及されたあたりから、ＨＰＬの複数の作品を結びつける鍵のような存在であることを嗅ぎ取った読者が現れ始めたようだ。

一九二七年に、ニューヨーク在住時代の交流会であるケイレム・クラブの仲間だったフランク・ベルナップ・ロングが、「喰らうものども」という小説の冒頭にジョン・ディー博士（本作の訳注を参照）による英語訳の『ネクロノミコン』からの引用文を挿入するに及び（ＨＰＬは、同年九月二四日のロング宛ての手紙で、この引用文に触れている。その二ヶ月前の七月二一日、両親との自動車旅行の途上でプロヴィデンスに立ち寄っており、その時に話題に出たのかもしれない）、彼は『ネクロノミコン』の書誌的設定に本格的に取り組むつもりになったようだ。時期的には、一九二七年の秋頃のことである。

一般の読者が「『ネクロノミコン』の歴史」を目にしたのは、一九三〇年代にＨＰＬと交流のあったアラバマ州オークマンの編集者ウィルスン・シェファードが、ＨＰＬの死後の一九三八年に、彼の主宰するレーベル・プレスから刊行した同名の小冊子が最初だった。シェファードは、一九三六年秋に「無名都市」を掲載（解説を参照）した、セミ・プロ雑誌〈ファンシフル・テールズ〉の発行人である。

ＨＰＬは一九二七年一一月二七日付のクラーク・アシュトン・スミス宛の手紙の中で、「『ネクロノミコン』の歴史」に書かれているほぼ全ての情報を説明している。「ある時、一人の男がアーカムのミスカトニック大学の図書館でこの本に目を通したことがあって――読み終えるや否や、ただなる目の色をして山中に逃げ込んでしまったのですが……まあそれは余談です！」という、ＨＰＬお得意の現実と虚構の境界を越えた締めくくりはさておき、実際の原稿と比べて、興味深い相違点がある。

この書簡の中で、ギリシャ語版の辿った運命について「知られている限りでは、最後のギリシャ語版は一六九二年にセイラムで喪われました」としか書かれておらず、セイラムのピックマン家はもちろん、リチャード・アプトン・ピックマンについて一言も触れられていないのである。

要約というわけではなく、ほとんど全ての情報を漏れなく説明しているので、ピックマン関連だけ故意に省略したとは考えにくい。筆者としては、一九二七年一一月二七日の時点で、ＨＰＬがまだ「ピックマンのモデル」との因果関係を想定していなかったのだと考えたい。

ともあれ、こうしてまとめた「『ネクロノミコン』の歴史」を、ＨＰＬは自らの参考資料として活用していくことになるのだが、この時の設定作業が非常に楽しかったのか、以後、彼の書簡にはあたかも実在する書物について語っているような調子で、小説には出てこない『ネクロノミコン』についてのエピソードが頻発するようになる。ここに、そのうちのひとつを部分的に訳出しよう。

「ああ、そうそう——アブドゥルは、あなたのお気に入りの食屍鬼《グール》のことを説明したり、自身の幾度かの冒険について言及しているんですよ。ですが、小心者の読者か誰かが、モスク地下の窖《あなぐら》での逸話のクライマックスの数ページを破り取ってしまいましてね——その欠損部分なのですが、奇妙なことにハーバード大学やミスカトニック大学の写本でも、同じ箇所が欠けているらしいのです」

ＨＰＬの書簡には、このような聞き捨てならない情報が大量に眠っているので、その機会が得られるのであれば、ＨＰＬの書簡についても全て日本語で読めるようにしたいものだ。

「往古の民」解説

「往古の民」は、ＨＰＬの死後、一九四〇年にＳＦファンジン〈サイエント＝スナップス〉第３号に掲載されたのが初出である。その後、一九四四年にアーカムハウスから刊行された、ＨＰＬにまつわる拾遺的な作品集『マルジナリア Marginalia』（「欄外」を意味するタイトル）に掲載されている。

日本では、『定本ラヴクラフト全集』第四巻に収録されているものの、東京創元社の文庫版全集には入っていない。ただし、青心社文庫の『クトゥルー』第一一巻巻末の「補足資料 ラヴクラフト書簡より」、そして文庫版全集第七巻の「夢書簡」に、ほぼ同内容の文章を見つけることができる。

種明かしをしよう。この「小説」は、実のところ、ＨＰＬが友人ドナルド・ウォンドレイ――オーガスト・Ｗ・ダーレスと共にアーカムハウスを立ち上げた人物――に書き送った手紙そのものなのだ。

ＨＰＬの死後、ウォンドレイはこの手紙をＪ・チャップマン・ミスケに提供し、ミスケはそれを自らが編集人を務める〈サイエント＝スナップス〉に、ＨＰＬの未発表小説として掲載したのだった。宛名の「メルモス」は、チャールズ・ロバート・マチューリンの『放浪者メルモス』にちなんでＨＰＬがウォンドレイにつけたあだ名であるし、「Ｇ・イウリウス・ウェールス・マクシムス」という署名は、自らをウェールズの伝説的な首長マグヌス・マクシムスの血統に連なると自称する、ＨＰＬのジョークを交えた変名なのである。ちなみに、本作では触れられていないが、バーナード・オースティン・ドゥワイヤー宛の一九二七年一一月の書簡では、作中の往古の民は「ミリ＝ニグリ」と呼ばれており、彼らの崇拝する神は「大いなる名状しがたきもの Magnum Innominandum」と書かれている。

実際、HPLの死後になってから「発見」された作品は少なからず存在する。「チャールズ・デクスター・ウォード事件」と「未知なるカダスを夢に求めて」は、どちらもHPLの死後に発表されたのだった。

さて、数々の書簡から推測するに、彼がローマ人の肉体から放り出され、自室のベッドに帰還したのは、一九二七年一一月一日——万聖節の朝のことであったと思われる。その前夜は——あの世とこの世が繋がり、悪霊たちが地上に溢《あふ》れかえるというハロウィーンの夜。普段は閑静なプロヴィデンスの住宅街もこの時ばかりは喧騒に包まれ、HPLの家にもお祭りに浮かれ騒ぐ声が届いていたらしい。

その頃、彼の関心は一冊の本に向けられていた。紀元前一世紀ローマの詩人、プーブリウス・ウェルギリウス・マロの叙事詩『アエネーイス』。トロイア戦争によって滅びたイリオス（トロイア）から落ちのびた半人半神の英雄アエネーイスが、新天地イタリアで新たな国の礎となった——という未完のローマ建国神話譚である。HPLが読んだのは、一九二三年に物故したジェームズ・ローズによる韻文訳の『アエネーイス』の単行本だった。無論、この叙事詩を読んだのは初めてではない。幼少の彼の育ての親とも言える母方の祖父ウィップル・ヴァン・ビューレン・フィリップスの蔵書には『アエネーイス』を含むウェルギリウスの作品集が何冊も含まれていたし、その祖父の死後、彼に多大なる影響を与えた伯父（伯母の夫）フランクリン・チェイス・クラーク——外科医でありながら文筆活動を好んだ人物——も、自らが翻訳した『アエネーイス』を活字中毒の甥《おい》っ子に読ませていたのだった。

ともあれ、ローズ版は、これまでに読んだどの英訳よりもHPLを満足させた。彼は、本作の冒頭で「どの版よりも、P・マロの原文に忠実な出来」と評している。たぶん、ローズの名前もまた、HPLの関心を惹いた要素だったのだろう。"James Rhoads"——即ち、ロードスのヤコブである。

HPLが住まうロードアイランド州は、正式名を「ロードアイランドおよびプロヴィデンス植民地州」。エーゲ海に浮かぶロードス島に由来している。このことは、HPLが幼少期にギリシア、ローマの神話・伝説に熱中したことと決して無関係ではないだろう。幼い彼は、石造りの建物や田園地方の岩山を眺めては神々の神殿を空想し、森の中に半人半獣のサテュロスを目撃した。ティーンエイジ真っ盛りの頃には、彼は幾度となくローマの夢を見たのでとも言っている。

さて——『アエネーイス』の世界に浸りながら、ハロウィーンの賑わいに耳を傾けたHPLは、その夜、久しぶりにローマの夢を見た。彼は夢の内容を細大漏らさず記録した。のみならず、友人たちに送った書簡で幾度も——ドナルド・ウォンドレイ宛一九二七年一一月二日付書簡（本作）、バーナード・オースティン・ドゥワイヤー宛一九二七年一一月付書簡、フランク・ベルナップ・ロング宛一九二七年一二月付書簡、ウィルフレッド・ブランチ・タルマン宛一九二八年一二月二八日付書簡、バーナード・オースティン・ドゥワイヤー宛一九二八年一二月付書簡といった具合に、この夢の話を繰り返している。

最終的に、書簡そのものが小説として世に出ることになったこの夢を、HPLは小説に仕上げようと数年にわたり苦心したらしい。彼自身は、共和制ローマ時代の出来事としてそのまま書くつもりはなく、前述のタルマン宛書簡の中で、その構想について以下のように説明している。

《物語は、ピレネー山脈の山腹からローマ時代の錆《さ》びた像——ローマ軍団の象徴である銀の鷲《わし》の像が発見され、とある町の博物館に保管されるところから幕を開ける。その後、感受性と想像力の豊かな旅行者が、博物館で見かけたこの像に何故か心惹かれてしまう。博物館の学芸員ドン・ハイメ・エルナンデス・モルトーニョから、この像が発見されたあたりは地元の住民たちの間で不穏な噂《うわさ》のもとになっている場所だと聞いた彼は無分別にも山の中に分け入り、廃墟《はいきょ》となった町の遺跡を発見する。旅行者の急報で駆け付けた考古学者たち——ミグエル・ロンゴ・イ・サンタヤとフランシスコ・ベルナピオ・ドティナたちにより、山崩れによって滅びたらしい町の発掘が始まるのだが、何故か家々の様子から崩壊が突然襲ってきた——ポンペイ、あるいはマリー・セレスト号にまつわる伝説のように——様子なのにもかかわらず、人間の屍体が一切見つからないのだった。考古学者たちからバスク族の住民たちの一部が、山中で悍ましい魔宴に耽《ふけ》っていることを聞き知った旅行者は、共同調査を申し出るのだが——》

ところで。本作を読んで、何かしらの既視感を覚えた人はいないだろうか。実は、ポンペロにまつわる夢の物語は、ほぼそっくりそのままの形で、フランク・ベルナップ・ロングの「丘陵よりの恐怖 The Horror from the Hills」——「恐怖の山」(青心社『クトゥルー』第一一巻)に、半伝説的な犯罪調査官ロジャー・リトルの見た夢として出てくるのである。

盗作? いや、そうではない。HPLは、ロングの申し出に応じて、正式に「一昨年の一〇月に手紙でお伝えした、ローマ時代のスペインの夢を使ってもらっても構いません。おそらく私はこれを作品に仕上げられないと思うので、あの手紙が見つかれば、好きに使っていただいて結構です」(一九二九年二月二〇日付書簡)という具合に、プロット譲渡を快諾したのである。

かくして、ロングの「恐怖の山」は、〈ウィアード・テールズ〉一九三一年二月号と三月号に分割掲載される運びとなった。しかし、どうしてもひとつの疑問が残る。

果たして、HPLは数年来温め続けたこのプロットを、これほどまでに深い愛着をもって繰り返し語ってきた構想を、本当に完全に破棄してしまったのだろうか——。

「ダンウィッチの怪異」解説

「ダンウィッチの怪異」の執筆は、一九二八年八月とされている。ジェームズ・F・モートゥン宛の手紙によれば、実際には六月の時点で着手していたらしい。

ソニア・H・グリーンと結婚してニューヨークに住んでいたHPLは、オハイオ州で仕事に就いた妻との別居を経て、一九二六年四月一七日、故郷プロヴィデンスに帰還した。

人生の大半を過ごしたニューイングランド地方――とりわけプロヴィデンスをどれほど愛しているか気づいたのは、まさにこの「帰還」の時なのだろう。実際、HPLの小説に占めるニューイングランドが舞台の作品は、目に見えて増えていく。この年の八月から九月にかけて執筆された「クトゥルーの呼び声」と、一九二八年八月の「ダンウィッチの怪異」の間に執筆した作品は、「ピックマンのモデル」から「異世界からの色」にかけての七作品。その内、実に六作品が該当するのである。

「クトゥルーの呼び声」をいったん突き返すなど、〈ウィアード・テールズ〉のファーンズワース・ライト編集長による冷遇はまだ続いていたが、あの「ヒューゴー賞」に名前の採られているヒューゴー・ガーンズバックによって一九二六年に創刊されたばかりの〈アメージング・ストーリーズ〉一九二七年九月号に「異世界からの色」が掲載され（ただし、原稿料は25ドル）、一九二四年に執筆した「忌み嫌われる家」の単行本化を友人のウィリアム・ポール・クックが持ちかけてくるなど、新たな道が開けつつもあった。こうしたHPLの活躍を横目で眺めるにつけ、このユニークな作家と距離が開くのは得策ではないものと判断したのかも知れない。ライト編集長は一九二七年一〇月号に「ピックマンのモデル」を掲載したのに続き、以前没にした「クトゥルーの呼び声」を一九二八年二月号に、「潜み棲む恐怖」を同年六月号にと、次々と掲載し始めたのだった。ニューヨーク時代に彼が執筆した「レッド・フックの恐怖」が、英国の怪奇小説アンソロジー『灯りがご入用 You'll Need a Light』に収録されたこともまた、植民地在住の英国人を自負するHPLの自尊心を満足させたことだろう。

一九二八年頃、常より自分の文才を卑下していたHPLには、実績に裏打ちされた作家としての自信が芽生え始めていた。本作の執筆にあたって、彼が珍しくも三人称視点を用いたのは、その顕《あらわ》れであったのかもしれない。結果、「ダンウィッチの怪異」という作品には、HPLの他のクトゥルー神話小説とは異なる、重い意味が担わされることになった。ミステリにおける「信頼できない語り手」——一人称視点であるが故の読者側の解釈の余地が、三人称によって一気に狭まることとなったのである。

そうした特殊性を有する本作において、『ネクロノミコン』は「猟犬」での悪魔学全般の書物から、クトゥルー神話の秘儀書としての性格をはっきりと打ち出してきた。何しろ、長めの引用文の中に、ヨグ=ソトース、シュブ=ニグラス、クトゥルーと、実に三柱もの邪神の名前が見られるのだから。

クトゥルー神話を最初に体系化したフランシス・T・レイニーは、「クトゥルー神話用語集」（一九四三年）においてヨグ=ソトースを大地の精に分類した。これは別段、根も葉もない話というわけでもなく、本作のヨグ=ソトースは異次元の存在でありつつ、同時に「地の底から喚び起こされる called out of the earth」とも書かれているのだ。この記述に基づき、ヘンリー・カットナーは「クラーリッツの秘密」（一九三六年）において「鱗に覆われた地下のヨグ=ソトース」、ダーレスは「戸口の彼方へ」（一九四一年）において「大地の底に住むヨグ=ソトース」と描写したのだろう。

実のところ、この箇所の翻訳にはなかなか悩まされた。「out of the earth」は、「地球外から」とも訳せるのである。本作に大きな影響を与えているアーサー・マッケンに「地より出でたる Out of the Earth」という作品があって、ＨＰＬもこれを読んでいたので、今回は「地の底」を選んだ。ただし、ＨＰＬの目論見としてはどうやら、「地の底／地球外」の二重の意味を持たせたものと思しい。

こうしたダブルミーニングは、『ネクロノミコン』の引用文中の「球体《スフィア》の相集いたる門の鍵」というヨグ＝ソトースの説明にも仕込まれている。ヨグ＝ソトースの形状が球体であることについては、ヘイゼル・ヒールドのための代作「蠟人形館の恐怖」において「玉虫色の球体 iridescent globes」と書いていることからも明らかなのだが、本作中で繰り返される「sphere」には、場所によっては間違いなく「領域」のニュアンスも込められている。

ダンウィッチはどこにある？

クラーク・アシュトン・スミス宛の一九二八年八月二一日付の書簡において、ＨＰＬは現在、自分が執筆している作品を「アーカム・サイクル（アーカムもの）」と呼んでいる。

アーカムという架空都市についての詳しい説明は別の機会に譲るとして、ニューイングランド地方を背景とするＨＰＬの小説作品が、多くの場合、彼が直接その地に足を運んだことが執筆のきっかけになっていることについては、「祝祭」の解説で述べた通りだ。一九二一年に支配的な母を亡くしたことで、自由を手に入れた天才肌の青年は、以後、頻繁に小旅行に出ている。旅行と創作のあからさまな関連性は、ＨＰＬの単純さというよりも、ラヴクラフト・カントリーにまつわる小説作品――アーカム物語群の執筆は、彼にとって郷土愛の発露であると同時に、旅行記を兼ねていたことを示している。

本作が執筆された一九二八年にも、彼は幾度も旅行を繰り返している。特に関係が深いと思われるのは、友人ジェームズ・F・モートン——「クトゥルーの呼び声」の鉱物博物館長のモデル——をニュージャージー州パターソンに訪ね、スプリングバレーやスリーピー・ホローを経由して帰還した五月の旅行。後に「闇に囁くもの」の舞台となるヴァーモント州に滞在した後、マサチューセッツ州北部中央のアソールにウィリアム・ポール・クックを訪ねた六月の旅行。六月の後半には、ボストンのアマチュア・ジャーナリストのグループで彼の面倒を何くれと見てくれたイーディス・ミニター夫人——HPLは、この女性のことを賞賛の念を込めて「偉大なアマチュア」と呼んだ——の招きで、マサチューセッツ州西部の田舎町ウィルブラハムへと足を運び、ここに二週間にわたって滞在している。

このウィルブラハムこそが、ダンウィッチの重要なモチーフなのである。

なお、「ダンウィッチ」という地名そのものについては、本作中でも言及されている英国の怪奇小説家アーサー・マッケンの「恐怖」という小説に出てくる、どうやら英国のウェールズにあるらしいダンウィッチから採ったと考えられる。第一次世界大戦の最中、ウェールズの西に位置するメリオン（仮称）という寂れた村で不可解な殺人が次々起きるという、どこか本作を彷彿とさせる物語である。

なお、英国にはダンウィッチという地名が実在する。サフォーク州沿岸に存在した都市で、かつてはイースト・アングリア王国の中心として繁栄したが、一二八六年頃から海岸線の浸食が始まり、一九世紀には街の全てが海に沈んでしまったという。一九世紀英国の詩人アルジャーノン・チャールズ・スウィンバーンは、一八八〇年に発表した「北海にて By the North Sea」という詩で、ダンウィッチの荒廃を題材にした。そのため、HPLはスウィンバーンの詩からこの地名を知ったという話がよく聞かれるのだが、世界的なHPL研究者であるS・T・ヨシによれば、HPLが持っていたスウィンバーンの詩集は、ダンウィッチへの言及が全く存在しない、モダン・ライブラリー社（後にランダムハウス社が買収）から一九一九年に刊行された『詩集 Poems』なのである。HPLがマッケンの「恐怖」を読んでいたことは書簡などから確かなので、マッケン起源と考えるのが妥当なところだろう。

さて、ニューイングランドのダンウィッチは、どのあたりにあるのだろうか。HPLは「ダンウィッチの怪異」の舞台について、書簡の中で「舞台はミスカトニック渓谷の奥——アーカムのずっとずっと西の方です」と書いている。この時期既に、アーカムはHPLの中で実在のセイラムを想定した街となっていた。そして、ウィルブラハムはセイラムの「ずっとずっと西」である。

ただし、「ダンウィッチの怪異」の冒頭には、「マサチューセッツ州の北部中央」となっていて、むしろ南部にあるウィルブラハムとは全く違う。この謎を解く鍵は、HPLの旅行にある。ニューハンプシャー州との州境に近い、マサチューセッツ州北部の丁度中心に、アソル——HPLが六月に訪れた、アソルの町が位置しているのだ。「ダンウィッチの怪異」についての優れた論考を著したドナルド・R・バールスンによれば、HPLはウィルブラハムとアソルから次の要素を取り込んでいる。

ウィルブラハム由来

人間の魂を奪いに来る夜鷹の伝承：ミニター夫人の友人、エヴァノア・ビービの家に伝わる地元伝承。

センティネル・ヒル：ウィルブラハム・マウンテン（外見）

チャンシー（サリー・ソーヤーの息子）：ミニター夫人の家の使用人

アソル由来
センチネル・ヒル：ウェスト・ヒルの重畳にあったセンチネル・エルム・ファーム（名称を拝借）
ベアーズ・デン：アソルの北、ノース・ニューセイラムのベアーズ・デン
フィーラー、ファー、フライ、ビショップ、ホートン、ライス、モーガン：アソルの旧家

この他にも、アソルやウィルブラハムについてＨＰＬが友人に書き送った手紙の記述が、ほぼそのままの形で反映された記述が、本作には多々確認されている。また、作中で夜鷹と共にダンウィッチ近隣の土地の不気味なたたずまいを大いに強調している蛍の乱舞は、ＨＰＬが滞在中に実際にウィルブラハムで目にしたものだ。かつて見られたことのない規模の、空前の数の蛍が平原といい、森の中といいあでやかに光を放ちながら飛び回る様を、彼は"witch-fire"――魔女の炎と表現している。

なお、事実関係の確認が取れていないのだが、もうひとつ興味深い話がある。ニューハンプシャー州のノース・セイラムという街の近くの森の中に、三〇エーカー［約一二万平方メートル］ほどの範囲にわたって人工的な石積みの構造物が散在する場所がある。二〇世紀初頭に、前世紀の土地所有者の名前をとってジョナサン・パテテの洞窟と呼ばれていたこの構造物は、先住民族の宗教的遺構だ、いやクリストファー・コロンブス以前にこの大陸に来たアイルランド人修道士の遺物だ、いやいや一八世紀の植民者が貯蔵庫用に造ったものだと諸説紛々で、現在はミステリイ・ヒル、「アメリカズ・ストーンヘンジ」として観光地になっている。デヴィッド・ゴーズワードとロバート・ストーンが著した『アメリカズ・ストーンヘンジ：ミステリイ・ヒルの物語 America's Stonehenge: The Mystery Hill Story』によれば、「ダンウィッチの怪異」執筆直前の一九二八年七月に、ＨＰＬがここを訪れたというのである。

ミステリイ・ヒルの様子（撮影：森瀬 繚）

「生贄のテーブル」（撮影：森瀬 繚）

筆者も二〇〇八年の訪米時にこのミステリイ・ヒル（命名は一九三七年）に赴いているが、作中に描かれているような環状列石でこそないものの、中心に位置する「生贄のテーブル sacrificial table」と呼ばれる石塊などは、たしかに「ダンウィッチの怪異」の描写を思い起こさせるものだった。

　この訪問についてはＨＰＬの書簡集に見当たらず、一九二八年の旅行について秋頃に著した『アメリカ諸所見聞録 Observation on Several Parts of America』にも全く触れられていないので、いささか眉唾な話ではあるが、ともあれ興味深い話ではあったので、写真と共に紹介しておこう。

AQUILA ARGENTEA（白銀の鷲）

最後に——本書収録の「往古の民」と、その解説（二九二ページ）を改めて確認して欲しい。

「四月末日と一〇月末日の夜に、丘の頂で捧げられる生贄」→「異形の神々を奉ずる邪悪な先住民族」→「古代の秘儀に通じる学者の悲壮な覚悟」→「邪教弾圧についての生々しい記憶」→「魔の山を登る討伐団」という「往古の民」のプロットは、見れば見るほど「ダンウィッチの怪異」そのままだ。

筆者は、ここに断定する。「往古の民」の名で今日知られているローマ人ルキウス・カエリウス・ルフスの探索は「ダンウィッチの怪異」の原型であり、同時にまたプロローグにあたるのだ。

詩人エリザベス・アン・トルドリッジに宛てた一九二九年九月一六日付の手紙の中に、彼女が同封してきたという「インディアン墓から古代ローマの貨幣が発見された」ことを報じる新聞の切り抜きについて、HPLはこのようにコメントしている。

「私が年来温めてきた構想を裏付けてくれました――つまり、古代ローマの忘れ去られた植民地がアメリカにあったという構想で、その植民地には古代ローマ人が建設した都市があり、神殿を載せた城砦、円柱が並ぶフォーラム、大理石の闘技場、公衆浴場などが見られるわけです」

HPLは、ルキウスの夢が示したモチーフを、アメリカに移して再構築しようとしていたのかも知れない。だとすれば、一九二八年八月に執筆された「ダンウィッチの怪異」は、その構想にまつわる前哨作に他ならないということになる。

一九二七年一〇月三〇日の夜に見た夢を何とか小説にしようと構想を練ってきたHPLだが、一九二九年二月に断念し、フランク・ベルナップ・ロングにその権利を譲り渡している。

しかし、この時点で既に、副産物とも言うべき作品が生み出されていたのかもしれない。文字通りの意味で、なかなか浪漫に溢れた仮説ではないだろうか。

「アロンゾ・タイパーの日記」解説

本作は、ウィリアム・ラムレイのための改作で、一九三五年一〇月に執筆された。ウィリアム・ラムレイはニューヨーク州第二の都市と言われる北西部エリー郡のバッファローに住む作家志望の企業警備員で、HPLよりも十歳年長だった。彼は、〈ウィアード・テールズ〉などに掲載されている怪奇小説の熱心な読者であり、とりわけHPLに執心した。

ラムレイ（英国のブライアン・ラムレイとは無関係である）はいわゆるオカルト・ビリーバーであり、HPLらの神話大系を完全な事実——たとえ、作家の方に自覚がなくとも——だと信じていた。彼は中国やネパールをはじめ世界各地の神秘的かつ禁断の土地を旅してきたと自称して、一九三一年からHPLと手紙のやり取りを開始した。HPLはそんなラムレイのことをクラーク・アシュトン・スミス宛の手紙でミュンヒハウゼン症候群と評しながらも、面白がって付き合いを続けたようである。「客」の提案したアイディアに基づき、HPLが全て執筆した（要はゴーストライティングである）ヘイゼル・ヒールドやズィーリア・リード・ビショップの作品とは異なり、この小説にはラムレイ自身の書いた初期稿が存在する。少なくとも、HPLはラムレイの知識や文才はさておき、情熱については買っていたようで、彼が原稿を書き上げたなら、無償で添削（つまり改作であるが）しようと約束して、彼の創作意欲を煽ったのである。

この初期稿が現存していたお陰で、七つの失われた恐怖の印形《サイン》、『禁じられしことどもの書』といった、いかにもHPL好みのクトゥルー神話風の用語が、HPLではなくラムレイの創意であったことが判明している。逆に、初期稿では定かではなかった屋敷の所在を、ラムレイの住んでいるニューヨーク州に設定しているあたりに、HPLの作風が垣間見えるのが面白い。自作におけるセイラムのように、実在するアッティカの地名を挿入しているのも、彼の好みだろう。HPLは、アッティカに重犯罪者を収容する刑務所が設立された一九三一年の新聞記事を読んだのかもしれないし、アッティカという地名（アテネを含むギリシャの地方名）が気に入っていたのかもしれない。

ともあれ、HPLは「魔法使い《ウォーロック》」などの語句を入れ替えたりはしているものの、基本的にはラムレイの文体をなるべく残しながら、いささか冗漫な初期稿を一篇の怪奇小説にきっちりまとめている。

ラムレイは、完成した原稿を〈ウィアード・テールズ〉編集部に送る際、HPLの協力を得たことを報告し、HPLにもそのことを一九三五年一一月一二日付の書簡で報告した。同誌はそのことを承知の上でこの原稿を採用し、ラムレイに原稿料を支払った。しかし、どういうわけか実際に掲載されたのは〈ウィアード・テールズ〉一九三八年二月号で、HPLの死後のことだったのである。

なお、HPLと交流していた当時、ラムレイはファンジン〈ファンタジー・ファン〉に幾度か詩を投稿し、掲載されていた。その中のひとつ、「旧きもの The Elder Thing」（一九三五年一月号掲載）については、HPLの指南があったのではないかと研究者のS・T・ヨシが指摘している。

本作が執筆された一九三五年は、HPLの死の二年前である。この頃になると、かつての『ネクロノミコン』に漂っていた無二の特別性は薄れ、『エイボンの書』『妖蛆の秘密』『エルトダウン・シャーズ』といった、他の作家たちがこしらえた禁断の書物群の一冊という風に収まっている。

奇怪な環状列石を頂く丘という要素は、ラムレイの初期稿の段階で存在している。HPLのファンであるラムレイの、「ダンウィッチの怪異」へのオマージュなのだろう。よって、本書では『ネクロノミコン』を巡る物語の末尾、「ダンウィッチの怪異」の後に、この作品を収録することにした。

「マグナス伯爵」

ラムレイの初期稿を一読したHPLは、どうやらこの作品に英国の怪奇小説家M・R・ジェイムズの「マグナス伯爵」の匂いを嗅ぎ取ったようである。

モンタギュー・ローズ・ジェイムズは一八六二年生まれ。ケンブリッジ大学の博物館長、副総長などの要職を歴任した古文書学者で、新約聖書外典の英語訳の仕事が知られる聖書学者でもあった。

彼にとって、怪奇小説の執筆は片手間の趣味であったが、四〇篇近くにも及ぶ短編を執筆し、HPLも所有していた四冊の作品集が刊行されていた。HPLは怪奇小説論『文学における超自然の恐怖』の執筆準備中のため入り浸っていたニューヨーク公立図書館でM・R・ジェイムズの作品に出会い、当時はアーサー・マッケン、アルジャーノン・ブラックウッド、ダンセイニに卿に並ぶ「現代の巨匠」と賞賛していたが、後年は宇宙《コズミック》の感覚を理解していないということで、多少評価を下げていた。

それでも、欽定訳聖書風の文体や緻密な作品構造に大きな影響を受けたことは間違いなく、特に「マグナス伯爵」については、一九二七年前期に著した半自伝的な作品「チャールズ・デクスター・ウォード事件」をはじめ、様々な作品に影響を与えていることが見て取れる。

「マグナス伯爵」は、一九〇四年刊行の『古物蒐集家の幽霊物語 Ghost Stories of an Antiquary』に収録されているもので、無名の語り手が、入手した手記の内容を報告するという物語である。以下にそのあらすじを示すが、実際に読んでみる気があなたにあるのであれば、どうか読み飛ばして欲しい。

手記の書き手であるラクソール氏は、明らかにジェイムズ自身の投影された古文書研究家で、スウェーデンを旅行中、とある貴族の領地に滞在し、その先祖であるマグナス伯爵の伝説を知る事になる。マグナス・ド・ラ・ガルディ伯爵は一七世紀初頭のスウェーデンの領主で、その無慈悲さのみならず、生前に謎めいた「悪魔の遍歴」に出向き、伯爵自身の示唆によれば反キリストの生まれる地であるコラズィンから、なにかを持ち帰った――あるいは連れ帰ったとして、その後数百年にわたり付近の農民たちから恐れられているのだった。一八世紀後半には、「伯爵は死んだ」とマグナス伯の領地で狩りをしようとした者が、何かに襲われて殺されるという怪事が発生し、恐怖はいやが上にも高まっていた。

この悪魔的な人物に興味を惹かれたラクソールは、調査の過程で伯爵の眠る棺があるという霊廟に赴いた。マグナス伯爵の棺には、フードのある外衣の袖から、章魚《デビルフィッシュ》のような触腕を伸ばす異様な姿の何かが彫刻されていた。これこそが、伯爵がコラズィンから連れ帰ったという何者かの姿なのだろうか――そして、棺には三つの鍵がつけられていたが、ラクソールが不用意に「マグナス伯爵に会ってみたい」と洩らすたびに鍵は外れていった。そして、最後の鍵が外れたとき、棺の蓋が開くのだった。

その後、ラクソールはスウェーデンから逃げ出すのだが、その後を不気味な二人連れが付きまとい続けた。追跡はラクソールの死まで続き、彼の死因は「神の報い」として記録に残された――。

HPLの手が入れられることによって、ラムレイの初期稿は「マグナス伯爵」の筋立てに寄せられたのみならず、コラズィンという村を導入することによって接続すら試みられているのである。

年表

年表の記載事項は史実並びにラヴクラフトの主要作品に基づく。本シリーズの収録作については行頭に番号を付す。
1ダゴン　2神殿　3マーティンズ・ビーチの恐怖　4クトゥルーの呼び声　5墳丘　6インスマスを覆う影
7永劫より出でて　8猟犬　9祝祭　10ピックマンのモデル　11『ネクロノミコン』の歴史　12往古の民
13ダンウィッチの怪異　14アロンゾ・タイパーの日記

四六億年前——地球誕生はこの頃とされている。
十数億年前——樽型異星人が南極大陸に到来。
三億五千万年前——クトゥルーとその眷属が暗黒の星々より到来。
三億年前——クトゥルーが眠りにつく。
二億五千万年前〜一億五千万年前——〈ユゴスよりの菌類〉の到来。
二億二千五百万年前以前——〈偉大なる種族〉がオーストラリア大陸の円錐状生物の肉体に転移。
五千万年前——〈偉大なる種族〉が円錐状生物の肉体を去る。
紀元前一七三一四八年頃？——7赤い月の年。シュブ＝ニグラスの神官トヨグがヤディス＝ゴー山へ向かう。
紀元前二一一年——13大スキピオ、遠征軍を率いてヒスパニアに上陸。
紀元前一八六年——13イタリア全土に向けて、元老院によるバッコス祭禁止の布告がなされる。
七三〇年頃——11アブドゥル・アルハザード、『アル・アジフ』を執筆。
九五〇年——11テオドラス・フィレタス、『アル・アジフ』を『ネクロノミコン』の表題でギリシャ語に翻訳。
一〇五〇年——11総主教ミカエルが『ネクロノミコン』の出版を禁止、焚書に処す。
一二二八年——11オラウス・ウォルミウス、『ネクロノミコン』をラテン語に翻訳。
一二三二年——11教皇グレゴリウス九世によって『ネクロノミコン』のギリシャ語版、ラテン語版が禁書となる。

一二四〇年――ガスパール・デュ・ノール、ギリシャ語版『エイボンの書』をフランス語へと翻訳。
一五世紀――[11]ラテン語版『ネクロノミコン』がおそらくドイツで印刷される。
一六世紀――[11]ギリシャ語版『ネクロノミコン』がイタリアで印刷される。
一六世紀――[11]英国のジョン・ディーが『ネクロノミコン』を英訳する。
一五二一年――スペイン帝国が新大陸にヌエバ・エスパーニャ副王領を設立。
一五三二年――[5]スペイン人パンフィロ・デ・サマコナ、新大陸に渡る。
一五三七年――修道士マルコス・デ・ニサが黄金都市シボラを垣間見たと考える。
一五四〇年――[5]スペイン人探検家フランシスコ・ヴァスケス・デ・コロナド・イ・ルヤン、黄金都市の探索に出発する。
一五四一年――ルートヴィヒ・プリン、獄中で『妖蛆の秘密』を執筆。
一五四一年――[5]一〇月七日、サマコナ、コロナドの遠征隊から抜け出し、南へと向かう。
一五四二年――スペイン人探検家アルバル・ヌーニェス・カベサ・デ・バカ、見聞録を出版する。
一七世紀――[11]ラテン語版『ネクロノミコン』が、おそらくスペインで印刷される。
一六三八年――グロスター湾のケープアンで、とぐろを巻いた怪物が目撃される。
一六五〇年――[9]この年以前に、キングスポートのグリーン・レーンに、ある一族の屋敷が建てられる。
一六九二年――[10][12]新大陸マサチューセッツ湾植民地のセイラム村（現ダンバース）を起点に、魔女裁判事件が発生。ピックマン家の先祖が絞首刑に処される。セイラムの住民の一部がダンウィッチに移住。
一六九三年――コットン・マーザーの『不可視の世界の驚異』刊行。セイラムの魔女裁判への言及。
一七四七年――[12]会衆派教会のアバイジャ・ホードリイ師がダンウィッチ村で怪異にまつわる説教。
一七六六年――[14]ヴァン・デル・ヘイル家がニューヨーク州に移住する。
一七七三年――[14]ジョリス・ヴァン・デル・ヘイル誕生。

一七九三年——メイン州のマウント・デザート島の沖で巨大な怪物が目撃される。
一八一七～一九年——グロスター湾、ナハント湾で怪物が度々目撃される。
一八一九年——7マサチューセッツ州ボストンにてキャボット考古学博物館が設立。
一八三八年——6東インド諸島のとある島の住民が消失。その後、マサチューセッツ州インスマスのオーベッド・マーシュ船長が、悪魔の暗礁において〈深きものども〉と接触する。
一八三九年——フリードリヒ・ヴィルヘルム・フォン・ユンツトの『無名祭祀書』がドイツで刊行される。
一八四〇年——フォン・ユンツトが怪死する。
一八四五年——英語版『無名祭祀書』がロンドンで刊行される。
一八四六年——6インスマスにて伝染病が流行。同じ年にダゴン秘密教団が設立。
一八六八年——ジェームズ・チャーチワードが、インドの高僧より『ナアカル碑文』を見せられる。
一八七二年——14ヴァン・デル・ヘイル家の者たちが姿を消す。
一八七五年——マサチューセッツ州リンの沖合で怪物が目撃される。
一八七八年——7五月一一日、貨物船《エリダヌス》号の乗員が太平洋上に新島を発見。
一八七九年——7《エリダヌス》号の乗員が発見したミイラを、キャボット博物館が購入する。
一八九〇年——ロードアイランド州プロヴィデンスにて、H・P・ラヴクラフト誕生。
一八九一年——5ヒートン青年がオクラホマ州ビンガーの墳丘で一時的に失踪。
一八九二年——5ビンガーにて、ジョン・ウィリス保安官が幽霊の戦闘を目にする。
一九〇八年——4ミズーリ州セントルイスにて開催されたアメリカ考古学会の年次大会の席上にて、ルイジアナ州ニューオーリンズで押収されたクトゥルーの神像が話題となる。
一九〇八年——14四月一七日　アロンゾ・タイパーがコラズィンのヴァン・デル・ヘイル屋敷に向かう。
一九〇八年——14四月三〇日　アロンゾ・タイパーの日記は、この日付で終わっている。

一九〇九年――削除版『無名祭祀書』がニューヨークのゴールデン・ゴブリン・プレスより刊行。

一九一一年――[8]九月二四日以前　英国のセント・ジョンらがオランダの教会墓地の墓を暴く。

一九一三年――[12]二月二日、マサチューセッツ州ダンウィッチにウィルバー・ウェイトリイが誕生。

一九一四年――七月二八日、第一次欧州大戦勃発。

一九一五年――[1]五月、英国船籍の豪華客船《ルシタニア》号をドイツ帝国海軍のU‐20が撃沈。「ダゴン」の事件の発生はそれ以前？

一九一六年――[5]五月一一日、ロートン大尉がビンガーの墳丘で失踪。

一九一七年――[2]六月一八日、ドイツ帝国海軍のU‐29が英国船籍の貨物船《ヴィクトリー》号を撃沈。

一九一七年――[2]八月一三日、漂流中のU‐29、大西洋海底の古代遺跡に到達。

一九二〇年――[5]九月、クレイ兄弟がビンガーの墳丘で失踪。兄のエド、三ヶ月後に帰還するも自殺。

一九二三年――[3]五月一七日、漁船《アルマ》号の船員が怪物を殺害。死体をグロスターに曳航する。

一九二三年――[3]八月八日、グロスターのマーティンズ・ビーチにて、謎めいた怪事件。

一九二四年――[12]八月一日、ウィルバー・ウェイトリイの祖父が死亡。

一九二五年――[4]三月一日、H・A・ウィルコックスがジョージ・ガメル・エンジェル教授を訪問する。

一九二五年――[4]三月二三日から四月二日にかけて、太平洋上にルルイエあるいはその一部が浮上する。

一九二五年――[4]三月二二日　ニュージーランド船籍の《エマ》号、武装船《アラート》号と交戦。

一九二五年――[4]三月二三日　《エマ》号の乗員たち、ルルイエに上陸する。

一九二五年――[12]ミスカトニック大学のヘンリー・アーミティッジ博士、ウェイトリイ家を訪問。

一九二五年――[4]四月一八日、「謎の漂流船発見さる」という記事が〈シドニー・ブレティン〉紙に掲載。

一九二六年――[11]画家リチャード・アプトン・ピックマンが失踪する。

一九二六年――[4]春、画家アルドワ＝ボノがパリのサロンにて「夢の風景」を発表。

一九二六年――ジェームズ・チャーチワードの『失われたムー大陸』刊行。

一九二六年――4 年末、エンジェル教授が怪死。

一九二七年～二八年――12 冬、ウィルバーがアーカム、ケンブリッジなどの大学図書館を訪問。

一九二七年――6 七月一六日、ロバート・オルムステッドがインスマスから逃亡。

一九二七年――6 年末から翌年にかけて、政府機関がインスマスにて一斉検挙を行う。

一九二八年――12 八月三日の未明、ミスカトニック大学図書館に侵入を試みたウィルバーが死亡。

一九二八年――5 八月、ある民族学者がビンガーでのフィールドワークを開始する。

一九二八年――12 九月九日、ダンウィッチに怪異が襲来。

一九二八年――12 九月一四日、アーミティッジ博士ら三名が、ダンウィッチへと向かう。

一九二八年――12 九月一五日、ダンウィッチの怪異が収束する。

一九三〇年～三一年――ミスカトニック大学の南極探検隊が遭難。

一九三一年――7 キャボット博物館、フランスのアヴェロワーニュで発見されたミイラを購入する。

一九三一年――7 四月五日、〈ボストン・ピラー〉紙がキャボット博物館のミイラについて報道。

一九三二年――7 キャボット博物館のミイラを盗もうとする企てが幾度か未遂に終わる。

一九三二年――7 一二月五日、ウィリアム・マイノット医学博士らがキャボット博物館のミイラの頭蓋骨を開頭。

一九三五年――ミスカトニック大学地質学部によるオーストラリア探検。

一九三五年――14 一一月一二日、コラズィンのヴァン・デル・ヘイル家が倒壊。四日後にアロンゾ・タイパーの日記が発見される。

索引

この索引は、『クトゥルーの呼び声』収録作品に含まれるキーワードから、物語及びクトゥルー神話世界観に関わるものを中心に抽出したものです。それぞれのキーワードの言及されるページ数ではなく、それが含まれる作品を番号で示しています（番号と作品の対応は以下を参照）。

無名都市……①　猟犬……②　祝祭……③　ピックマンのモデル……④
『ネクロノミコン』の歴史……⑤　往古の民……⑥　ダンウィッチの怪異……⑦
アロンゾ・タイパーの日記……⑧

なお、人名については「姓、名」の順に記載しています。
例）ウィリアム・チャニング・ウェッブ　→　ウェッブ教授、ウィリアム・チャニング

【あ】	アーカム	3, 5, 7	地名
	〈アーカム・アドヴァタイザー〉紙	7	新聞
	アーミティッジ博士、ヘンリー	7	人名
	『アイネイアース』	6	書名
	『悪魔崇拝』	7	書名
	アクロ	7, 8	その他
	アザゼル	7	悪魔
	『アジフ』	5	書名
	アセリウス、セクストゥス	6	人名
	アッティカ	8	地名
	『アル・アジフ』	5	書名
	アルタイル	6	天体
	アルデバラン	3	天体
	アルハズレッド、アブドゥル	1,2,3,5,7	人名
	アンガロラ	4	人名
	『暗号概論』	7	書名
	アンティパトロス	6	人名
	イアン＝ホー	8	地名
	イブン・ガズィのパウダー	7	その他
	イベルス川	6	地名
	イレム	1, 5	地名
	イロコイ族	8	その他
	ヴァルーシアの蛇人間	8	生物
	ヴァルプルギスの魔宴	8	その他
	ヴァン・デル・ヘイル、クラース	8	人名
	ヴァン・デル・ヘイル、コーネリス	8	人名
	ヴァン・デル・ヘイル、ダーク	8	人名
	ヴァン・デル・ヘイル、ヘンドリク	8	人名
	ヴァン・デル・ヘイル家	8	人名
	ウィーラー、ヘンリー	7	人名
	ヴーアの印（サイン）	7	その他

星海社
FICTIONS
ラ1-02

『ネクロノミコン』の物語《ものがたり》　新訳《しんやく》クトゥルー神話《しんわ》コレクション2

2018年5月29日　第1刷発行
2022年10月21日 第2刷発行
定価はカバーに表示してあります

著　者 ―――― H・P・ラヴクラフト
訳　者 ―――― 森瀬繚《もりせりょう》

協　力 ―――― 立花圭一《たちばなけいいち》・小森瑞江《こもりみずえ》

発行者 ―――― 太田克史《おおたかつし》
編集担当 ―――― 平林緑萌《ひらばやしもえぎ》
編集副担当 ―――― 丸茂智晴《まるもともはる》
発行所 ―――― 株式会社星海社
〒112-0013 東京都文京区音羽 1-17-14 音羽 YK ビル 4F
TEL 03(6902)1730　FAX 03(6902)1731
https://www.seikaisha.co.jp/

発売元 ―――― 株式会社講談社
〒112-8001 東京都文京区音羽2-12-21
販売 03(5395)5817　業務 03(5395)3615

印刷所 ―――― 凸版印刷株式会社
製本所 ―――― 加藤製本株式会社

ISBN978-4-06-512004-0　　N.D.C913 318p 19cm　Printed in Japan

☆星海社FICTIONS
クトゥルー神話誕生100周年記念出版！
〝神話の原点《クトゥルー・オリジン》〟7＋1編を完全新訳で収録。
新訳クトゥルー神話コレクション1
クトゥルーの呼び声
The Call of Cthulhu and Others
著＝H・P・ラヴクラフト
訳＝森瀬 繚　Illustration＝中央東口
怪奇小説作家H・P・ラヴクラフトが創始し、
人類史以前に地球へと飛来した邪神たちが齎《もたら》す神話的恐怖を描いた
架空の神話大系〈クトゥルー神話〉。
クトゥルーと異形の神々が瞑《ねむ》る海にまつわる恐怖を描いた傑作群が、
新たな装いで蘇る──。
■ダゴン Dagon ■神殿 The Temple ■マーティンズ・ビーチの恐怖 The Horror at Martin's Beach ■クトゥルーの呼び声 The Call of Cthulhu ■墳丘 The Mound ■インスマスを覆う影 The Shadow over Innsmouth ■永劫より出でて Out of the Aeons ■挫傷 The Bruise（H・S・ホワイトヘッドとの合作）
収録作品